U0451377

陈顾远文集
第1卷

陈顾远散文集

陈顾远 著

商务印书馆

图书在版编目(CIP)数据

陈顾远散文集/陈顾远著.—北京:商务印书馆,2022
(陈顾远文集;第4卷)
ISBN 978-7-100-21022-5

Ⅰ.①陈… Ⅱ.①陈… Ⅲ.①散文集—中国—当代
Ⅳ.①I267

中国版本图书馆 CIP 数据核字(2022)第 059086 号

权利保留,侵权必究。

本书根据《杂货店》(中国台湾联经出版事业公司
1982 年版)选编排印

陈顾远文集
第 4 卷
陈顾远散文集
陈顾远 著

商 务 印 书 馆 出 版
(北京王府井大街 36 号 邮政编码 100710)
商 务 印 书 馆 发 行
北京通州皇家印刷厂印刷
ISBN 978-7-100-21022-5

2022 年 7 月第 1 版　　　开本 710×1000　1/16
2022 年 7 月北京第 1 次印刷　印张 17　插页 2
定价:85.00 元

陈 顾 远

(1895—1981)

目　录

闲来且摆龙门阵　不说风情说火柴 …………………… 1
杂货店里缺货品　临时设置豆腐摊 …………………… 5
读书不倦能明理　习字无休可养心 …………………… 9
拉弓强过放箭　节食胜于饱餐 ………………………… 13
洞中方七日，世上已千年　快慢无标准，疾迟反自然 … 16
能知而不知，糊涂未必非福　得饶且为饶，悯恕何曾是宽 … 20
社会繁荣工业化　"下女""女工"变"管家" ………… 22
逢机启智　见景生情 …………………………………… 25
真是"诗，穷而后工"呢？还是"文，富而后达"呢？ … 27
三轮车寿终正寝　老年人不免追思 …………………… 32
现实价值（效果价值），未来价值（期待价值），
过去价值（报废价值），纯正价值（道义价值） ……… 34
谁能留得春常在　爱惜风光少壮时 …………………… 38
公道不公道，自有天知道　公道不公道，只有钱知道 … 42
过穷日子，算不了穷　过愁日子，才是真穷 ………… 44
是"今"是"古"，非"西"非"东"　一"动"一"静"，为"时"为"空" … 46
谁都不易远离迷惘中的色情　谁都应该保持升华后的心境 … 51
青年节　话老年 ………………………………………… 54

洁而后美　廉而后安 ……………………………………	58
虽见月球真面目　无伤弄月与吟风 ……………………	61
无烦恼不成世界　有负担才是人生 ……………………	65
为使马儿好,当然要喂草　马儿吃罢草,就得往前跑 ……	69
魔术与诈术 ………………………………………………	71
贫儿夸富　富汉装贫 ……………………………………	76
惟爱心乃见耐心　惟耐心乃知爱心 ……………………	81
化缘的和尚神通广　参禅的和尚法力深 ………………	84
求人不如求己　利己先要利人 …………………………	88
勤能致福　俭可迎祥 ……………………………………	93
"预兆"原非福　"天才"岂是真 …………………………	99
到处逢源为艳姐　百无一用是书生 ……………………	106
学问阅历无老少　高瞻浅识见贤愚 ……………………	112
诚然贵就全般构思　依样须从小处落墨 ………………	118
不敬业何能担重任　唯乐群乃可讲同心 ………………	125
往事犹新新宛在　人心不古古同然 ……………………	130
海市蜃楼非皆假　神游梦遇亦属真 ……………………	138
"独乐"原无"同乐"好　"同乐"更比"独乐"强 …………	145
酒逢知己倾杯尽　货遇识家值价高 ……………………	148
丽姐身边无丑婢　情人眼里出西施 ……………………	157
知错仍错,错、错、错！买空卖空,空、空、空！ ………	162
"胆大"还须"心细"　"顺理"更要"成章" ………………	170
如不为周详的观察　便难有正确的批评 ………………	176
宁让他人负自己　勿让自己负他人 ……………………	184

本来为歇夏　也许要休工……………………………… 191
重阳景色好　人老珠光圆……………………………… 198
是非每系多开口　烦恼都因强出头…………………… 205
逆水行舟不进必退　开山采矿寻苗追源……………… 212
"割爱"原为补缺　"藏拙"乃在求全…………………… 221
晴园谈"戏"……………………………………………… 228
银花火树元宵夜　故事乔装正月天…………………… 261

闲来且摆龙门阵　不说风情说火柴

"人非水火不生活",这是《孟子》上的话。女人是水做成的,让怡红公子贾宝玉去揣摩罢。我今天只摆摆火龙阵,而且不说最时髦的火箭,只说最平常的火柴。火柴是一六八〇年英国化学家倭克尔(Walker)所发明,它的本名是"matches",所以明朝跑到中国来的利玛窦、南怀仁等都还没见过火柴,就连发明万有引力的牛顿,到晚年用没用过火柴,也是一个谜。

火柴传到中国以后,就叫它为"洋火"或"自来火"。那时候,凡是一切舶来品,纵然不少由中国人设厂仿造都要冠上一个"洋"字,如洋灯、洋蜡、洋布、洋碱(肥皂)、洋油(煤油)等等都是。

清末关中有一位王敬轩先生,提倡国货,作了一首反对洋货歌,把冠有"洋"字的货品罗列了百余件之多。其实不仅洋货称"洋",连外国人也叫作"洋人"或"洋鬼子""洋婆子"了。不用"洋"字而用"自来"两字描写,较为文雅一点,但除同于自来水的意义,而把洋火称作自来火以外,仅有称洋笔为自来水笔的少数例子。至于手工制造自由开闭的花朵装饰品,曾在清末盛行一时,也有"自来花"的称号。

中国在火柴输入以前,传统的取火方法,是用钢铁作成的小"火镰",打在火石(燧石)上,射出火星;另用易燃的半焦煤枝,迎接火星的飞来,这就有火种了。火柴输入以后,还有人利用凸透镜向着太阳,集中焦点,以煤枝取火,这才是真正的自来火了。然而凸透镜的价钱高贵,不是人人都有,怎如火柴的售价"相因"(低廉),而又方便?真正的自来火便怀才不遇,悄然隐退,冒名的自来火却用到人群里各个角落。不过价钱纵然便宜,出卖火柴的零售商,还是有人在一匣火柴里抽出多根自用,人类的贪心可怕,在微不足道的火柴方面,依然可以发现的。然而火柴也有水涨船高的走运时代,那就是在法币贬值当口上,一匣火柴竟有法币二千元的身价,在今天看来,岂不是骇人听闻!挤在神仙队里就是神仙,挤在小鬼队里就是小鬼,物物都涨,何独有怪火柴?

火柴也因时代而进步,好像地球人变成太空人一样。谁想到在玻璃时代以后,还有原子时代,还有太空时代?最初普通用红头黄磷火柴,除了火柴匣上所设的摩擦面以外,在任何硬处摩擦都可发火,很像一位逗惹不得的危险人物,虽说一见"自来熟的",却毫无安全的保障。而且饱含磷质,燃烧起来,不特气味难闻,又有毒素泄出。所以那时候就有少女少妇,以吞服火柴头为自杀方法,向导她们到阴曹地府去观光了。反过来说,许多细心的人,擦燃火柴,离开口鼻远远地让磷质部分燃尽,才来使用,这有一比,西子蒙不洁,在她发射臭味的时候,总会有人掩鼻而过,对她亲近不得!那么,使用火柴的人是粗心是细心,也可从擦火柴的态度上看出来了。为了人们的安全健康,后来就有黑头安全火柴出现在广大的民众中,它只能在火柴匣上特制的摩擦面发火,而且没有什么臭味,心情既属专一,自然没有什么危险,品格又属高尚,自然讨人喜欢,都不用说了。然而无论是红头黄磷火柴,是黑头安全火柴,人们把它使用起来,都要有种种技巧存在,最普通的常识,是不能把火柴匣放在潮湿的处所,弄得火柴头和摩擦面都受了水姑娘的困扰无从发生作用,尤其在黄梅天是这样的。再说,从匣内取出一根火柴摩擦的时候,必须向匣内火柴头相反方面擦去,不然很容易一根发火,引起全匣火柴都燃,不但惊了你的心,烫了你的手,而在慌忙中稍不注意,把它丢到破纸堆里或汽油桶上,还要引起火灾。至于为抽香烟而擦火柴,另有绝妙技巧,不必说了。这以外,社会上还有许多人,不特利用火柴的发火,而且以火柴挖耳朵,以火柴根劈细掏牙齿,这是一种不良习惯,竟使火柴发生它不愿发生的副作用,真是岂有此理!

  火柴的制造虽系设厂经营,但火柴匣的装制却是手工出品,监所里的女犯作业多是为厂家糊火柴匣的。到了抗战期间火柴和烟草、糖、盐都变成专卖品,不免近乎"只许州官放火"了。那时主持火柴专卖的是火柴商人刘鸿生,他偏不要戴上火柴专卖局局长的荣冠,设立衙门、摆官架子,仍用公司的组织方式,在重庆设火柴专卖总公司,在各省设火柴专卖某地分公司,绝不因火柴已成为官家物,而完全消灭了它的商家味。这一变局在复员后就回复了本来面目,仍然由民间各自设厂经营。

  然而时代的轮子不断前驶,又有一种新姿态慢慢地流行起来,那就是火柴片与火柴匣来争春色了。火柴片最初或由日本传来,台湾这几年更为流行。不特商家为方便吸烟的人们,卖出香烟一包,送火柴片一个,而且茶楼、饭馆、舞厅、酒家的公共场所,各自有其特制的火柴片,就是有规模的工厂,有体面的商号,依然赶时髦迎新风,有独家使用的火柴片。火柴片的装潢设计,形形色色,应有尽有；所采用的图案更是千奇万变、五花八门，而以仕女画裸体像最出风头。从而富于欣赏兴趣的公子姐儿，因集邮本钱太大，不堪负担，便把兴趣移到集火柴片方面，各式各样的火柴匣也就"鸡犬皆仙"地而被收集起来。曾记得抗战以前，上海出厂的每种香烟仿照清末外国烟厂的办法，都有成套的画片，像封神榜、红楼梦、三国演义的人物，分别装在香烟盒内，并在吸烟者集齐全套后而有奖金。于是重赏之下，必有勇夫，兴趣之来，必有迷者，倒不问重赏是真是假，兴趣有用无用了。甚至南京城隍庙里也有专卖香烟画片的摊贩，以供大家配购画片里的角色，可是最宝贵的二、三张，总是找不到的。今天集火柴片的风气不过小巫见大巫，还没有到了那样狂热的地步。我因帮助太座干过集香烟画片的勾当，却没有集火柴片的兴趣。然而仍在有意无意之间，见了奇特的火柴片就收集起来，这是由于几位女弟子有此兴趣，而无机会找得齐全，便奉太座之命为其代劳了。

今天的龙门阵摆得太久，只好暂时"涮锅"（即煞过）告"毕"，要知火柴先生和香烟姑娘的恋情爱意——"火柴到处寻情侣，只有香烟是可儿"——究竟如何，且听下回"开堂"分解。

（1966年9月）

杂货店里缺货品　临时设置豆腐摊

几个月来，黄豆案闹得惊天动地，成为热门新闻；而且城门失火殃及池鱼，杂货店的老板*也因不能执行律务，资本缺乏，担忧生活，无由贩进新货，只好临时设置豆腐摊，博取蝇头小利而吃豆腐了。不过话要交代明白，这个豆腐摊上的豆腐，的确是由民间的青皮豆而制成，绝对不是没有统一发票盗卖的黄豆在内。不然追起赃来，那还吃得消？

老实说，杂货店的老板向来对豆类都没有好感，除了红豆及小绿豆的例外，一切豆类都在讨厌之列，并不因为豆的味道不好，而是因为豆的形状是小而圆的。这有三个阶段的经过：最初有人在饭前说出一个"豆"字，这顿饭就根本不能吃下；后来说"豆"而不见"豆"，这顿饭倒可勉强咽下；如今说"豆"见"豆"都没关系，只是自己不吃罢了。所谓喜者自喜，忌者自忌便是。正因为讨厌小圆形的豆类，于是樱桃、葡萄、薏米、白果……都不愿吃。而如荔枝、桂圆、枇杷，外面圆里面的核也是圆更难欢迎。甚至于饭庄的红烧鸽子也是不吃，因为它的头是小而圆的。过去在大陆上，沙虾仁一味，

---

* 本书根据作者《杂货店》一书选编排印，因此，在本书中多处可见作者将自己称为"杂货店老板"。——编者

通常都用豌豆配搭,所以连虾仁都不愿吃了。杂货店的老板为什么有这种怪癖？很久时间找不出原因,最近因黄豆案偶尔想起儿童时代的故事,才恍然大悟。儿时最喜欢豆类,每顿饭非豆不饱,一次到外婆家,外婆的晚餐忘记了豆类,便大哭大闹不休,母亲看不下去,虽系仅存的独子,却重重修理一番。从此以后见了豆类就退避三舍不敢亲近。然因生理上的自然需要,虽不愿吃豆,却不能不吃豆腐,它已另成洁白之物吃吃何妨。从而和豆腐有关连的豆腐皮、豆腐干一律成为席上珍,好比唐明皇宠了杨玉环,于是虢国夫人、秦国夫人都见幸了。

　　单说豆腐,不特在李石曾先生到法国开设豆腐公司以前,欧洲的仕女们,没有吃过豆腐,就在中国先秦汉初的人们,依样没有吃过豆腐。因为豆腐是在淮南王刘安手里才发明的。我想用"发明"两字倒不如用"发见"两字较为正确,这和英国医学家偶尔在显微镜下发见盘尼西林一样。我们知道:一般是把石膏点入豆浆,便变成豆腐,然而在四川一带,是不用石膏而用苦水,或者就是盐卤汁罢。淮南王刘安那时候,当系偶尔发见苦水或盐卤汁滴入豆浆内,发生变化,用布类包起来,挤去了过剩的水分,便是豆腐的发见。而流传下来。含有水分较多的是嫩豆腐,含有水分较少的是老豆腐。嫩豆腐可以做汤,可以烧菜,可以拌香椿,拌荠菜;然而还有比它更嫩的,那就是四川的豆花,陕西的豆腐脑。老豆腐可以红烧,可以干炒,可以烧鱼头,可以炖羊肉,如嫌不够味还可炸而后吃、冻而后用;然而还有比它更老的,那就是豆腐干,能制成有名的煮干丝,而西安的豆腐最老,外省人竟说,它用秤钩可以提起的。因为豆腐的讨人喜欢,有些食品虽然原料不是豆腐,却也以豆腐为称,最著名的就是杏仁豆腐，正如芙蓉鸡片并不是真正的鸡片一样。

当然，最可口的豆腐是嫩豆腐，从而讨异性的便宜，便叫作"吃豆腐"。为什么要这样说？或者因为在上海街头有一位豆腐西施，招引顾客，大家便以吃豆腐为号；但买豆腐的人都是主妇或娘姨大姐，很少男性去买豆腐，这个说法便难成立。民间另有一个传说：赵匡胤不得意的时候，隐遁在华山，时常与陈抟老祖对弈，偶尔也到山下小镇上走走，吃些豆腐，津津有味。后来黄袍加身做了皇帝，每日虽然吃的山珍海味，总觉得没有过去在华山脚下小镇一家女性开的小饭店里吃的豆腐美味难忘。于是微服出京，特到该小饮食店去吃些豆腐。然而美味却大不如前，便问女店主道："我特来吃你的豆腐，为什么反而不如当年美味可口？"女店主笑而回答："客官，你以前下山来吃我的豆腐，那时候我年纪轻，脸儿嫩，当然觉得豆腐好吃。如今，豆腐仍然是以前的豆腐，卖豆腐的人年老身衰，已非当年，来吃豆腐就觉得没有什么意思了。"追求"吃豆腐"一句话的来源，这或是一种较为合理的解释。

总而言之，豆腐终是最富营养的食品，和牛奶的营养成分有类似的地方。富贵人家可以把豆腐做为食品原料制成种种精美的盛馔享受一番。贫苦人家，因其价廉物美，也可用豆腐代替肉类而有其营养价值。尤其是素食的和尚尼姑或居士，和豆腐及其同一系统的豆皮、豆干等食品订下永久同盟契约，早夕三餐不能相离。而年老没有镶补牙齿的人们，也是对豆腐及其同系食品，依赖为命。就是牙齿没有坏或早已镶补的，为了肠胃的容易消化，还是以吃些豆腐一类的食品为宜。而童心未死的骚老头子，最大的本领也只是以吃豆腐为限。

因为豆腐价廉物美,自古已然,所以过去对于清苦的学官,就称作"豆腐官"。前清三甲进士,最低的授官便是府教授,列在"豆腐官"之流。在工业社会里的教授,也是越"叫"越"瘦"了。当时州县儒学的老师,或称"教谕",或称"训导",系由落第的举子选拔而来,都是清贫的官,而以吃些豆腐为生活的。其实做官是为了做事,不是为了发财,而豆腐又是最富营养的恩物,只要制成豆腐的黄豆,非系故买赃豆而来,卖豆腐的人固然无涉,吃豆腐的人更是心安理得了。那么,做官的人老老实实地吃豆腐过生活,并不是一种耻辱,应该是一种骄傲。

(1966 年 12 月)

读书不倦能明理　习字无休可养心

　　读书能明理，习字可养心，这是指读线装书和习中国字而言，所谓"理"，也就是以发扬做人的道理为重点，所谓"心"同样是以培养自律的心情为基石。对于复兴中国文化，实在是一个起码的要求，人们在束发就学以后，就应该朝着这个方向去走。
　　书内所含的道理是多目标的。慢说洋装而蟹行文的书，富有丰富的科学道理，日新月异，并有其各具一格的哲学、文学、史学等等的道理，百珍杂陈，获益匪浅；就是中国固有的线装书早就汗牛充栋，五花八门，经史子集，一辈子都读不完，要明的理也明不了多少。然而过去被推崇的"读书人"，并不是指那些"书内有黄金"的读书发财的人，也不是指那些"书中自有颜如玉"的读书得美的人，更不是那些"万般皆下品，惟有读书高"的读书得官的人。而是能知涉身处世的准则，能懂应事接物的规范，明乎伦理，明乎事理，明乎天理，不但通理，且能达情，这就是读书人的所贵了。如此的读书人，在朝当是循吏，在野当为君子；在军当是儒将，在百工当是良民，所以说人先明理而后事业，士先器识而后学问，人而不仁如礼何，人而不仁如乐何！读书明理一言以蔽之，就是明白做人的道理罢了。如能明白读书的道理，纵然是那些"死读书，读死书，读书死"的书呆子，不能发挥读书的广大效用济世救人，但在他们的本身上却不会利用书内的知识巧弄虚玄,发生反作用,而为非作歹起来,这在消极方面却仍有其价值了。

人们能不倦地多读一点圣贤书,知道做人的道理,在公而不徇于私的范围内,为世人谋幸福,在私而不害于公的界限中,为自己取自由,行得端,走得正,放得平,摆得稳,这就是读书所要明的理。而这种理,在中国固有文化里储藏极为丰富,所以古人说"读圣贤书,所学何事",就是对读书而不能明理的人的一大贬责。我所说读明理的书,是指线装书而言,就是这个道理。其实在洋装书里关于伦理条理一类的知识,并非没有,然而我国既早有丰富的宝藏,归吾人享用,数典岂可忘祖,野味怎比家珍,与其以中国人的头脑,在做人的道理上灌入洋知识,总不如温故知新,自足自给做得更亲切些,更宝贵些。

说到习字方面,今人只重视它是中国文化里最特殊的一种艺术,系由方块字而形成,只此一家,别无分号,却完全忘记了字是养心的一种灵丹,只计算其结果,而不珍视其过程,这就低估了习字的价值了。记得过去在私塾就学时代,老师教我们习字,除了静心端坐及执笔姿势外,便是预先如何磨墨。磨墨必须在砚台上放下清水,把墨锭由清水中间慢慢地磨来磨去,到了相当浓度,然后展纸习字。这种经过必须静心耐性,今次用完了墨下次写字再磨,一锭墨用到底,其底端始终是平而不偏,所以说"墨磨偏,心不端;墨磨平,心在中"。虽说磨墨是要费时间的,但使幼童聚精会神于习字一途,既非浪费时间,而对于习字有兴趣的人,一面磨墨,一面读帖,更是心无杂念,得到养心的妙用。何况磨墨习字,静中有动,并能收获养生的功用。所以过去读书人的写字都是用磨好的墨,绝对不用墨汁，墨汁只是让给拉墨线或绘画工匠去用罢了。

不过习字养心的功能发生，对于淡泊名利的读书人是完全可以做到，在一般情形下，却也有一种诱因存在。当时考秀才、考举人、考进士必须先看书法，字写不好休想中试。尤其考进士重视殿阁体的书法，有志上进的秀才举人平时都要练习写"毛折子"，一笔一划地写出"殿阁体"来，我就看见过先伯父际唐公所写的"毛折子"的样本。"毛折子"系折合成册，纸厚而不光滑，非用硬功夫不易写来如体，虽为功名富贵所诱使，而在写的时候，却不能不专心致志以赴，在间接的作用上依然有其养心的功能。所以清宫里有一座养心殿就是贮藏名家书画的场所。至于在私塾读书不想上进的人，仅系认识几个字，将来走到工商店铺去，为记账方便，老师也就不来苛求，只好任他们写简笔字，划笔迹罢了。

清末，改设学校后，大家对于书法慢慢不注意了。到了今天，完全把它当作艺术品看。好像只是少数书法家的事情，习字养心的道理完全抛诸九天云外。无论上学考试写信用世，都不在字上讲究，最多为了签名而将自己的名字写得好一点或艺术化就行。而且写中国字不用毛笔和墨，大部分是用自来水笔代替了。虽说在工业社会里一切都贵迅速，电子计算机的发明更是划时代的成绩，哪有闲工夫去习字养心，而开起倒车。然而既要复兴中国文化，至少对于公务人员的考试，要重视字体的端正清晰，而满页难认的笔划，飞龙走蛇的笔势都应当加以取缔。那么，读书而求置身仕宦的学子，不必强求其习字，也就得到习字养心的功效。成人虽不必个个专以习字为准备，然在工业社会里，仍有不少读书人有时间打牌下棋，改变到这方面而为习字，也就不见得习字养心是工业社会所不容的。

我是诗书画三绝,这个绝是绝缘的绝,字当然写得不好。记得幼年父亲向姻伯范卓甫公说我的字写得不好,姻伯常夸奖我能用功,但对我的字却说了"字是门面,应写得好",而且是"养心的不二法门"。所以我的性子自幼就很急躁,年轻的时候,大家称我为"炸弹",一投即发。自从太座归来,时常修理我的脾气,虽说改变到心平气和的境界,然而有时候还不免五分钟的发作,不能炉火纯青。倘在幼时能将字习好,到了今天用习字而养心,岂不怡然自得吗?

明理无他求,应自读书起;养心不难找,将从习字来。这是线装书的好处,也是中国字的妙处;何幸生而为中国人,又何幸而享有如此丰富的文化遗产,不其美哉,不其乐哉!

(1967年3月)

拉弓强过放箭　节食胜于饱餐

说到做人做事的作风,除了有不共戴天的仇恨,或维护汉贼不两立的大义以外,在正常情形下,都应该以留有余地,剩有余福为念,对人不赶尽杀绝,对事不包办到底,让一条路,退一步想,这便是不干天和,自处求安之道。懦夫的作风固然是每个人引以为耻的,但过于称强,每挫其锋而伤其锐,却也是不划算了。满足的作风,固然是每个人有其所望的,但过于现实,每每胀其腹而肿其身,也是无补于身的。所以只拉弓,不放箭,能节食,不饱餐,乃见其力无边,其味无穷了。

不错!拉弓的目的,是为了放箭,然如拉弓而不放箭,或许比起真正放出箭来的收获,还要增加多倍呢。我们诚然不应学"将欲取之,必先与之"的办法,弄其虚玄,但箭在弦上适可而止,何必一定发出,求个真正结果。因为既然不是一个懦夫,而能提起这张弓,甚或搭箭在弦,已能惹起对方见而生畏,知道你这个人不是好惹的,显然获得攻心的胜利,很容易使对方就范了。果真不待对方退让的时机到来,真要放箭,那必须有黄汉升一箭成功的把握,薛仁贵三箭定天山的本领才行。不然,一旦射而不中,谜底揭开,再拉第二次弓,又有什么用处?何况强弩之末势,不能穿鲁缟,又是我们的教训了。纵然是养由基的神箭手,箭不虚发,山海冤仇从此更深,一旦死灰复燃,难免枝节横生,缠个不休,对自己又有什么好处?况为白水滩上的戏词——"一个人怕一个人也就够了,何必赶尽杀绝"?便惹起十一郎出而打抱不平了。须知拉弓乃是制胜中最高作风,一放了箭,便把拉弓的妙谛完全消失了。既不是上演铁弓缘的戏,何贵乎拉此一弓!

饱餐的价值只是在枵腹饥肠的时候获得一种满足,然而饥年饿殍的初次重新进食,也是绝对不能过饱的。如系劳动以后,需要热量增加,自然也可饱餐一顿,然而也要看消化能力如何,不见得饱餐就是幸福。神话小说上曾说,某人要死的时候,饭量突然增加,因为他命中注定消费多少粮食,不能为了消费未毕,而拖延他的死限,便"赶起禄粮"来了。可以借来说明不需要的饱餐是促短寿命的。古人尝有满桌珍肴,无下箸处的苦恼。说穿了不外饱餐的作祟!饭要天天吃,胃要时时养,顿顿狼吞虎咽,胀破肚皮,不特倒胃,无法进食,而且吃厌食品,甚或忌食,倒不如节食而剩有余福为愈。何况吃饭虽是为了营养,其在人类生活中尚是一种精神上的休养,而有吃饭的艺术存在。不然,一个人终日打针滋补,不动烟火,岂不省时省事,何必与家人或与朋友围在一桌而举箸而动刀叉呢?饭不吃饱,胃不塞满,才算得吃来津津有味,菜菜皆香,吃了这一顿,还想那一顿,这种吃饭的幸福是无穷的。记得抗战时期,最驰名的姑姑筵,每道菜诚然都是精品,而菜量不多,座客争箸,尚未尽兴,即已盘空,实是维持客人食欲自始至终健旺的不二妙诀。节食与饱餐的作风也是同样的道理;真是口剩余福享不尽,一朝腹满即时完!

拉弓不放箭,节食不饱餐,虽然是两件小事,但其适可而止,不为过甚的作风,留有余地,剩有余福的看法,却是一般做人做事应该注意的。譬如说,"骂人不揭短,打人不打脸",纵然不隐恶扬善,至少要存几分思原心肠,让出一条路来,使别人好有一个下台脚步。倘若一味称强争胜,不退一步走,就会树大招风,名大招谤,对自己还是不利的。推而如写脚本,撰小说——也得涵蓄不尽,意到即止,让观众追思无穷,一样不要全盘托出,暴露无余。莎士比亚的名剧,绝没有暴露刑杀的最后场面,使庸夫俗子感觉到热闹一番。因为巨细不遗地都写进剧本演出,那就破坏了全剧的精神,而瘫缓了紧张的结构与剧情。《红楼梦》的作者曹雪芹是写爱情小说的圣手,对于淫荡的场合只是意有所向,绝不刻画入微,便成了无上的艺术作品,而非色情的肉麻的淫荡著作。有些外国的风俗,每以妨害风化的电影片,作为宴客后的余兴欣赏。其实,看过以后,纵不倒胃作三日呕,也是见而不及所想,木然直视,索然无味,顶多麻醉了神经而不知其所见了。再以模特儿的欣赏为喻,最好是穿起衣裳而半露其背,旁现其腿,才有神秘向往的情调。就是不穿衣裳,仍得遮盖胸间两峰及腰下的方寸部位,如若真正脱得精光那便是活妖精,谁也得咋舌而退。这并非艺术的"亮相",不过妖精的"献丑"而已。

《红楼梦》上王凤姐的品格不如贾探春的讨人喜欢,虽然两人的才干相同,而其作风却是有异。那就是一个既拉弓又放箭,一个只拉弓,不放箭,这便有了差别!同样,林黛玉的际遇不及薛宝钗的惹人称许,虽然两人的真情相同,而其想法却是相异。那如是一个想要饱餐,终于多愁善病,一个能知节食终于水到渠成,这便有了区分!拉弓何必放箭,节食岂逊饱餐,这两件小事情,值得吾人在做人做事的作风上有其猛省!

(1967年4月)

洞中方七日，世上已千年
快慢无标准，疾迟反自然

记得有一首古诗"王子去求仙，一去不复还，洞中方七日，世上已千年"，其在时间上的换算，洞中一日相当于世上一百四十三年有差，就王子在洞中而言，当然是长生不老，过着仙家的生活。怪不得秦始皇要派徐福求不死的药，汉武帝也好神仙，想求仙丹于尘世以外的仙境了。老实说，时间无非是生活在地球上而为生命有限延绵不绝的人类一种观感。过去、现在、未来的三个境界便由此而出现的。所谓一切历法，都是人类顺应地球的公转自转的事实而为自己安排了所谓时间上的计算而已！地球以外其他太阳系的星球，以及太阳系以外其他恒星系的星球，对其年月日的计算显与人类用在地球上的历法不能为同。"洞中方七日"依然是去求仙的王子在这个洞中的一种观感，不必就是其他任何星球上的洞中，都是"方七日"的，也许是"七小时"或"七分钟"都说不定。然而截至现在，任何星球上，是否有与人类智慧相同的生物，还不知道，所谓其他星球上的问题，仍只是在地球上生活的人类自我的揣测，当难证明其有客观的存在。造物主虽对生命有限而又延绵不绝的人类，赋予以时间观感，是否在人类观感以外创造出一个绝对时间的客观存在，我还有点怀疑。造物主是永恒不息而运转的，是继续一贯而变动的，若有客观的时间存在，必有毁灭的一日，造物主绝不会有如此的命运，而终了其一切运转或变动。那么，过去、现在、未来的境界是否能用在造物主的永恒方面，我是认为不可能的。

时间显然是人类专有的观感，对于过去的历史，不能不有年代的记载，对于现在的莅临不能不有当前的体会，对于未来的展望，不能不有岁月的推想。然而过去未来仍然只是从现在说起，没有现在也就根本没有过去和未来了。譬如说，一个人生下来就是白痴，虽然在别人眼中，他是由幼而长而老，但是他压根儿不能了解现在，也就不知什么是过去，什么又是未来了。就拿我们睡觉来说，一觉睡到天亮，对于躺在床上的时间经过，因为没有现在的感觉，也就分不出躺在床上的过去与未来。只有睡不着觉的人才能把握到睡在床上的现在，才有过去未来的感觉。倘再说到现在方面，如果不划出一个现在的段落来，短促的真是可怜；换句话说，现在只是一刹那的存在，不过是生活在某一点钟的某一秒内，过了这一秒钟，便是过去了，而即将来临尚未来临的下一秒钟，不能说不是未来，然而一瞬之间又变成现在，马上又成为过去了。所以论起现在总得划出一个阶段，以与过去未来为别，才有意义，事实上并没有真实的现在的存在。人各有其现在，世各有其当代，时间的经过，一切主观的决定，也就是因人的生存年龄，世的演变纪录而有不同。今天视为未来的，过后就成为过去，今天视为过去的，最先原就是未来。要之，过去、现在、未来，三个境界，固然在人类的生活上有其重要作用，绝对不可无此观感，但其本身系由于时间问题而起，一样非属于绝对的客观存在。这仍可用梦境作一说明：黄粱一梦,集穷困利达祸殃于一生的事实,归纳在于短短一梦之中,对于平日生活上时间的观感又何从而在呢?而"人生如梦"显又打破了过去、现在、未来的三个境界!

　　既然说到时间问题,当然有个快慢疾迟的意念存在。费去时间短的是快是疾,费去时间长的是慢是迟。这仍然因人的行为而决定其变幻的。年轻人做起事来,疾如脱兔,年老人走起路来,慢如牛步,在时间的需用上显然有其区别。魔术家的神奇表演,只是一个快字,观赏家的仔细鉴别,只是一个慢字;探马向主将报告军情需要一个疾字,情人向对方表示爱意需要一个迟字,各对时间有其快慢疾迟的选择并无绝对的标准可说。年轻人最喜欢装老,在小学时就"老王""老张"地乱喊,因为他们来日方长,总觉得时间过得太慢;年老人最喜欢装小,对于"老太婆""老教授"的称呼总有点不耐听,因为他(她)们来日无多,总觉得时间过得太快。何况时间的疾迟,和个人的心情及生活状况更有密切的关系。抗战八年,大家生活艰苦,战争又打个不休,就觉得时间经过很慢,迟迟不见胜利复员。迁台以后,宝岛生活安定,近二十年,反而觉得时间疾速而过。这种时间上快慢疾迟的观感,在其评价上究竟如何,姑且不说,而在人们心理上所发生的观感,却系如此的。

　　不过话又说回来,造物主毕竟是永恒的,时间只是造物主赋予生活在地球上生命有限而又延绵不绝的人类一种观感。我们今日在地球上看见某一星球,其自该星球发光起而射到地球上,也许还在有人类以前,在它本身是继续不断地射出光芒,为人类所见,它只是发光射出,原不必具有时间的绝对客观问题在内,只是人类有此观感而已!从而如所谓空间也是人类的一种感觉,慢说空间大到如何程度,或根本无所谓边缘的存在,为人类不能知晓,而小而又小的空间,也是人类所难了解的。譬如说,人类截至现在,只知道过滤性的物体甚小,而其体积是否可分,又有再小的空间,依然是一个谜。所谓空间问题无非是人云亦云而已!我没有研究过爱因斯坦的相对论,也没有读过现代反相对论的书籍,只凭自己一时的心血来潮,写出这篇稿子。好在杂货店出卖的货品,有新货,有陈货,有新近上市的时髦品,有不值一顾的破烂品,一齐摆在店内,也属无妨的。

(1967年7月)

能知而不知，糊涂未必非福
得饶且为饶，悯恕何曾是宽

古人曾说过一句话"难得糊涂"，这是对自恃聪明的人们一种警告。吾人涉身处世，求仁取义，诚然要做得彻底，不应糊涂从事。但人与人的相处，还有一个朋友之道列于五伦，还有一个推己及人之心成为恕道，在小事方面便不能以自己为本位，以他人为刍狗，而察察为明起来。"吕端大事不糊涂"，可见对于小事是装作糊涂而不计较了。

自恃聪明的人们，最喜欢用心机，耍手法。其实人同此心，心同此理，心机谁不会用，只在忍与不忍之间；手法谁不会耍，只在愿与不愿之间。人人都用心机，都耍手法，这个社会便巧谋百出各显心手，还能望有敦厚的人心，纯正的风尚吗？何况一帆风顺，难无逆流，心机或有枉费的时候；智者千虑，必有一失，手法也有破露的场合。慢说他人不堪承受其心机或手法的打击，就连自己仍不能尽数打出如意算盘。"聪明反被聪明误，巧妙难收巧妙功"，倒是应当注意的话。所以有些地方必须收敛聪明，能知而不知装作糊涂，未必不是一种幸福。

聪明人装糊涂是有其恕道的存心，绝不察察为明，自鸣得意。使栽倒在泥沼中的不幸者，永不得翻身；其实打死老虎，并不见得是自己的英勇，而落井下石又岂仅是幸灾乐祸？俗话上说"得饶人处且饶人"原非都是走宽纵的道路，而是在得以饶人的时候就不应夸张自己的独见，对不幸的遭遇者，口诛笔伐到底。这种悯恕之道乃人类同情心的表现，一切一切既有正当的因果关系，由其自作自受，吾人绝不应火上加油，使其腐烂无余。老实说，他人纵然全部皆非，自己未必全部皆是，自己的遭遇既希望他人予以同情，自己的小过也希望他人予以原谅，那么，能推己而及人就不会乘人的危急而卖弄自己的聪明了。这种悯恕心肠，与其说对他人从宽倒不如说对自己从严，那就是不幸灾、不乐祸、不自夸、不逞能、能知而不知，得饶且为饶罢了！

（1967年9月）

社会繁荣工业化
"下女""女工"变"管家"

　　秉性虽说难改，习惯终成自然，这就是"性相近，习相远"了。然在环境突变，习而未惯之际，总难免乎事与愿违，求非其需，留恋过去，痛苦万分的。

　　大而言之，春秋郑子产铸刑书，晋赵鞅铸刑鼎，斩断了秘密法时代，达人都看不惯，便以"民在鼎矣，何以尊贵"为说，纷纷反对；唐世初以考试取士授官，改变了九品官人之法，士子深感行来不惯，便以"投牒自荐"自取其辱为说，个个反对。但经过了相当时日，法令的公布，考试的为制，却成为天经地义了。小而言之，近多年来，政府对公文程式的不断更改，法院对诉讼书状的屡为变革，在其初期都是遭受使用者的不满，认为愈改愈坏，今不如昔。但时间久了，可说是惯而成习转变过来，也就没有什么苦恼！

　　说到农业社会一变而为工业社会，并且变得很快，当然是最大的一种变局，便有许多新的景象出现在眼底，而与过惯了农业社会的生活习俗，格格不入。社会环境既然变了，过惯了的生活习俗也得变，但初次连续所接触的新习未惯，就感觉许多不大方便了。最使日常家庭生活发生苦恼的事情，就是工业浪花所卷起的家庭女工问题。

本来，政府来台以前，许多人在大陆都过着农业为主的社会生活。都市雇用女工，双方彼此客气，不称之为"妈"，便称之为"嫂"，不称之为"姨"，便称之为"姐"，决不像殖民地时代的台湾，把女工称为"下女"，使她们低人一等。诚然：过去很多官宦人家摆官架子，把男女用人叫作"底下人"，但一般平民家庭，对于女工并没有"下女"这样贬低其人格的观念。政府来台以后，将"下女"改为"女工"，首从正名方面提高了女工的地位，我家请了一位女工，一用就用了十多年，然而这种情况，现在却是不可能了。

十五六年前，台湾尚在加速工业发展初期，农村没有十分繁荣，女娘大姐既须就业，但就业的机会并不见多，洁身自爱的都是以雇于都市家庭为所愿，据估计，约有四位女工争取一位雇主，当然供过于求了。从而工资平稳，条件平易，纵然是调皮捣蛋的老油条尽可将其辞退，另请他人，雇主方面从不感觉有何困扰。然而已有一个先兆，提高了雇主的警觉，那就是外国朋友纷纷带眷来台住家，把工业社会的风气也带到台湾来了。他们在其本国并无雇用女工的能力，但到中国后，利用工价低廉，而以超过当地的高价数倍为酬，并有一定的工作时间，超时加工照例加薪。采茶姑娘进得城来便都趋于外国婆子之门，而使旧习惯起了一阵波动。幸而供过于求，主妇虽对女工伤透了脑筋，却也不致落于窘境，以致有钱不能请得女工来的。

近十五六年来，工业一天一天发展，工厂一天一天增多，工作有定时，工资也不低，成千近万的黄毛丫头及农村少妇一批一批地拥进了工厂之门。而且工业发展刺激了农村繁荣，富有人家不分男女都要使其求学上进，这又减少了女工的来源，变成求过于供的现象。据估计，目前是四位雇主争取一位女工，争先恐后，高价约请,供膳宿外,月给千元者并不稀奇,可与低级的公务人员的待遇比美起来。然而她们选择雇主,却更严格:家庭人口众多者不干,家庭不常打牌者不干,家有病人在床者不干,家无电视冰箱者不干,最好只有单身男子,白天晚上多半外出,她们可以自由自在了。一位主妇为了女工问题,遍向人说因为女工难请不敢得罪,除了向女工磕头外,一切都顺从她们,好像媳妇看婆婆的脸色一样,然而仍不能买得她们的欢心,说走就一走了事,毫无情感可言。

时代诚然变了,农业社会的女工情况,当然不可有望于今后,这是雇主要反省的,当不会永留下苦恼的心情。但女工们大都是无知识的,粗丫头就不免乘势恃宠,自高身价,趾高气扬,不可一世。换句话说不问女工的责任何在只求女工的奇货可居,这就无端加重了主妇的苦恼,应予矫正的,听说社会行政当局,拟办一个女工训练的机构,使其明了服务的精神及责任,并改称"女工"为"管家",这倒是对症而下的药了。女工受训以后,或能自省,且以管家为名,自应有其责任,这或者是目前女工荒而且女工劫中的一个补救办法。

总而言之,工业社会与农业社会大不相同,不仅一个女工问题,譬如说,为整顿市容取缔三轮车但对不良于行的老年人却极不方便。就说以计程车代步,但单行道禁驶区都不用说,而且在马路上叫车要有"招呼站",那么,不良于行的老年人只有坐在家里看电视罢!好在电视也是工业社会的产品,失之东隅也可说是收之桑榆,而其在街市上遭"禁足"的处罚,又何尝不是为时代所牺牲,只好忍受下去!家庭的女工问题算得什么。

(1968年3月)

逢机启智　见景生情

　　人固然是万物之灵,自身有其主宰,不为外物所移,而为其奴隶。然心思情智的发动,无论其为正为负,为是为非,总都是受着物象的刺激而起,由于直觉发现真理,事诚有之,但并非普遍的事实,惟大圣大哲的先知先觉乃能如此罢了。然如瓦特牛顿的伟大发明依样是由于蒸汽腾空苹果落地的刺激而然的。

　　物象系在人身以外所显示的一切事物,或可称为景象、形象;现有的物象统称其为现象,过去而印入心中的物象,得称其为印象。它们不断刺激人心,而有反应发生,这就是对于物象如何处理的答案。记得数十年前,北平学人曾喊出一个"只谈问题"的口号,显然漠视了原理原则的价值,不是至上的道路,但就解决物象刺激而言,却能直截了当地发生一种迅速的反应了。不过没有原理原则为其反应的依据,其答案也就不一定是属于正确的。

　　所谓逢机启智,就是说,有了外来物象的机缘,就会发生人们心思情智方面的反应而作答案。这在人类进化史上好像是永无止境的影片,一幕一幕不断地映出解决种种困难的镜头,而产生智慧。愈在后面,愈能看出集合许多智慧,解决了新生的更为重大困难。这些困难都是蕴藏在物象里面,表现在问题表面,愚弱的人或为所困,成了物象的俘虏,智慧的人自能克服,成了时代的英雄。

于此，我们每每感觉到现世若干事物，在古代人心目中，不无合理的答案，是不是古代人比现代人特别聪明呢？除了大圣大哲的先知先觉者外，一般人的智慧都是古不如今，这是人类进化的公例，难为古代人讳言。那么，有些地方古代人的智慧竟能与现代人同样有其价值，又系何故？老实说来，还不是逢机启智罢了。譬如说，我国周代既有封建制度的创立，诸侯往来的事实，俨然现代的国际社会形态，对其间所发生的物象，便不能不求出合理的反应，而有相当于现代国际法的答案。迨秦灭六国，统一天下，物象既变，答案自异，于是"万国衣冠拜冕旒"的帝国思想取而代之，也就无所谓相当于现代国际法的思想，继续传下，而求其进步了。不过人总是人，有其自由意志，虽不无受物象刺激的影响，但在西周春秋时代既重睦邻善交之道，而认为理应所然，从而在汉唐大帝国时代，依然是不废此道，而非以侵略为务了。

我国有一句老话"见景生情"，譬如说，临丧而哀，遇祭而敬，值庆而喜，谈险而惊，一方面是对当其事者表示同情心，一方面是由这些物象而当然发生这样的反应。逢机启智正是一样，遇见物象的刺激，除了情感的反应外，同样也得求出一个合理解决的办法，而作应付问题的答案。不过见景生情，虽幼稚民族与进步民族，善良的人与凶恶的人在其表现的道路上不尽为同，而情之为情，总是一样，喜就是喜，怒就是怒，哀就是哀，乐就是乐，千古一律，并无改变。逢机启智，却因时代演进，并因所"逢"之"机"愈后愈为复杂，而所"启"之"智"愈后愈为深刻了。

(1968年5月)

真是"诗,穷而后工"呢?
还是"文,富而后达"呢?

杂货店老板提出"穷而后工""富而后达"这两句话,原意并不是说做诗系"穷而后工",写文系"富而后达";只想借用这两句话探讨我们研究学问想有成就,当从穷苦艰难中得来呢?或从富裕舒适中得来呢?

照过去一般情形说,文人学子的成就,大半都是经过穷苦艰难的阶段,方有造诣,且必贫而愈坚其志,愈显其学。像复圣颜子一箪食,一瓢饮,居于陋巷,人皆不堪其忧,他独不改其乐。像历代所传凿壁借光而求学,牛角挂书而求知等等故事,都是安贫乐道,有所自励的成功者。"人穷志短",分明是不知上进而以膏粱子弟为羡的庸夫俗子罢了!一代名儒,十年寒窗,英雄固然不怕出身低,儒士同样不怕出身贫的。"将相本无种,男儿当自强",越是有心胸,有志气,忍得住穷苦,熬得过艰难,不忧于贫,不畏乎勤,在学问上越是有出人头地的一日。诚然!富而好学非无其人,缙绅录中,代有传者。惟求其志之坚,心之切,学之广,识之深,似乎仍以经过穷苦的锻炼透入艰难的涤洗,方有成就,乃为上乘。

然因过去的观察,到了现代工业化的社会里,却不免有点变化。许多人都说要做学问而有造诣,不必学而后富,实应富而后学,因为工业化社会生活水准提高,不比农业社会生活的简单朴素,有钱万事皆足,无钱寸步难行,纵有志士想来乐道,也为环境所诱,风气所化,有谁还能安贫?何况升米有其高价,杯水也须花钱,纵欲箪食瓢饮一样得来不易,更是不能安于贫的。据说,日本有一位学人,抛弃过去苦学俭学的理论,先做土地买卖生意致富,然后坚心研究学问,凭其财力而有种种设备,并纠合人力,分工合作,在学问上居然有其相当成就。我国许多青年闻风而起者大有人在,大学毕业,不必即求深造进研究院,就令希望取得硕士资格,却也心不在学。他们预定先从营利事业方面投机发财,以后,再进而求学问上的深造不迟。这又是老板最近常听到的言论。

对于"穷而后工"及"富而后达"两句话的批判,诚然因时代的先后,而在价值上有其轻重的不同。但也各自有其风格卓然独立,不受时代变化的影响。先以"穷而后工"为说:今日,国民教育虽已延长,人人有书可读,但衣食足然后知礼义,生活难怎能再阅读,各级贫户的子弟苟无奖学的机会或社会的援助,想要在学问上飞黄腾达,实在是凤毛麟角,这是现时代在原则上所难允许的现象。不过说到较为平淡而非复杂性的学问,只在涉猎与思索方面下工夫,自可耐贫苦学而得深造,当然是不受时代环境影响的。

倘再就"穷而后工"一句话作深一层的观察,更与时代先后无关。说起"穷苦艰难"来,并非专以贫困冻馁的情况为限,他如遭悲蹇惨痛的命运,或怀抱忧时悯世的心情,更是精神上的穷苦艰难,同为"穷而后工"的座上客使文人学子赖其刺激,有其奋发,在学问上建树起不朽的事业。这种穷不是真穷,确有一种雄厚的力量蕴藏其中,对于学问上所表现的著作,可说不工而自工了。在过去像楚国屈原以忠愤的笔锋,写出万世传诵的离骚;像汉司马迁以腐刑的隐痛,写出千古称赞的史记;像杜甫终身坎坷,奔跋各地,终能成为诗圣;像韩愈三试不成,十年依然布衣,终能被谥文公。其他,像文天祥的正气歌乃泣血饮恨之作,像顾炎武的《读史方舆纪要》乃匡时谋兴之文,一时真是说不尽的。照这看来不但诗是穷而后工,文也是穷而后工,谁能否认?其实在精神上所遭遇的穷苦艰难,发而为奇文名诗,完全出于个人的振奋向上,任何时代皆然,不以旧时社会为限。即如抗战中爱国志士的杀贼不屈,其能发而为文,凝而为歌者,一定都是精品绝作,只因老板非文艺圈内人,一时不能指出姓名罢了。那么,"穷而后工"的话,能因到了工业时代,就被绝对否认吗?

次以"富而后达"为说:在时代的关系上,工业化社会最所需要的是科学的知识,非如旧日文人学子,能写文、能做诗,即可出人头地,而享大名。现代学问,既需富有参考书籍并或须有实验设备,必要时且须赖有助手合作,方能深入洙泗堂奥。这种情形,真是每为生活而忙碌的文人学子所能办到吗?即以杂货店老板本身的经验而论,虽写作计划充满胸怀,而因年老眼花,既望天假以年,又愿有人襄助方能"得"自己之"心","应"他人之"手",完成预定著作,不负此生。然六口之家,两婴在堂,(女工月支已一千五百元)个人薪俸所得既已不敷开支,倘再请一书记,更所难能,只能束手兴叹,勉强自己动手,制作杂货店之小型售品而已!据此,可知"富而后达"的话,至少对于年老的文人学子,如想让其贾出余勇更进一步而有贡献问世,在今日工业化社会之下,确是穷不得的!

不过,"富而后达"的想法,固然是因为工业化社会的来临而引起的;但在运用上或解释上似乎也有不受时代限制的地方。从运用方面看"富而后达"的富,只要不为贫忧,不为穷累就行,若属巨富或暴富,反或有害于学问的深造。原系巨富,求如《红楼梦》中的贾兰潜心向学,实为庸中佼佼,不曾多见。若系贫儿暴富,列入财神门下,富愈求愈富,钱愈赚愈多,谁能罢手而返于学?就令有心人愿走回头路,也因惯于安乐富于享受,做学问总是苦,一样是心有余而力不足了。那么,"富而后达"的运用,并非因值工业化社会,在学问上也是一富即达可知。何况富字的意义,从解释方面看,经济环境的充裕,货币财物的累积,固然是富,而学富五车,识广众思,又何尝不是富呢?无论古今中外,不管时代如何,环境如何,在学问及其表现上,有经历,多涉猎,并能质疑问难,磋切丽泽,这不是"富而后达",又是什么?

最后,老板还有一点余兴,想附带地从"穷而后工""富而后达"这两句话的原有字面上说说:本来,"诗,穷而后工"的话是特对诗人说的,做诗虽非空言无据仍应富于其学,且须修养有素,经久乃成。然实发于心灵,出于情感,绝非拙笨人、古板人所能尝试而成功者。愈值穷苦,愈为哀怨,愈有艰难,愈能愤发。诚然!富而能诗者不无其例,但"诗,穷而后工"乃是一种常见的现象,因为这个"工"字是从情感中透灵出来,而"穷"的遭遇却是最能刺激情感的。再,"文,富而后达"的话,似乎应该特别对于写文方面说的,写文虽说同样不能离开情感,尤其小品文、应酬文如此,而有美的旋律存在,然文章的种类繁多,除抒"情"文外,还有说理而以"知"为贵的,并有达志而以"意"为主的,那么要想抱残守缺,纯从美的方面发挥其情感,便办不到,必须培养丰富的知识,搜集丰富的资料、耗费丰富的篇幅,才在学问的表现上有个样儿可言。所以"文,富而后达"的话在写文方面来看,可说特别有其相当价值的。

(1968年6月)

三轮车寿终正寝　老年人不免追思

　　记得台湾最初计程车问市的时候,三轮车营业者纷纷起而反对,集众寻衅闹事,日有所闻。幸赖政府处理得当,一方面由登记计程车者出重资收买三轮车,一方面辅导三轮车营业者改业他就,采取了釜底抽薪的办法。同时,对于三轮车的兜揽生意特加保护,凡车站所在,旅客下车只有三轮车能在第一线接客,计程车却须退避三舍,不能抢先。计程车为了营业关系,处处受三轮车的闷气,确实够了。好在禁止三轮车的行驶乃既定政策,先从取消公家的三轮车开始,私家自用车也要遭受同一命运,营业的街车者自然无话可说,终于1968年6月24日亥时首在台北市寿终正寝,只有五十一辆或因特殊原因尚未登"鬼录",司官正在搜捕"游魂",查其根底,同样要送往"阴曹地府"去的。

　　自同年同月二十五日零时起,大台北市区只有计程车是一般人代步的工具,过去所受三轮车的闷气,一扫而空,当然是眉飞色舞了。计程车乃时代的宠儿,甚能洋化都市,而在时间的计算上更能适合工业社会迅速条件的需要,的确较三轮车有其高贵的地位。如果四人合乘一辆,更比分别乘两部三轮车的车资便宜,穷措大也可暂充大阔佬而以小轿车代步,正足以炫耀国民所得日增,国民生活水准的提高了。然而因交通管制的关系,计程车有一定路线的行驶,有一定地点的停放,短途交通既不受营业者的欢迎,且咫尺之近,搭车又为事实所不容。从而对于力衰步艰的老年人却极不方便。他(她)们倘想上街买些零碎东西,或连续到几个地方,不断换乘计程车,那有三轮车行行走走,停停放放地得心所愿,绝不发生"行不得也哥哥"的苦恼!所以三轮车虽受时代的淘汰,非人力所能挽回,然力衰步艰的老年人仍然对其依依不舍,有相当的情感存在,而要为其举行追思弥撒的。

有人说,三轮车的前身是人力车,在清末由日本传入中国,称作东洋车,北平简称为"洋车",天津称为"胶皮"车,上海称为"黄包车"。乘者坐车上,由他人两手拉车而行,类似牛马,确非人道,早就应该废除。后虽变为三轮车,依然是人踏车而行,而且乘者由人力车的一人增为二人,加重了劳力者的负担,还不是一样不人道吗?其实,人力车完全由人两手挽车匍匐前进,有伤人道,殊难为训;但改变为三轮车后,坐而以两足踏车轮前进,得称其为"司轮",与计程车的"司机"又有何异?计程车司机,两手操纵机器,以车载客四人而行,三轮车司轮两足踏转一轮,以车载客二人而行,说穿了,彼此都是一样。用两手而生动力,为四人代步,既不发生人道问题,那么,用两脚而生动力为二人代步,又何人道问题之有?所以三轮车的寿终正寝并非由于其本身的内伤而然,无非由于时代的窒息所致罢了。

(1968年7月)

现实价值(效果价值),
未来价值(期待价值),
过去价值(报废价值),
纯正价值(道义价值)

  近人最喜用"剩余价值"一语,描写利用他人剩余下来的力量,供自己的享受,而见其价值是在。其实不从事物或行为的本身上估定其对国计民生或世道人心的价值,单就对自己个人的利害关系而为估定,那么,该事物或行为的价值,岂只所谓剩余价值而已哉!说穿了,除在光明的一面不涉及利用价值而有的纯正价值,或道义价值,巍然独存,浩然永在外,在黑暗的一面,所谓现实价值(效果价值),未来价值(期待价值),过去价值(报废价值)没有不是利用价值的。不过,善于玩弄利用价值的人们,绝不让人看破心机,甚或对利用价值,在表面上还要坚决反对的。假定曾有一位先生,喜欢说老实话,认为人与人之间就是相互利用关系,一旦利用价值消失,朋友的关系也就断绝了。因为这句话说得太露骨,看得太现实,其在社交上便要吃亏不少;如果改用"互助"一词,倒是冠冕堂皇的话,而且被人听来,还觉得这个人可以交朋友的。

  现实价值是你在当权当势当职当位的时候,而为他人有利用的价值,如能利用得上就有效果发生,所以又可叫作效果价值。僚属对于直属长官的毕恭毕敬,一般说来实因其监督权的极有价值可言;学生对于任课老师的话甚为听从,也有不少是为了老师有其给予分数的价值存在。平民百姓一样是不怕官只怕管,而有职有位的微吏末秩也有其价值可供利用者在。在这些情形下,纵然对有权有势有职有位的人不能积极利用,但只要对其应付得宜,不加不利于我身,依然是取得了一种消极的效果价值。何况现实价值无往而不发生其效果,笑话上说,过去某一平民死去出殡,丧家要写铭旌,苦无官衔,便写"头品顶戴双眼花翎吏部某尚书邻居某公之灵柩"以示炫耀。这虽虚有其事,但前清红白事件仪仗牌上常常借用亲友的官衔为用,却是常见的例子,这可说是最低限度的效果价值了。又记得在"五四"前后一般人写白话文,总要写出"我的朋友胡适之",如何说,如何说,利用胡先生的现实价值,抬高他们自己的身价,不仅一两个人开了这个端,更有许多人继其后,纵然仅和胡先生同席吃过一次饭,写起文章也是"我的朋友胡适之"了。

未来价值是你现在虽然没权没势甚或无职无位,但在未来前途却有无限的希望,可以利用得上,这就有了价值,自应预为争取,所以又可叫作期待价值。纵然事后不见得就能实现其希望,但在未来以前确实是有其期待价值存在,便要出老子上"将欲取之,必先与之"的手法。前清各地"票号"对于候补的官吏,供给候补阶段的一切费用,一旦院衙挂牌出来得授实缺,就派一位伙计随任管理出纳连本带利一齐收回而去,就是期待价值的最好例子。再说,还有一般人每多对其不在台上的人物不愿理会,但有眼光的人却特别献出殷勤关照备至。问他们之间是否有友谊?没有的!问他们之间是否有恩情?没有的!那么,为什么要这样做,无非认为未来有其价值可以利用,这就叫作"烧冷灶"是。一旦把冷灶烧热起来,便是利用他人未来价值的收获期了。然而这种未来价值的存在,是有条件的,不是每个人都对他人具有期待价值。凡是年老力衰或根本没有前途希望的人,就没有这种期待价值可言。年老力衰,岁月不多,泥菩萨过江自身尚在不保之中,还有什么价值供人利用?"人老珠黄不值钱"就此而论这句话真是不算说错。纵然年非老迈,但前途暗淡并无时运到来,就令过去炫耀一时而垮下台来,一蹶不振,也就没有人来烧冷灶了。所以未来的期待价值,并不是人人都有份的。

过去价值是你在过去曾当过权,有过势,或在职在位时被他人利用过的价值,不问当时的价值如何广大,如何深厚,事过境迁已成幻影,不再存留在利用人的脑海,所以又叫作报废价值。从当年射出现实价值光芒的人方面来说,当年是"官在衙门在",如今是"官去万事休",所谓"官凭印,虎凭山",虎落平阳,不特无人为其作伥,而且是要被犬欺了。当年是"富在深山有远亲",如今是"贫在街头无近邻";当年是"娘子死了哄破街",如今是"官人死了无人问",所以当年曾发生过有效果的现实价值,如今早成明日黄花属于报废的过去价值了。从当年利用过有效果的现实价值的人方面说,早已把前事忘得干干净净,甚或过河拆起桥来,观于佛家提倡"报本",耶教提倡"感恩",儒家提倡"念旧",正因为对过去现实价值的遗忘事实太多太多的缘故而然。

纯正价值是光明方面最可宝贵的价值,而与单纯利己的效果价值、期待价值、报废价值是立在相反地位,所以又可叫作道义价值。现实价值如能纯正化,只求其对于国计民生世道人心有其贡献,即见其价值的是在。纵然对于自己发生不利的效果,也愿使其价值产生的。《左传》载邾文公不畏身死而仍迁都求其对民有利,以及诸葛亮的六出祁山"鞠躬尽瘁死而后已"都是如此做来。未来价值如能纯正化也是一样利于公益,不必即利于己,所期待的价值更是伟大,不求利己而己身的光荣也就包括在内了,革命先烈的舍生取义,以求河山的光复;抗战健儿的杀身成仁,以求最后的胜利;其所期待的未来价值何等惊天动地,也是很显著的例子。至于过去价值如能纯正化,慢说对开国志士民族英雄在历史上永为垂念外,就是对个人有恩德的人依样是要终身不忘。古代风俗淳厚,仕宦人家,官虽做到内阁大学士,对于典试的老师始终是执弟子之礼,其他可知。尤其对于启蒙的老师,启讲的老师,哪怕他一无功名,仍在老童之列,曾为弟子的大学士见了他们更须执弟子礼不衰。今日学校的老师,并非都是具有导师身分[*],而且不能身教,对学生不过出卖知识而已;自然难怪学生在校除称"老师"外或竟称为"教授",出校除称"先生"外或竟称为"老兄"了。

总而言之,各种价值在其光明的一面,只计价值的客观性,不计及价值的利己性,所以又可称作道义价值了。

(1968年8月)

---

[*] 本书中的"身分"一词依其时代语言习惯,保持原貌,不予统一更改为"身份"。特此说明。——编者

谁能留得春常在　爱惜风光少壮时

　　杂货店老板向不服老,尝说"活到老,学到老,活到老,干到老;活到老,青春到老"。其友董作宾在世的时候,当大家欢迎凌波于台北宾馆时,听了这句话,便说"这是文学家的口吻,不是法学家的口吻,文学家说话,只求深入,不怕夸张,法学家说话,须有证据,最怕渲染"。于是杂货店老板见这话出售不利,乃改用"服老而不怕老"的货色向其进言,就被接受了。老实说,杂货店老板自从病后,也曾向上帝低过头,认过输,不敢忘老而仍自称英雄。所以杂货店老板对于"犹自拈花学少年"的话,说穿了,只是几句门面话,只是几句自我安慰的话,只是几句无可奈何而勉强挣扎的话。

　　春光好,好春光,乃春日独有的景象,夏热秋凉冬冷的季节,各有风光,岂能兼擅其胜,而春尽夏来,秋冬紧随在后,乃自然法则,谁也奈何不得。清代吴樾"春在堂"的斋名,抗战初重庆朝天门内"留春幄"的商号,在事实上又有谁能留得春常在,还不过与"花落春仍在"同样是文人想象的话罢了。那么像"春灯谜""春霄曲""春莺转"一类词曲的哼出,绝不是"春去也"以后的情调,强要抱残守缺自我陶醉起来。

　　正因春暖以外有夏热秋凉冬冷的陪衬,乃倍觉春的可爱;倘若一年四季皆春,季节毫无变化,对于春的印象也就平淡无奇,只要不因久而生厌,喊出"送春"的口号就好,谁还有留春不得的感想呢?所以留春不得,虽说是春的方面一种缺陷,而这种缺陷却显示春的本身上一种完美,这或者就是真正的"缺陷美"罢!说到人生,由婴而童而幼而壮,都像发展在青春季节,从而便包括在青年时代以内,而为一生最为宝贵的阶段,最可留恋的阶段,最应把握的阶段,问其所以然,也是出于衰老阶段的陪衬而然。若一生都是鼎盛春秋谁还珍视少壮时代而为青春的爱惜呢?

不过,人生的青春时代毕竟与春的季节有所不同。春乃一年季节之一,每年周而复始,夏热逼来,春是去了,但冬残雪消,大地回春,春又来了,人生百年,如以整年整月计算,也就有一百个春日好过的。然而人生的青春时代,无论活到多少岁,只有一个青春阶段,正如白驹过隙,过得很快,而不再来,记得我在前清高小时代,春日排队出外旅行,前面打着龙旗,他人吹号,我打鼓,后面便是队伍,大家唱"春日正融和,赏芳晨,柳线拖,男儿气勇壮山河。……"春日诚然年年有,而男儿气勇壮山河的阶段,一生却只有一次。抗战期间,大家欢迎的是青年军少年兵,而苏州张一麟老先生不甘落后,发起组织"老年军",却为年龄体力所限,不敢有人采纳,又记得秦腔《伍典坡》王宝钏唱"寒窑里无有菱花镜,端一盆清水照容颜,老了,老了,真老了,十八年老了王宝钏",有谁能留得青春不老,有谁能苦求青春再回,所以人生的青春阶段更较春的季节为贵而稀罕了。

人生如不珍视青年时代,而为一生之计预作打算,就男性来说,英俊年华匆匆过,白头到老奈何天;就女性来说,徐娘已老无风韵,巧笑倾城枉自悲!俗话上说"日月不催人自老,红粉佳人白了头"。既系如此,对于青年时代就得爱惜,不要等闲而过。青年人往往不知天高地厚,以为"日月常在,何必忙哉",闲情悠悠地度过大好的青春。殊不知纵在青年时代有所成就,有些场合毕竟经不住岁月的煎熬而要退伍的。像球王李惠堂当年何等英武,终因年老力衰,退为教练;十项全能杨传广依样因年龄关系,难在世运再显身手。杂货店老板的说戏老师李宝琴当年曾为清廷供奉,诨号胖宝琴,后来为人说戏,老态龙钟,生活极苦,非复当年张绪了。著名青衣王瑶卿、王蕙芳,以及北王(蕙芳)南贾的贾璧云都是如此下场的。然而这已难能可贵,若干坐科而不努力的角儿,一辈子不走红运,少壮不努力,老大徒伤悲就是这种结果。

　　青年时代至少当为一生岁月之半,不仅容易度过,应该爱惜,而且一生的命运际遇都是要奠定基础在此阶段。孔子说"三十而立",就是认为年已三十而无事业的基础或立足的所在,其一辈子的生活前途就有可虑了。所以又说"四十五十而无闻焉,斯亦不足畏也",可见"后生可畏"只是有畏于青年时代努力向上的后生罢了。譬如说,学钢琴,下围棋,都是要从幼练起,中途从事这些艺术,只是半路出家,不易有深入的成就,又如唱戏也得出自科班,票友纵如何有其造诣,终不免多少带有羊气,殊难称为内行。虽说"苏老泉,二十七,始发奋,读书籍",或如梁灏"八十二中状元",以及相传姜尚年已八十而遇文王,这都是几个少数的特例,不足推翻自然法则上的公例。

　　然而,话又说回来,事实上既有上述特例的存在,而杂货店老板固对青年时代的后生认输,终不能重遇少壮阶段的风光;但如无条件投降而全部认输,又将如何使老年人自处;从而门面话,自我安慰的话,无可奈何而勉强挣扎的话,仍然不能一律缴械的。所以在智力许可下,依样要学到老;在体力许可下,依样要干到老;在心理打算下,依样要青春到老。

(1968 年 9 月)

公道不公道，自有天知道
公道不公道，只有钱知道

近两年来，忙于写商事法稿，置有记室为助，俾能早日完成。我一边念，他一边写，为什么说是"他"而非"她"，因为太座最反对我学外国人，喜欢用女秘书的。我们彼此口音不同，听觉有异，往往听来同音，写来异字，而在意思上也就相差甚远了。记得一次我念出"公道不公道，自有天知道"一句话，写的人不知这句成语，竟写成"公道不公道，只有钱知道"。我事后清稿时才发现他是把"公道不公道，自有天知道"写错了。但这错写的话，不但有趣，而且暴露出社会上黑暗的一面。

原来，"公道不公道，自有天知道"的话，是在两种情形下说出：一种是自己做了应当做的事，别人竟不谅解，反而认为处理得不甚公道，便只有这样说了。一种是他人做了不应当做的事，竟被别人认为是最公道，也只有这样说了。因在过去，认为天是公道的主宰，天是正义的呼声，所以世上一切不平的事，最后都是归诸天断，满腹冤枉事，搔首问苍天，人们也就有了安慰。记得民国十五年间，名报人邵飘萍被奉军军阀逮捕后，当晚押往天桥遇害时，邵仰天长叹三声"天哪！天哪！天哪！"然后就义，一切公道不公道，天是知道了。

虽说"天之道,地之道,人之所以道也",但公道正义毕竟是一种自然法则,人同此心,心同此理,莫之然而皆然,莫之一而均一,依样可用"天"的一辞为其代表,不因时代环境而有其异。从而批评世间所做的事——公道不公道,仍得将这个标准,归之于天,而保存"自有天知道"的话。农业社会固然如此,工业社会何独不然。工业社会的成功要件,第一是钱,第二还是钱,第三仍然是钱,但批判公道的标准,却不是以钱为衡量的,依然要看代表自然法则的天是如何决定。如何取舍了。

"公道不公道,只有钱知道",这是魔道,这是迷津,当然不能正面用这句话的。若在反面用来,也是嫉俗愤世的口气,认为一切公道都是受钱的摆布,这就没有公道可言了。考试最尚公道,而枪手的风气不衰,谁有钱买枪手,谁就录取,公道是在哪里？公判最要公道,而贪财的公断人如在,谁有钱打点,谁就占胜,公道又在哪里？这样一来,公道不公道,只有钱能知道,也只有由钱操纵,真是钱可通神,钱可抗天,标准既乱,还有什么体统？

惟钱能知道的公道不公道,是否真正的公道不公道,仍然是归结于"公道不公道,自有天知道"了。

(1968年10月)

过穷日子，算不了穷
过愁日子，才是真穷

一般人在生活上所谓穷，不过指冻馁潦倒而言，经常为生活所困，为来日的衣食而扰罢了。仿照王安石的解字法"躬"在"穴"内掘土为食，并在穴内"孵起豆芽"，过着这样的日子，不是穷是什么？然而除了有些人确是穷途末路，进入饥饿线下归于冻馁而死的情形外，并不算是真穷。因为纵然隐"躬"于"穴"，而有志气的人们，必能破穴而出，置"躬"其上不受贫穷的威胁，自有乐趣在其中的。

说来，人类的生活，固然需要物质上的食粮及棉布护体的衣服，以维持其生命而免于饥寒。同时更需要精神上的食粮及道义遮身的衣服而使其生活活跃起来，充实起来。在这两种情况之下，必须同时贫乏方可说到一个穷字。若在精神上心理上不为食衣所累，仍然不是真穷。纵然在表面上好像是真正的穷，至少在身受者方面感觉其并非如此，所谓贫贱不能移者是。颜渊居陋巷，一箪食，一瓢饮，人不堪其忧，颜渊不改其乐，能说颜渊是日暮穷途，一穷到底吗？过去科举时代，十年寒窗，九载熬油，许多入阁拜相的名臣，都是过穷日子出身，更不能说过穷日子，就是真穷。甚至于为了精神上的满足，心理上的安慰，宁可冻馁而死，决不赧颜求生。丐妇不食嗟来之食已有明证，志士不受嗟来之衣，也有可能。所以

"君子固穷",就不自觉为穷,"小人穷斯滥矣"方自觉其是穷。

反过来说,真正的穷不是过穷日子,倒是过愁日子。前面所说的"小人穷斯滥矣",因为小人不安于穷,自然以穷为愁,精神上心理上都难安适,时时便觉得前是穷,后是穷,左是穷,右是穷,东西南北上下内外无一不是穷。既愁于穷便要送穷,自然要为非作歹起来。良心首先不安,不免为愁所困,罪刑又怕发觉,遂即为愁所扰,岂不是想要一愁消百穷,哪知道躬身陷于穷的墓穴,便永久难走出愁城了。慢说原本是穷的生活而入于愁,变成真穷;就是富裕人家,倘因事故而愁心不舒,愁眉不展,愁脸不欢,也是为穷所困的。人在愁苦中,真是秋风秋雨愁煞人,"心已入秋","躬"便入"穴",就穷到底了。虽有美食不能下咽,虽有佳服不能御寒,身体日衰,性命难保,这与冻馁而死的低级穷民,在其结果上又有何异?

总之,穷而多愁,穷困难逃,富而有愁,穷即飞来。前者是"贫病交加"的现象,为穷而愁,为穷而穷了。后者是"多愁善病"的现象,非穷而愁,为愁而穷了。也可说前者是贫乏之穷,后者是贫困之穷,从而两者的结果同样是把穷字做到"尽"处,达到极端,穷而求变,以达于通,固然是一种处理办法。实则安贫乐道,自求其适,也是不失为御穷的一种妙诀。

(1968 年 11 月)

是"今"是"古",非"西"非"东"
一"动"一"静",为"时"为"空"

过去曾在杂货店内陈列一种货品,是"洞中方七日,世上已千年,快慢无标准,疾迟反自然"。今次重入台大医院疗疾,病床上又想到在人类的观感以外,对于所谓"时间""空间"的客观存在问题的谜底,究竟是一个什么答案。这与前次货品是有互相衬托的地方,虽系一种梦话,仍再录之。

向来所使用的"宇宙"一语,现代所流行的"世界"一名,探其本义,无非把"时间""空间"两个观感拼合在一起而已!原来,"四方上下曰宇,往古来今曰宙"(见《淮南子·原道》篇注),当即空间时间的合称。又"世为迁流,界为方位。汝今当知,东、西、南、北、东南、西南、东北、西北、上、下为界;过去、未来、现在为世"(见《楞严经》),仍然时间空间的合称。但这都是处在地球上生活的人类自己一种观感,不特人类以外的生物不知有时间空间的存在,就是人类观感下的时间空间,也非绝对的固定存在;现在所认为的"今",到了后人眼光中就变成"古"了;现在所认为的"古",而在前人眼光中,当时便是一个"今"了。何况在精密的计算上,任何人均不能把握着"现在"不放,一刹那间的"现在",即刻变成"过去",一刹那间的"未来",即刻到了"现在"。从而过去、现在、未来这三个景象,实在是混而难分。一般人不过把三位一体的经过划分出过去现在未来三个阶段,其实每个阶段里都有三个景象连续在一起,也说不上时间方面有其独立性的。又,我们不断地向东走去,却从西方回到原地;不断地向西走去,却从东方回到原地。北极星在地球上看是在北方,指南针在地球上看是指南方,然在其他星球上看,也许是南极星或指北针了。所以时间空间的存在,不外在地球上生活的人类一种观感,并非在客观景象上真有所谓时间空间的绝对存在。诚然,时间空间的观感,对于人类生活是居于重要地位,许多奥妙奇特的辉煌事绩,不能说不是受了时间或空间的影响或支配而活跃起来。然而离开人类观感而探讨所谓时间或空间的客观性问题,究将如何为说呢?

据我个人初步想来,首先觉得时间在客观存在上或是一个"动"的景象,而这动的景象,说穿了,当为凭着自体力量永恒不息地"变"下去,似乎不应发生所谓古今先后的时间问题。譬如说某某星球发出的光射到地球,由现代人类看来,或许所看到的光,还是在有人类以前由该星球发出。就人类说当然有时间遥远的观感。但该星球只是不断而继续地发光并无古今先后的区别可称;若谓有之,那就是由于自体力量所演成的"变"了。"变"尽管是"变",无非是"动"的景象的继续下去,并非离开了动的本体而另成为一种景象。换句话说,"变"只是动的本体上一种进展,一往直前,所谓"天行健,君子以自强不息"的"行健"景象,哪有过去、现在、未来三个阶段存在?正如人世间,百花的发苞、绽瓣、露蕊的演变下去,殊难有时间上的划分一样。惟宇宙的"宙"是永恒存在,不应有其残落变化,就与人世间的花不同了。宇宙的"宙"既凭着自体力量而出现于永恒不息"动"的景象中,并在变的进行中,其本体也就无所谓"宙"的认识。宇宙的"宙"不过在人类观感上,有其景象罢了。其次我又觉得空间在客观存在上,或是一个"静"的局面,而这"静"的局面,说穿了,当为凭着自体力量所维持的"位"便是。最大的空间不外宇宙的"宇"所占的整体相,大到如何程度,现在还不可知。是否如世界的"界"的为说,而有界的边缘,现在仍难知道。不过无论如何,"宇"也好,"界"也好,既就所谓最大的空间而言却并非处处皆空,还有许多星球星云、气象、尘埃散布其中,仅从其位观之,乃"静"的局面而已。反而言之,凡一种物体的存在,必须占有所谓相当的空间,物体愈分愈小,所占的空间更是小而再小,滤过病毒,依然占有空间,对其本体是否仍可再分,也难肯定。物体的存在即是所谓空间的占有,除了静而成位外,真是不知所谓空间在客观上是如何了。

其实,在宇宙或世界方面的所谓时间空间,固得分别以"动""静"两个状态而为解释,可说一个是立体的进行,一往直前;一个是横面的陈列,八方开展,然仍有互相参与的地方,也许可称其为动的方位化,或静的演变化。所谓时间,诚然是动的演变,但动的所托者依样有一个"位"的关系,"声"所播出的范围,"光"所扩及的境界,"电"所传导的路线,"化"所化合的体积,都是所谓"空间"的问题了。空间,诚然指静的方位而言,但静的所在,依样有一个"变"的关系。慢说整个宇宙在运转中,静的局面亦随之而转,有如火车的行驶,车厢内不感觉其动一样,而且因其受直线前进的动的影响,静的所属方位,也是随而有其所变了。不过话又说回来,无论为动为变而在所谓时间方面,或为静为位而在所谓空间方面,彼此尚有一个共同的因素,不可忽略的,那就是凭着自体力量而为推进或凝结了。所谓时间的客观存在,是动的景象,而且有其演变,当然是凭着自体所蕴藏的力量而如此凝结的。从而以一动一静不但各有所显,而且互有所成,实即一阳一阴之谓道,一刚一柔之成仪,于是"宇"与"宙"便结了婚。"世"与"界"便联了姻,天地间的秘密或由此而得到一个初步的探讨途径,也说不定。

以上所说种种,不过个人一时的梦话,无非游戏笔墨而已。谈及地球上生活的人类当然仍以所观感的时间空间的存在为有最大价值与效用,这是一种真实,不容否认者。但如把游戏笔墨运用到底对人世间强要否定时间空间的绝对存在,在有些地方似乎还讲得通。本来,人生在世,由幼而壮而老,得有时间上的阶段可分,无如一个人虽在表面上经过这三个阶段,而达于死,惟其一贯的成长,总不外乎一个"生",幼固是生,长也是生,老还是生,在生的本身上并无各该阶段的根本不同。譬如说幼年的某甲,到了壮年还是某甲,到了老年仍是某甲,不能说因时间上的关系而使某甲改变成某乙或某丙。记得某年为延平郡王铸像发生有无胡须的问题。其实没有胡须的青年铸像固然是延平郡王,有了胡须的壮年铸像,依样是延平郡王,所以在一个人的生长过程中,始终是一直生长下去,那有什么时间安排的观感呢?何况人到了老年更要打起精神,自强不息,活到老、学到老、干到老、青春到老,当不应受时间观感的玩弄,以为如今既非幼壮时代,学、干、青春方面的努力,便都过去了,自然要落到"人老珠黄不值钱"悲惨的下场。再说,同样在空间方面,一个人在未生以前,诚然不占有空间并体会空间;但既生而为人,当然有空间的占有与体会,这是很明显的答案。就是电视影片所映的"隐形人",依然有其形体,占有空间,不过隐而不为外间所见罢了。然而人在有生期间的活动,对国家、对民族、对世道、对人心,总应努力向上,做些有益而为公众景仰的事情。当时的丰功伟绩不算,并能留名于后世,成为历史上的人物。这些人物原非小说上的构想人物,因小说的传世,致读者脑海中,有了小说家笔下的人物存在,但历史上的人物在其有生时候实系确有其人,占有空间,今于死后除其遗体或骨灰外,人世间是没有这个人了。然而他的声名仍然是留在史籍,他的精神仍然是永垂不朽,后人感其功德,受其影响,过去或拟其为神而膜拜之,今日每为其设位而祭祀之,纵然死去多年,仍如活在世上一般,这便是流芳百世而为不占空间的永生了。不特一个有姓名的人死后如此,就是各代成千成万的无名英雄,既在后人心目中有其敬佩的意像存在,也可说"死而不亡曰寿"的人格者在空间以外的存在。反而言之,生活在世界上的巨奸大恶,遗臭万年,为青史所诛伐,为后人所唾骂,依样是不占空间而俨然若生的大坏人,虽死仍再受各方的惩罚,绝不是一死就逃避了生前的罪恶责任。

(1969年1月)

谁都不易远离迷惘中的色情
谁都应该保持升华后的心境

天神创造万物，好像不愿独自存在而寂寞下去，偏要创造出"生命"，赋予了众生。最初只是由受命者，自己分裂繁殖；后来又创造出阴阳雌雄两性，具于一身自相繁殖，所谓"雌雄同株""雌雄同体"的繁殖便是。再往后，干脆把阳性重的归为雄，把阴性重的归为雌，在人类方面便称雄为男，称雌为女，男性垦荒下种，女性发祥生苗，这就是《易经》上"太极生两仪，两仪生四象"；《道德经》上"一生二，二生三，三生万物"的道理。告子说"食色性也"：为了个体的生存，不能不有"食"，为了群体的繁殖，不能不有"色"。"食"与"色"原系分庭相抗，不可偏废，但演变的结果，"色"又独占了"性"的宝座。"牡丹花下死，做鬼也风流"，还问什么"食"与不"食"呢？说来，好像是天神对于人生甚至一切生物，所开的一种玩笑，既赋予众生一个宝贵的生命，就应该让其长生不老，如同仙家仙鸡仙犬的生活一样，逍遥自在地活下去。哪知却要死了一批，又生一批，凭着性的繁殖作用，而这样延绵不绝起来。因为受着雌雄两性的迷惘，人纵然是万物之灵，也就被困在这个天网中，不能自拔，只有受性的摆布，来过一生。一个人从孩提到老耄要是没有性的纠缠，这个人不是白痴疯癫，便是行尸走肉，静待就木而已。孟子活到八十四岁,书中所言都在一生成熟时代,尚且有"食色性也"的话,谁说"人老心不老"是一种反常的现象吗?

不过,人毕竟是人,并非其它生物,只知求食,只知求偶,而人类所谓性也者,就不限于色情一途。人类一方面在色情——性——的迷惘中,兜圈子,翻筋斗,纵然是老迈龙钟,至少还是不反对听"荤笑话"的。一方面仗着自己的灵性、理性、习性把最有价值的"道心"分别向各方面去求发展,纵然春秋鼎盛、色胆包天,却非都是沉溺于脂粉地狱的。换句话说,对于人类最难摆脱色情方面的性,遇着有修养的人们,依样能配合灵性、理性、习性而把它升华起来,艺术化起来。所以"恋爱"虽然离不开色情的诱引或戏弄,究与未经过灵性的过滤、理性的陶冶、习性的洗练的粗野色情是有泾清渭浊的不同。皖人有一句话"上床夫妻下床客",上床纵然是《红楼梦》上傻大姐所说的"妖精打架"一般,忘却一切事,只有个中乐。然而下床以后,彼此相敬如宾,亲爱精诚、互助合作。她呼他一声"员外",他呼她一声"安人",或者她叫他一声"官人",他叫她一声"娘子",楚楚有致,彬彬有礼,这便是性的正常发展,而达到"心心相印""脉脉传情"的不解之缘。结婚是恋爱的继续,恋爱是艺术的演出,方显得性的高贵、性的严肃、性的玄妙!

总而言之,以色情为内容的性,原是天神赋予人类以及其他生物繁殖的根源所在,除了各派独身主义,修炼有素外,谁也不能逆天行事反对性的作用。人口论者至多不过节制生育;依然承认生育的价值,而教宗虽系一身清净,但对于节育的主张,却极反对,认为这是有犯天和的。换句话说,因为莫名其妙的"荷尔蒙"刺激了性的长成,并因不容易把性冻结在冷藏库里,而在社会需要上又不能使粗野的性泛滥无边,这就得顺着灵性理性习性的通风窗,刺激了人们各方面的活动与发展,而把它升华起来,艺术化起来。虽然这样终免不了走上天神早在生死簿内注定衰老死亡的道路上去,使少壮年代最活跃有力的性,不问其为正常的恋爱,或不正常的色情,都因年龄的加长,逐渐退出了火热的恋爱或色情境界。不过六根毕竟未净,童心依然有存,所以向日由性刺激出来各方面的活动与发展,照旧不衰,甚或还要光大起来。

(1969年2月)

青年节　话老年

青年必向老年去　老年原从青年来

无论青年、老年,都是饱受造物主的安排,把整个人生分成婴、童、少、壮、老、耄几个阶段,尤其以所谓少壮的青年与所谓老耄的老年两个阶段,在人生各方面活动的分野上为最显著。青年人不到年龄,强要称"老",总觉得有点滑稽,譬如说:小学生们相互间称"老张""老王",何异"沐猴而冠",煞有介事是。其次较早称"老"也有不大适宜的感觉,譬如说陕籍立法委员李芝亭先生早在北大毕业后,回到西安办报,便被称为"李芝老",这或是自愿居老的结果而然,但如在西安一带年龄虽轻而以貌胜者往往反被称"老",秦腔花旦宋上华通称为"宋上老",显然颠倒其词"老非其老"了,反而言之:年齿加长,强要称"少",依样是不大调和,而近于演戏,至多也不过说说罢了!西湖本是观光胜地,湖边舟子,想"剥"游人的"王瓜"(敲竹杠的意思),寺内和尚想讨香客的布施,认为"少爷"最会花钱,"少奶"最能施舍,哪怕你是白发光顶的老太爷,或鸡皮皱颜的老太婆,他们还是对你以"少爷"或"少奶"为称,虽说"却之不恭",确系"受之有愧"了。抗战初期,张一麟老先生不肯服老,愿组织老年军抗敌,而与青年军媲美疆场,毕竟身弱力衰难入兵籍,慢说打仗的话,连操练也是能说而不能行的。据此可见青年人与老年人在整个人生的过程中显然是两个阶段，不能离开"老少副"而打出"混一色"的麻将牌来。

青年人与老年人在整个人生过程中，虽然成为两个显著不同的阶段，但既系饱受造物主的安排，而为整个人生阶段上的分野，并非如男人与女人或如内国人与外国人的原自有别，即不应因年龄上的差异，互相歧视，彼此有所不满。然而"煮豆燃豆萁，相煎能不急"，倒是司空见惯的事，于是在实际上青年人、老年人往往牢守其年龄上的岗位两不相让。青年人每不了解老年人的实际境况，总以为他（她）们都是保守退缩，故步自封，这就轻视了老年人。换句话说，年富力强的小伙子，正在春秋鼎盛时代，天不怕，地不怕，凭着"大好光阴是少年"的时运，而在前途希望无穷大有可为的心情下，对老年人便肯定了"人老珠黄不值钱"的断语，尤其对于倚老卖老者更系如此。反而言之，老年人每不回忆青年人的正常心理，总以为他（她）们都是轻举妄动，少不更事，这就藐视了青年人。换句话说，年迈力衰的老头儿，已到炉火纯青时代，有经验，有阅历，凭着"多闻广见非寻常"的条件，而在"前程虽然短暂，智慧仍不饶人"的心情下，便对青年人肯定了"胡碰乱撞冒失鬼"的断语，尤其对于"大言不惭"者更系如此。老实说，青年与老年虽是整个人生过程上的两个阶段，绝非两个对立的英雄好汉，青年不过老年的前一阶段，倘能继续活下去，总有走到老年阶段的一日。老年原系青年的后一阶段，没有青年时代的经过，也就没有老年时代的来临。任何一个长寿的人，有青年即有老年，有老年早有青年，青年是谁，老年也是谁，原系一身何分彼此。

说来，时代的命运，社会的景象，无论如何表现出来，都是由两种力量形成的。一方面要靠青年人的开展精神,认清目标,冲上前去;一方面要靠老年人的稳健精神顺应潮流,立定下来。这就是说初生牛犊不畏虎,在任何荆棘满目的荒野中,发动时代的马达,往前冲,总会扫荡出种种名堂来。一个是识途老马征孤竹,在任何犹豫不定的局面下,拨动经验的锁的弹簧,不再进,总会收获到种种成果来。要是完全为青年人的力量所支配,往往只有破坏,而无建设,虽遇悬崖也是不能勒马,岂不铤而走险莫能成功?要是完全为老年人的力量所影响,往往只有理论,而无实践,虽当中流,也是难作砥柱,岂不坐以待亡,终归失败?总而言之,青年人开展中所应认清的目标是要老年人预定而草拟的,老年人稳健中所应顺应的潮流是要青年人创造而实践的。所以青年人虽甚自负,虽甚可畏,对于老年人因为他(她)们曾系青年中的先驱部队,就令没有成功的纪录,至少也有失败的经验,自然应当予以敬仰尊重,这就是所谓"尊敬老年"是。老年虽系先进,虽已成熟,对于青年人因为他(她)们乃系老年中的接替部队,必须对其鼓励指点,俾能完成自己未了的使命,自然应当予以提拔,这就是所谓"爱护青年"是。

不过话又分头说来:青年必向老年去,老年原从青年来,青年、老年固然不应分出彼此,但青年精神毕竟是最可爱的,最足宝贵的。惟因青春不常在,瞬息即白头,对于青年时代自应把握得住,不要轻易放过。"青年创造时代,时代创造青年"是何等的幸运,是何等的风光!其实到了老年阶段,仍旧要老而不衰;"老"是生理上的"老"!"衰"是心理上的"老",生理上的老事小,心理上的老事大。所以"活到老,学到老;活到老,干到老;活到老,青春到老",就是我的格言。从而一个老年人虽是老年人的身体,也总应该是青年人的心情，老年人尚且须有青年人的精神，青年人更应有青年人的精神，又何待论。不过青年人所有的青年精神，依前所说，仍应本于预定的目标而行，三公资政元老重臣等等脚色的可贵处就在这里。至于老年人所有的青年精神，依样要顺应潮流才能恰好地做到局面的稳定，也可说是"老年铸就时代，时代铸就老年"了。

（1969年3月）

洁而后美　廉而后安

"廉洁"与"贪污"两个名词,在文字音韵上,第一个字同是平声,第二个字同是仄声,不能成为对句,使清浊互照出来。但在文字意义上,恰是一正一反,因为不廉便是贪,不洁便是污了。杂货店老板是规规矩矩的正当商人,不进私货,不收赃物,所以卖出的都是廉洁物品上市,没有贪污货色存柜。然而既要做生意,做买卖,总要用广告,来宣传,那就是"洁而后美,廉而后安"的门帖了。

说到洁而后美的话:前人有诗"若把西湖比西子,淡妆浓抹总相宜",其实这只是对西湖一种恭维,并连带而对西子恭维一番。慢说西湖如不好好整理,弄得脏乱塞途,大扫游客的观光兴趣,试问美在哪里?而西子蒙不洁,孟老夫子曾说谁也要掩鼻而过了。何况浓妆,金粉如若擦厚一层,胭脂如若抹浓一点,都很容易惹出不洁的印象,所以过去就盛称"却嫌脂粉污颜色,淡扫蛾眉朝至尊"的自然美,今日也就在"阿里山的少年,壮如山"以外不能不说"阿里山的姑娘,美如水"了。从而人工美容,除了确有"露相"的缺陷,不能不为补救外,倘要随时代的好尚,而要锦上添花,那能不见刀疤成痕,缝线留迹,显然破坏了自然美,反而不美了。本来,想把眼睛放大起来,往往弄得呆滞如铃,本来想把鼻梁撑高起来,往往弄得动摇如摆,这都是犯了不洁的忌讳。虽然有人说,缺陷美也是美的一种,但这并非正派脚色的美,乃是反派脚色的美,何足道哉?除了美好的姿容要注意一个洁字外,推而在美化的环境方面,同样如此。要美化市容,不向脏与乱进军,绝不能实现其理想。要美化家庭,不向清与洁着手,依然不能完成其目的。公园里要摆废物桶,家庭里要有垃圾箱,无非为了做到一个洁字,藉以实现一个美字而已!再进一步说到美满的人生:一切更要明如镜,清如水,清清白白地活下去,干干净净地干下去,上不愧天,下不愧地,中不愧心,也就没有什么失足的恨事,才能算是未曾辜负了一世!

说到廉而后安的话:廉是有操守,不苟求;有分辨,不苟取;虽不见得一介不以与诸人,却确是一介不以取诸人。真正的廉士,大贪污固所嫉恶,小便宜也不愿占,像陈仲子宁饿死,而不食乱世之食,像齐丐妇虽枵腹,而不食嗟来之食都是。然而无论如何,"非其所有而取之,非义也","非其所得而得之,非仁也",陈义并非过高,倘有违犯,总多少有其内疚,有其心愧,必在精神上受到打击,梦寐难安。说两个故事罢:戏文上赵颜求寿,南斗北斗星君正在集中精力下棋,不该贪杯,误饮了赵颜送来的贿酒,于是只有改变生死簿,把赵颜应活的年龄一十九岁改为九十九岁。果使玉皇大帝知道此事,岂不干犯天条,至少要贬其下凡受罪,两位星君必会如此担心的,这便是贪而难安了。又《龙凤呈祥》的戏文里,二乔的父亲太尉乔玄,误信苍头的话,收了刘备的厚礼,既不能不为他游说吴国太,又不能不以乌须药改变刘备的面容,俾能在甘露寺为国太相亲得中。然而饱受了孙权的怒责不算,最后也自悔因受馈而惹出麻烦,便说出"不经一事不长一智"的丧气话,就落到贪而难安的境界。如若把戏文认为真实,我真佩服管辂为赵颜设计,诸葛亮为刘备定策,都是聪明过人,利用一般人的短处,而从贪污一念下手了。最近青果合作社方面的"金饭碗"一案闹得满城风雨,虽然授受一只金饭碗,作为纪念品,甚或得以公开陈列出来,如无他故,绝不能算有问题。就令一时手头不便,把金饭碗卖掉,换钱使用,也不过礼貌欠亏,风度不够,焚琴煮鹤,大杀风景罢了!然而金饭碗既已惹起风波,而收受了这份赠品,总不免有些人恐受牵连,"只因接受金饭碗,半夜敲门心便惊"。那能像平日只有瓷饭碗在手的冷落人家,把这档子事的新闻报道视作小说故事听呢?足见"廉而后安"并不是纯粹广告上的话。

　　要之,所贵乎"廉",在以"洁"为其出发点;所贵乎"洁",在以"廉"为其归宿地。"洁而后美",这是"廉洁"在其方法上的效验,"廉而后安",这是"廉洁"在其目的上的功能。正如在"贪污"方面,"贪"每出之以"污","污"每归之于"贪",虽非正途,一样有其方法结果的关系存在。不过仔细观察之下,在"廉洁"方面,"廉"必有其"洁","洁"必有其"廉",是互相结合而不可分,这就赢得我们敬佩了。反之,在"贪污"方面,也有贪而不污的,那是手脚干净,不容易发现其"贪",更有污而不贪的,那是有污于事,无染于心;这又要靠我们分辨了。

(1969年6月)

虽见月球真面目　无伤弄月与吟风

过去文人雅士每以风月为题而有其作，世俗遂称诗人骚客的生活为吟风弄月。其实正因春风拂面的风情醉人，清风徐来的风色爽人，皓月当空的月光照人，明月在望的月景夺人，就不得不吟咏歌唱起来，就不得不欣赏喜弄起来。尤其在"弄月"方面，想到嫦娥仙，想到广寒宫，想到月中斧桂，想到月中蟾兔，想到与乾阳日神并称的坤后阴妃，以及拴红线绳的月下老人，与夫待月西厢下的男女韵事，更为富有情调，大大值得诗人骚客欣赏喜弄一番的。

然自人类登陆月球后，过去种种幻想，都被揭破，就月球的表面看来，可说是百孔千疮，东一洞，西一坑，活像小孩出天花的面孔一般，至少非弄月诗人骚客所想象的仙境，无非是一个疮痍满目的荒土败野罢了！虽然太空人艾德林登陆月球，说了一声"美极了"的话，我想绝不会像地球得天独厚，而有其山清水秀，柳暗花明的美，足以引起诗人骚客的歌咏欣赏。那么，今后各方对于"弄月"的兴致或将有所改变罢！要而台湾电视公司曾于人类登陆月球成功后，于其特别节目内访问了许多位诗人、画家，请其说明今后对"弄月"的感想。然而我想，如能再向戏剧家、电影家访问，当会得到更为完满的答案。其实电视公司也不必过于自谦，在其本身对外的镜头上，除电视平剧、电视话剧、电视影片方面同于前列人物访问外,稍一思索,也能在其他节目中发现有一个相当的答案存在。

无论大而言之在"器重"方面,小而言之在"欣赏"方面,其对象都离不开一个"美"字。过去一般人似乎只注意"内在美"与"外在美"的相互为用:内在美、外在美兼备,那是至上的美;只重外在美不重内在美,那是一般人欣赏的美;仅有内在美而无外在美,那是无可如何降而求其次的美。地球是一个美丽的行星,正与人们说"张仲文是美丽的动物",值得骄傲。然仍限于外在美如此,一旦火山爆发,地层折断,毁市倾屋,人畜不保,内在美又在哪里?月球的外在美既说不上,内在美更难推测,这种尺度不必管了。不过从内在美、外在美的观点上推想到"弄月"方面,却有一个"近在美"与"远在美"的关系存在,只是这个准则在过去每多为人忽略了。

近在美远在美的准则,在旧剧方面早有事实表现,普通所谓"扮相"好坏,或"上装"与否,系指由台下观众眼光所及而言。慢说像旦角的本来面孔美与不美,与其在台上的"扮相"或"上装"非属正比例;即以"扮相"或"上装"的表面观之,也因远近而发生美与不美的差别。近看每个旦角的"扮相",或"上装"莫不厚涂金粉,浓抹胭脂,墨画双眉,朱满口唇,真是不堪入目。但在台下看来因为有"头面"的陪衬,有灯光的调和,无人不是美姿丽容,这就是远在美的奇妙之处。再以拍电影为例:不管你生得如何的美,完全看你能否"上镜头"而决。能上镜头的是符合远在美的条件,很容易培养出来成为影坛红星;否则或编入女子篮球队中成为名将,却不易主演一片而享盛名。甚至于以电视公司的电视节目为例,不特电视明星的报告新闻节目等情,既不免为远在美着想要化化装,就连专题讲演的人也或因面部远视起来不大匀贴,而要修饰一番。而且在群星会这一节目中,并可看出近在美与远在美的差别:有些歌星固然远镜头不甚美而近镜头却很美,有些歌星固然近镜头不算美而远镜头却极美。如今,既已说明了近在美与远在美的存在,进而答复人类登陆月球后的"弄月"问题,或可稳定了一个无可动摇的立场。月球的真面目诚然说不上美而合于近在美的条件,但在地球上看月球,尤其在元宵夜、中秋夜,因其经过大气的润色,破除黑夜的寂寞,光明大放,清白无比;不但"明月松间照,清泉石上流",惹来诗家的雅兴,而且"举头望明月,低头思故乡",勾起游子的乡思……无论从哪一方面说,都可发动"弄月"的情绪,成为"弄月"的资料。太空人甚至将来的许多人,虽能登陆月球看见其真面目,却不能偷天换日,移山倒海,将月球的真面目,搬到地球上,让人类肉眼所能看见,这就不能否定月球远在美的景象了。

  杂货店的招牌既以"杂"称,对于"弄月"的货品,无妨再推广一点。除了近在美远在美的问题以外,还有"幻在美"与"实在美"的货品存在。幻在美最显著者为海市蜃楼,除一团雾气外,并无实物可言。其与实物发生关系的幻在美,实物的本身并非绝对不美,或可称其具有实在美的条件,但如再加入美好的想象成分在内,这便成为美而又美的幻在美,与实在美打成了一片景象。月球的实物虽说没有其近在美,但在地球上看月球却有其远在美,换句话说,在远在美之下而看月球,确系有其实在美的景象,月明星稀光芒四射,月朗风清,照耀万方,能说不是一幅好画图吗?这还不算,由月球的欣赏方面每每连带地想起天方胜地,神仙传奇,月下韵事,以及"花好,月圆,人寿"的并称,能说不是具有幻在美的充分情调而增加"弄月"的价值吗?

总而言之，我们既不因为台风飓风的威力强大，灾害惨重，而影响诗人骚客对于春风清风的"吟风"情绪，又何能因发现月球真面目，即影响了在地球上对于望见的皓月（明月）的欣赏情绪呢？况且在文学方面，理想的故事、假设的故事、鬼狐的故事都可作为题材，都可夸张写出，又何能对于实有其远在美幻在美的月不为欣赏不为喜弄呢！吟风弄月是文学上的事，不是科学上的事，文学重在抒情而求其美，科学重在实验而求其真，两者各有境界，不应混而为一。

（1969 年 9 月）

无烦恼不成世界　有负担才是人生

杂货店老板向来有一自处之道，认为"人生就是痛苦，无痛苦不是人生。人既有生，即应有责，如能承受痛苦，化除痛苦，忠诚向善，视为快乐，便不为痛苦所困，当能了解人生的妙谛"。其实，西方的宗教家早就说过，我们生在当世的人，都是上帝的罪人，劝导大家信道传教，死后灵魂便可升入天国。东方的宗教家也早说过，佛祖是为拯救苦难的众生而出，劝导大家皈依佛宗，慈悲为怀，将来便可进入极乐世界，不致陷入十八层地狱。总之，任何宗教家，都认为人世是与痛苦结缘，要大家像莲出污泥而不染一样，从痛苦中自拔出来，把一切善果归到天国或极乐世界去。这种看法，正如我国儒家一派的春秋三世说，认为人世大部分仍然是停在"据乱世"，至多也只"小康世"阶段，必须人修其德，国修其政，彻底化除公私方面的痛苦心情，才能走上"升平世"去。老板虽对他们有关痛苦人生的认定，引为同调，但却不愿附和其最后归根之论。因为天国也罢，极乐世界也罢，升平世也罢，纵然不是幻象，毕竟属于远景，作为人生遥望的灯塔则可，作为人生现实行动的依据，尚嫌效果不够。因为人生如白驹过隙，光阴有限，倘不把握现实化除痛苦，为各种责任上的负担，那就不免虚度了岁月，辜负了人生！

原来,世界的变化无穷,人情的复杂难测,我们生于当世为人,无论公事私情,总是不如意事常八九,虽不见得这些不如意事都被认为就是痛苦,至少可以说是一种烦恼。而且这种烦恼,只要世界延续下去,人情永恒下去,可说是与生在世上每一个人,一代一代地共同延续下去,宇宙记时牌上,并没有任何人能永久躺在无花果树下逍遥自在地享受安闲快乐那样神仙生活的日子到来,所以无痛苦不是人生的话,说得平易一点,也就是无烦恼不成世界了。我们生而为人,既不能永与烦恼解缘,就得展出责任上的负担本领,要看我们如何降伏烦恼,使其化为吉祥,而从痛苦的人生自拔出来。"降伏烦恼"的话或不免有点严肃,那么,改说"美化烦恼",以开朗的心胸、艺术的态度打发烦恼过去也未尝不可。记得老板有一位年高德劭的朋友因补贴家用,把辛苦积蓄下来的血汗钱,放给商家生息,哪知商家竟因周转不灵自杀,一般人吃了倒账,没有不陷入烦恼渊中的,他却泰然地说:"人家的命都不要了,我还要什么钱呢"?另有一位学博品优的朋友,连遭丧子的不幸,一般人对此,不仅是普通的烦恼,而且是极深的痛苦。他却忍痛地说:"他们虽是死了,我还活着,为了扶养孙儿,还得坚强地活下去"。如此不惮牺牲金钱的同情心负担,如此不惮耐苦忍痛的责任心负担,足以击退了烦恼,喝走了痛苦,乃是人生应走的现实大道,而要勇敢地迈步前进才行。

从古至今,从今往后,每个人生在世上自处之道,就老板个人的看法说,虽有乐园的剪影映在脑海,虽有善果的塑像存入心潮;但现实的人生却是需要加重个人负担,付出牺牲代价,化除痛苦,消失烦恼,方为当务之急,而有其实际效验。换句话说,我们诚然贵有乐园的剪影、善果的塑像,作我们前进的目标;但这只是一种将来到达的远景,并非在实施方面引路的指针。我们认定了目标以后,还要革新,要动员,要战斗,各自加强责任上的负担,化痛苦为幸福,变烦恼为吉祥,更系取得现实效验的不二法门。何况再从求乐向善的本身来看:善无止境,乐无定格,向善的不断革新,便是善的起点;求乐的动员与战斗,便是乐在其中。求乐不要忘记一个"求"字,向善须要把握一个"向",老实说来,"求"、"向"与"乐""善"原本是一件事,"为善最乐",便是认为乐不外求,为善即乐,并非强为,能乐自善;足见其互为表里了。儒家说,"达则兼善天下,穷则独善其身",兼善独善并非最后已到止境的善,仍不过是向善而到了某一阶段而已!如此,更要孜孜不倦,加重负担,一善既成,再向他善,小善既得,复向大善;否则,就如逆水行舟,前功尽弃,惟有退而为痛苦或烦恼的浪潮卷去了。宋代范仲淹也曾说,"士先天下之忧而忧,后天下之乐而乐":先忧后乐固然是人生不断努力的法则,但真正像范文正公这位士,他是永久停留在先天下之忧而忧的阶段。因为一忧虽去,他忧再起,旧忧虽逝,新忧又来,绝无瞬息时间停止而达于后天下之乐而乐的境界。士所以先天下之忧而忧者,是要为天下求善,这种求善的过程,便是士之所乐,原系付出了责任上负担的各种代价而换来的。天下倘仅有乐而无忧,纵系仙境,也是一无进步的呆境,人若处于其中,乐而忘返,就不免迷失了人生的本性,将何以摆脱安乐公的"乐不思蜀"的结局呢?

要之,我们固不否认痛苦的人生而与耶教为近,也不讳言,烦恼的世界而与佛说相似。然人既有生，必有其责，世既有运，必有其化，除痛苦，去烦恼，不避责任，不怕负担，这就是人生，这就是人生所在的世界！

（1970年1月）

为使马儿好,当然要喂草
马儿吃罢草,就得往前跑

俗语上说:"既要马儿好,又要马儿不吃草。"果真照这样做,无非一种天真想法的价值论,惟知课之于人而不反求诸己,往往是不会发生效果的。就东方人的哲理而言,对己对世,系以义务为本位,并以宽厚为存心,所以"未用奴婢,先问饥寒",为使马儿好,须让它吃草,这是经常不变的浅显道理。就西方人的观念而言,对人对事,要享权利当尽义务,要有负担必求报酬,所以对待给付,各有其责,马儿好系以马儿草为依据,马儿草系以马儿好为代价,这是天经地义的普通准则。不过,像马儿吃草的类似故事,在东方人的眼光里,并不完全以物质方面的食粮为限,只要不经常枵腹,不永久饿肚,搭配些精神方面的食粮,依样能使马儿好,能使马儿跑,这又是东西文化所不同的一点了。

无论是东方人的看法,或西方人的看法,马儿既然吃罢了草,就得鼓起勇气,加倍努力往前跑,以完成自己应负的使命。说来,不仅东方人的道理上,固认为马儿既然吃罢了草,其奔跑乃是道德上义所当为的一种任务,不容偷懒,不容规避,否则何必吃这有望于奔跑而供给的草呢?而且西方人的准则上,也认为马儿既已享受了吃草的权利,就要付出法律上义所当为的奔跑义务,不容违约，不容卸责，否则怎能对于吃草的代价不负担损害赔偿的责任呢？所以马儿吃罢草，就得往前跑，无论东方人的道理或西方人的准则，都是一致如此看法的。

就此而再推论起来，不问站在道德的立场或法律的立场，像这马儿吃罢草就得往前跑的类似故事，彼此的结论上也是相通的。譬如说，士为知己者死，女为悦己者容，既然受知于人，而有"草"之为用，便以死报之；既然受悦于人，而有"草"之为缘，便以容报之，实与马儿吃草往前跑相似，这是道德方面的道理。譬如说，无偿受人委任，仅负与处理自己事务同一的注意义务；受人委任而有报酬，却须进而负善良管理人的注意义务。颇与吃饱了草或加有豆食的马儿相似，这是法律方面的准则。马儿好，马儿草，甚或马儿饱，马儿跑，虽系小言，却是可以喻大的。

说来说去，又可从大的道理上看透"马儿吃草马儿前跑"的小故事。那就是《论语》上所说的"夫子之道忠恕而已矣"的"忠恕"两字的诠解了。尽己之谓忠，推己之谓恕；忠于国家，忠于民族，忠于职务，忠于信守，都是要尽自己的力量而竭诚为之，推己及人，代人设想，己所不欲，勿施于人，都是要推广自己的心情而体恤行之。"为使马儿好，当然要喂草"，这是以恕道为出发点，人同此心，心同此理，心路既通，效果自生，体恤了别人就是帮助了自己，在常理上，安有不受其号召而为之奔跑效力吗？"马儿吃罢草，就得往前跑"，这是以忠道为出发点，既当受酬之任，就要忠于其职，既已受人之惠，就要忠于其事，忠诚为别人尽力就是完全为自己尽责，在常例上安有坐享其成而不为之奔跑效力吗？

(1970年3月)

魔术与诈术

魔术——使人明知其为伪——应维持之。
诈术——使人误信以为真——应取缔之。

　　魔术或称幻术，诈术或称骗术，都是以伪乱真，虚而不实的景象，照说，应该放在同一价格的货台上的。然因魔术系出于使人明知其为伪而行之，诈术系出于使人误信以为真而试之，这在评价上便有了高低的差别。

　　无论称作魔术也罢，称作幻术也罢，往日民间却称作"变戏法"或"耍把戏"，既以"戏"名，无非是以伪乱真的技艺演出，除运用智力才力以外，全凭身捷手快，瞒住观众的眼光或指东说西，分散观众的注意罢了。常言道"戏法人人会变各有巧妙不同"，这就要看准备的工夫到何程度，演出的火候到何阶段而决定的。从而到了魔术场的观众，向来就有"内行看门路，外行看热闹"的话头，由魔术师口中说出，以防露出破绽，特请予以包涵的意思。所谓"门路"就是指以伪乱真的诀窍而言的。所以魔术的演出，仅能远望，不能近取，近取就很容易将其秘密败露，成为索然无味。还有些魔术，最好由前方及左右方旁边看，若站在后方观看，也很可能将其手脚上的漏洞找出。惟如利用科学的知识而变戏法，除光学外，倒也不必严格地受这些限制。总之，不问在旧魔术方面，如北平杂耍场上,演者在大袍子底取出全桌菜肴及大坛酒。在新魔术方面,如许多都市夜总会里演出的美女入箱变为壮汉而出,虽各项演出如何神奇逼真,而在观众心目中总觉得是假戏真做,为奖励技艺计,自宜有其应得的代价,掏出荷包里的钞票看这一场表演,绝不感觉钱花得冤枉,倒是做得是伪中求真,反而有了不同的情调。

老实说来,不仅限于魔术一途,即如摄影家的选择镜头,取瑜舍瑕,录音家的支配音带,剪冗重录;电影界的特技拍照煞有介事;戏剧界的"效果"如真,若临其境;何尝不是一套魔术的变化?因为观众都知道出之于伪,并非实在,绝不存受欺受骗的想法,而且以之列入艺术之门,纵使取价昂贵只要逼真传神,得来不易虽出高价也是值得的。

反而言之,把魔术用作诈术的手段,其景象虽然也是以伪乱真,但其目的却系使人误信以为真,从而骗取财物,这就脱离了技艺的领域,不可原谅了。惯用这类诈术者莫如走江湖的星相人物。他们除了利用问卜者迷信命运的心理,说得天花乱坠,使人受其麻醉,心花怒放外,便是施展魔术一样的手法,使人误信以为真,而惊讶其神奇无比。他们只要从这一点上建立了问卜者的信念,其他事项纵然天南地北地说来说去,横竖是将来的事,目前无法认实,问卜者也就信以为确,大批的钞票就流入卜者的荷包去了。

星相们所以取信于人的魔术,大都是未来先知的演出,也就是对问卜者过去的事,了如指掌,这便是未来先知,认为是从神机妙算中知道了。譬如说,问卜者的姓名年龄籍贯婚姻家世等情,星相们是装作预先知道,写在取以为证的纸上,问卜者见此情形,哪能不误信呢?早昔最平常的做假,是与第三人串通,预先写好问卜者的姓名年龄籍贯婚姻家世等情于纸条上，藏在卷内，而由第三人伪为该纸条上所写的人来到现场问卜，两相对照，自然情节符合，于是星相们便以此种伪造的先知，炫耀于众。

然而这一魔术虽能间接取信于人，却不能直接使在场问卜者有其本身上真确的信念。于是又有以所谓奇门遁甲为名，而表现先知的一类新魔术出现，譬如说首将问卜者的姓名年龄籍贯婚姻家世等情分为十项，记载次第分写十纸，按次投入坛内，最后取出观之，完全与问卜者所说符合。实则第一次所投者并非第一号纸乃第十号纸，其上所写者为"此命大吉大利"一类字样，但伪称系第一号纸写出问卜者的姓名，继而对问卜者说"台端尊姓大名"，问卜者答之，对曰"我早已知道了"。现时算出你的年龄写在第二号纸上。其实系第一号纸，并非年龄，而系顷所闻者的姓名，如此类推，直至第九号纸表面上为第十次所写，将最后一事听其所言而写出之，乃伪称为全命的结语，实则那就是第一次所投的。此命大吉大利的第十号纸而已，此种金蝉脱壳的手法往往就把问卜者瞒过。另有更甚于此而应提出者，就是他们每将卦桌紧靠墙壁设置，桌内抽屉通至墙壁外另室，因墙壁通风室内有人执笔于此，静听星相向问卜者询问姓名年龄籍贯婚姻家世等情，即依其所答而录于纸上，送至卦桌的抽屉内。此时星相向问卜者称"我们确有缘分，早知阁下来此问卜，已将一切预写纸上，待在下取出证之"，于是开抽屉，取出所写纸条与其所答若合符节，问卜者遂受其骗而以重金为酬了。然如此演出的魔术，在此道中仍然不能认为是最神奇的一着。更有卦桌四面临空，星相与问卜者隔桌对坐，观察问卜者神情后，在纸上写出其所谓已经知道问卜者的姓名年龄籍贯婚姻家世等情,然后掷笔于桌,捧纸于手,请问卜者说出其姓名年龄籍贯婚姻家世等情,最后展纸使观,事事不爽,遂由此而坚定了问卜者的心理,对于以后要问的事情也就听其信口而言了。那知曾有三位杰出女性,知其显为魔术演出,希望发现破绽而揭穿之,然星相究具慧眼疑其来意不善,索取卜资五百元,三人初为吓退,不愿尝试,既而决定"只有前进,哪有后退之理",于是重返,以每人卜资一百五十元成议,先由甲女问卜,乙女座于其旁,发现星相拇指指甲甚尖,似待某一物套于其上者,已有所疑,迨星相双手捧纸问话时细听之,吱吱有声,似有在纸上摩擦情形,于是大悟其真相。原来星相所写于桌上的字条,不过"姓名""年龄""籍贯""婚姻""家世"等情的标题,迨捧纸于手时,却变戏法,在垫下或衣袋取出套到拇指的同色笔头,向问卜者问话,听其所说姓名等情便在纸上"姓名"等项填写明白,最后让问者观看,乙女已知其情,乃告知丙女,丙女入座就卜,由甲乙两女分座星相之旁,目光灼灼看个究竟,星相至此无由取出作伪之笔,虽捧纸向丙女问其姓名,丙女固已说出自己姓名,星相因无笔照写却故意谓其捏造姓名,有意为难,忿然而起,将手中所捧之纸张,扯碎纷纷落地。三位女士知星相黔驴技穷,不为己甚,大笑而去。所谓未来先知,乃是先问后知而已。伪就是伪,真就是真,魔术式的诈术,由骗局而演成趣局,便由此告一结束了。

　　老实说来,星相人物以外,玩弄魔术而为诈术的事实,算来真是不胜其烦,譬如说,字画的伪品,景德镇瓷窑的画工最喜玩弄手法,将名人所做字画描成后,新纸使其发霉变旧,甚或以醋泼之,而充真品。记得旧国会某议员自命风雅,过景德而收买伪制字画达两箱之多,并曰"在这多副字画中,如有一副为真迹者,当不负一番收藏工夫"。那知以伪乱真已成定局,纵使收藏十箱百箱,也未见得就有一件真迹;就连从原本揭下一层而印出的副本也是没有的。譬如又说,古佛像的伪品,每系由古董商将真佛像"大卸八块",每块重新作为另一个假佛像的部分,于是一座真佛像,经其改塑后成为八座假佛像。伪品到了购者手里,当然希望买来真品,自然要请行家鉴定。大部分虽然可疑,但有一部分确系真品,往往就从这一部分鉴定为真的结果,便连带地推定其他部分也是真的。像这两个例证,依样是以魔术而为诈术的演出,岂仅走江湖的星相而已!

最后,还有两句话要说,魔术是"使人明知其为伪"的演出,但在欣赏的当前,却要拟其为真,才能引起兴趣。诈术虽是"使人误信以为真"的演出,但在逢场的那时,却要忆其为伪,方能不受欺骗。也就是说,明知其为伪,因系魔术之故,列入艺术范围之内,无妨求其逼真,这样更是有价值的。误信以为真,因由诈术而来,成为骗局门墙之客,自应探其所伪,这样才会辨是非的。

(1970年4月)

贫儿夸富　富汉装贫

　　社会上每有两个极端相反的现象，各自存在，除像小孩子喜欢扮大人，老头子喜欢学少年以外，贫儿夸富，富汉装贫，也是其中常见的一种。

　　贫儿夸富，不问其本身出于何种原由，大半都是社会上一般人嫌贫爱富的歧见刺激而成。士君子固可安贫乐道，箪食瓢饮，不受社会好恶的影响，所谓"贫贱不能移"者是；但普通人却不免随波逐流，脱离不了社会的压力。过去的通都大邑像沪汉一带街头上的往来人士，尤其在夜间，最热闹的时候，每位男性莫不服装整齐，神气十足，看来不是老板，便是小开；每位女性莫不花枝招展，修饰入时，看来不是富婆，便是千金。哪知道其中男性不少是商店的厨师或街头的擦皮鞋者，一类穷苦人物；女性不少是亭子间的嫂嫂或供驱遣的娘姨一流贫苦阶层。为了点缀花花世界，大家虽系贫儿，而在场面上都是要夸富起来。当年北平，号称首善之区，民情比较淳厚，然因社会上有"官纱眼"的颓风存在，于是夏天便成为贫儿夸富最活跃的季节。原来夏天服装简单，草帽革履以外，一套官纱（或夏布）大褂薄绸衫裤，就可为装富的资本所在。因为商场闹市重衣不重人，看见穿了官纱认为有钱可花，便要欢迎了。惟如一交秋季入冬，气候由凉而冷，皮帽皮袍围巾手套以外，并需皮大氅或呢外套,这样行头,就非夏天风光一时的荷花大少所能备办,以充场面,只有于风雪中,躲在屋内而孵豆芽的。所以在当日北平,可说是夏天无穷汉冬季少富哥的都市而已!老实说贫儿夸富的一切繁荣,无非是社会上海市蜃楼的虚幻心理所勾起,倘有一分富,便为一分夸,只有在不可能时才会停止罢。请看!在香港市场上高楼大厦的百货商店,好像每一顾客都是富有人物,实则凡穿香云纱唐装短裤的人根本拒绝入内,逼得他(她)们不得不改装夸富;倘再限制其必须为衣冠整齐的贵宾方得进门,那么在店内的顾客当然更要减少了。

因为社会上对于贫富的歧视,便刺激了贫儿夸富的现象发生,俾能在他人面前摆场面,免得为人瞧不起而塌台,如仅此一心理,至多只是"穷汉陪富汉陪得没裤穿",自受其累而已,然其流弊更有甚于此者,那就是贫儿夸富乘机行骗,反而危害了社会的安宁。像旧社会的念秧者,洋场上的白相人莫不"金玉其外""败絮其中"便是。记得五十年前在北平正是髦儿戏当阳时候,捧坤角的风气极盛,一般油头粉面的捧角家,多半是在会馆落脚的荷花大少,穷得十分可怜。哪知竟有一位坐在台下令人肉麻的"浊公子",不知从哪里得来一只金戒,戴在指上,不住向台上所捧的坤角亮出,表示自己有钱,博得坤角欢心,存有非分之想。我们知道,向着女性夸富,只有极大克拉的钻戒或可发生妙用,一只金戒值得几何,当日以金戒为炫的丑态,真是贫儿夸富,观之不禁作三日呕!说起来,还有一个奇特的怪象,那就是数十年前,由日本传入的金牙习尚,穷人赶时髦,奸人装门面,也都要镶一只夹金牙齿的。

不过话又说回来,贫儿夸富也有其好的方面,譬如说,遇见慈善捐助,灾难救济的义举出现,贫儿环境接近其情,深知此属必要,每喜将其仅有的余款,投入捐献的箱中,较诸富汉更为踊跃,以示提倡,这种夸富,实在是最有意义的。再说,虽然"人穷志短"却也"人穷气大",穷得硬,穷得阔,不吃嗟来之食,不叩显达之门,纵非直接夸富,却是不屈于富,这是穷得硬的表现。因为怕人嫌贫,馈赠亲友,总是勉力而为,不愿惹人闲话,这是穷得阔的表现,也不失为一种可取的地方。

富汉装贫,与其说完全恐怕树大招风,避免社会上的嫉妒心理所致,毋宁说是由于有钱人一种自私的态度而然。我们知道,在国民生活水准不断提高的社会里,富裕为正常现象,富人乃国家中坚份子,不特不应讳言为富,且除承受税款外,并应以其收益提出一部分办理公益及其他社会事业,这是现代资本国家应走的一条大道。就连过去工商业不甚发达的古老中国,对于富人也极端鼓励其"乐善好施""修桥补路",而其最讨厌的便是"为富不仁"。然而这种方针,这种鼓励在社会上并不能阻止富汉装贫的现象发生。富汉装贫的最大原因,是由于有钱人吝啬成性,不是"人用钱",而是"钱用人",虽富仍然为钱所累,成为金钱的奴隶,变成财富的牛马。记得过去使用"制钱"时代,制钱为物,外圆内方,遂有"孔方兄"的雅称。方孔系为穿绳,集而成"贯"之用。俗称钱眼,社会上对于吝啬人说他是"爱钱钻进钱眼里",视其为钱所包围,而为其装贫的另一说明。

本来,有钱不用,等于无钱,极端装贫的结果,轻则虐待了自己,重则冷淡了社会。有钱人如超过了节约的界限,而陷入吝啬的深渊,宁愿少吃饭,不愿多花钱,宁愿少穿衣,不愿多破钞,处处为钱构思，时时为钱设想，病了不愿花钱就医，死了最好卖尸得酬，一生为钱而活，未免过于虐待了自己。常听人说，山西上府一带富人，每将赚得的银两，铸成银人，传至后代，想随时使用，势所不能，称之为"莫奈何"，也只有装穷而过穷日子了。这或者就是所谓"捧着金碗而讨饭吃"的同一故事吧！对于自己既已如此吝啬，对于他人装贫更何待言。最怕遇见义卖，或当场写捐，真是拔一毛而利天下不为，任你劝募者如何侃侃而言，娓娓动听，想要使其伸出慈善之手，真比登天还难。像这样的富人显与社会隔绝，尤其俭于人而不俭于己者，更是吝啬的正当诠释了。

不过就富汉装贫的另一面看，也有值得一言的情况。当一个有钱人出外时候，虽不装贫，却不能向路人自炫其富，尤其身藏巨款者应为谨慎勿使钱财露白，而引起不肖者觊觎之心。记得十余年前，每在火车上看见少妇锦衣绣服而外，金镯数只穿臂，金链数条绕颈，金戒指金手表不一而足，似乎将所有的金饰都戴出来，摆了金光阵以炫其富。然如离开了秩序较佳的场所，而在夜静人稀出外，实有招致强夺的危险。那么此时此地，富而不妨被视为贫，也就未尝不可。至于在积财致富的过程中，只要不吝于人而俭于己，甚或超过节俭的程度，此时此地装装贫，吃吃苦，同样是说得下去。

最后，还有几句话要说：贫富的观察，通常虽以经济的情况为其依据，然如就学问或知识方面而言，依然得为贫富的差别。饱学多智可称为"富"，学浅知短，可称为贫；那么贫儿夸富，富汉装贫两个极端相反的现象，也在学问知识方面是存在的。就贫儿夸富的情形说，越是没有学问的人，越喜欢卖弄才华，高谈阔论，说长道短；越是没有知识的人，越是喜欢炫耀通达，装腔作势，说古道今，像我这杂货店老板便是。西北有话"一瓶子(水)不响,半瓶子(水)阔撞","阔撞"是在瓶子里荡漾发出响声的意思,这真是贫儿夸富,实际上无非自卑感在作祟了。就富汉装贫的情形说,教然后知困,学然后知不足,乃是最好的注脚,足以为训的。学不厌其富,知不厌其足,最怕自满,即无进益,所以在学问或知识方面的富汉,总得走上装贫的道路,乃能日新又新,不致以陈年旧货而贩卖于人了。

(1970年5月)

惟爱心乃见耐心　惟耐心乃知爱心

　　把爱心耐心连在一起来说，乃宗教家的志愿所在，并为白衣天使所应具有的精神，杂货店老板批进这样名贵的货品，是从台视星期剧院电视剧里而得来的。星期剧院节目是教会所制作，夏台凤饰演一位特别看护，照料常枫饰演的精神病者，受尽恶言恶语，无法为其进药进食，拟辞职不干，但经赵雅君饰演护士的母亲，告以爱心的神圣，耐心的伟大，便使那位精神病者，因受适当看护关系，得到心理上的治疗，逐渐恢复常态。这虽是一个假设的故事，足见由爱心而产生耐心的效果了。

　　不仅最有成就的宗教家慈善家能以爱心支配耐心的活动，像天兄耶稣爱人类，救灾难，忍受种种压迫，宣传福音，竟以身殉；像南丁格尔爱战士，救伤患，忍受种种辛苦减轻血腥，遂成定制；这些，都不必说了。凡是本于非为一己利益的爱心，都会因这样神圣的使命，演出伟大的耐心而有其价值的。儒宗以拯救天下人民的疾苦为己任，故孔孟栖栖惶惶坐不暖席，周游列国，求为世用；墨宗以兼相爱交相利为济世的根本方针，故摩踵放顶，忍耐终生，利天下而为之。推而如苏武于冰天雪地中，牧羊十八载，忍挨饥饿，耐霜受冻，绝不降敌，持节如故，完全由于爱国家爱民族的爱心使然。文天祥于缧绁桎梏中作囚数百日，蓬首垢面，熬热抗寒绝不服敌，忠烈如故,确实由于爱正义爱气节的爱心所致。反而言之,像李陵因缺乏这样神圣的爱心,不愿忍受苦难,便投降匈奴,落得骂名千古,且使一代文豪太史公也受连累而处腐刑。像吴三桂毫无国家民族的爱心,一怒为了红颜而战,不愿忍受史可法的坚苦处境,挽救危局,便认贼作父,受辱终身,遂成了石敬瑭第二遗臭万年。

惟爱心乃见耐心的话,这是以爱心为主遂引起耐心的承担,从而惟耐心乃知爱心的话却就有了区别。一个人对于事物有其耐心,诚然有些部分是为了神圣的爱心而然。譬如说,辛亥革命以前,革命军屡次失败终因耐心贯彻使命不衰,便是民国建立;对日抗战之初,敌我势力悬殊,终因耐心完成民族使命苦撑八年,胜利终属于我;可知这样伟大的耐心,显然是受了神圣的爱心的影响。不过专从耐心方面而观,更有最大部分是为了一己利益而爱好的心理所致,虽然在所具耐心的间接目的上或消极目的上不无流露或隐藏这种神圣的爱心在内,但其耐心的直接目的,或积极目的却是为了一己利益而发动的爱好心理所使然,乃狭义的爱心罢了。譬如说,教不倦,学不厌,这就是出于爱好教育或学问的心理;日出而作,日入而息,这就是出于爱好职业或工作的心理;气不可不受,理不可不明,这就是出于爱好政治活动的心理。推而像爱好玩票的人,黎明即起,野外吊嗓,甚或花钱受气,乐以忘苦。又像爱体育的人,昂首挺胸,拳打脚踢,甚或摔跤受伤,乐此不惫,都是要以耐心,达到其爱好的目的。下而像爱好出入赌场的人,一日不赌输赢,便觉兴趣索然,呼么唤六,就成了家常便饭。爱好懒惰的人,宁愿讨饭,不愿作事,做了叫花子三年,给个官也是不做的。这又是惟耐心乃知爱心的最不能提的现象。

要之,对于爱心及耐心的看法,应以爱人类爱国家爱民族的神圣的爱心为出发点,其所发动的耐心,方系伟大的耐心,可以惊天地,可以泣鬼神,可以振人伦。这在本于直接目的或积极目的而演出者乃极为稀少的现象,故最为天下贵。其次为一己利益而发出爱好的心理,所演出的耐心便五花八门,有上焉者,有次焉者,有下焉者。其中以择善固执为上,利己并能利人便是。以惯守其业为次,利己不必即损于人便是。以积重难返为下,利己而损于人,甚或损人而不利己便是。说到这里,老板写作的爱心稍衰,竟无耐心维持下去,只好搁笔不写吧!

(1970年6月)

化缘的和尚神通广　　参禅的和尚法力深

　　说起庵观寺院的组织,向有两种形态出现。一种是善男信女单独出资兴建,其在内部或对外所遵守的戒律或信条,完全依出资兴建者的意思而决定。像《红楼梦》上贾府自建的尼庵初虽规矩不严,致有妙玉的不幸事端到来,然而最后整顿一番,终使四小姐惜春修行于此,并由忠心于潇湘馆主的紫鹃姑娘作陪。又宋钦宗北狩后,托南下行人,寄语九哥(高宗),请其营救回宋,表明别无他想,"只作太乙宫使足矣"。太乙宫为宋宫特设的道院,也算是单独出资兴建,而由宋室管理一切了。另一种是向社会大众化缘,积少成多而兴建的;其在佛教寺院方面,所谓十方丛林者是。如何建立其组织,如何维持其组织,如何运用其组织,各有准则,各有成规,各有习惯,杂货店老板,既非方外客,且非居士,不敢妄作解人,在这一方面,说长道短。如今单就十方丛林的寺院方面,从化缘的和尚与参禅的和尚两派人物身上,作为摆龙门阵的闲话聊聊罢了。

　　十方丛林的寺院,像西湖的灵隐寺、净慈寺、峨眉的护国寺、洪椿寺等等都是多年古寺,有雄厚的产业,有固定的收入,除了临时需用资金外,原不必广求檀越施主,而以化缘一事,视同当务之急。但如寺院正在兴建或创设而无相当基础的阶段中,化缘的和尚便形成重要,真正居于"上人"之位。他们不仅要有一套学问,懂得公共关系,而且要能说善道,任劳任怨。记得抗战前,老板夫妻俩到了杭州石屋寺,知客僧招待午餐,殷勤备至,坚决不收餐费,惟请在"广结善缘"簿上写下布施金额。知客僧并曰:"如旅途不甚方便,他日到府上领款,亦无不可"。老板不过经营小小杂货店,原非富商大贾,哪有捐献装贴佛像金身之资,劳其往返收款,结果,惟有掏出五十元钞票,写在簿上而别。抗战中,于三十二年游峨眉,半山有一寺院,方在兴建,除以法币两百元为饭资外,当即告知身为小贾,蝇头取利,有心向善,无力布施。其实这一位知客和尚,在老板来到山寺以前,已在蓉城见面,而且在老板回到重庆以后,又在渝地相逢;他一月之内,仆仆风尘,往返不休,当系化缘山上,收款各地而然。说到这里,也就不能不重视"化缘的和尚神通广"了。

然而一座寺院的声名洋溢于外,并不在乎金碧辉煌,戒檀华丽,而鹫岭、祇园的精神,还是放在参禅的和尚身上。不仅日常要按时合掌、诵经,做功课,作佛事,还得受戒参禅明心见性。说过去,达摩方丈面壁悟真,少林寺由此得名,说近世,印光法师闭关养道,净土宗续有祖师。他们都是潜心上方,不务外物,只知苦行从真,求得个中三昧。所以像《传灯录》所载必须由偈语"身是菩提树,心如明镜台,时时勤拂拭,不使有尘埃"的领悟,进而为偈语"菩提本无树,明镜亦非台,本来无一物,何处惹尘埃"的深入意境,才能继承了法嗣,而为第六世祖师。说到这里,也就不能不恭维"参禅的和尚法力深"了。

化缘的和尚与参禅的和尚,对于正在兴建而待发展的寺院,都有其所负的使命是在,未可独有所偏,成为不平衡的发展。故如全寺院的和尚都不撞钟，都不念经，只知一体出动，从事化缘，这固然不成体统，并且虚有寺院之名，化缘的结果皆成无缘，谁也不愿解囊为助的。不特如此，倘在经常化缘的和尚中，有一二败类，利欲熏心，假寺院的名义，求个人的享受，仍然使全寺院的整个信誉，受了影响；纵然神通广，也就没有什么价值。反而言之，全寺院的和尚，都不重视公共关系，不与善男信女结缘，对香客爱理不理，对游人一顾不顾，他们只知焚檀香敲木鱼、坐蒲团、做功课，众僧无斋饭，枵腹诵经忙，饥饿终难忍，托钵转四方，像这样呆子和尚，何苦乃尔！为了避免矫枉过正，对事有益，那就要靠化缘的和尚出面完成参禅的和尚的功德才行，不特如此，参禅的和尚，倘只虚有其名，奉行故事，"阿弥陀佛吃果子"，参禅打坐想心事，都不免影响戒规，又如何能做到法力深的境界？这样做来，依样是没有什么价值！

谈罢了化缘的和尚与参禅的和尚两派人物的闲话，不禁想起红尘上许多演出的精彩节目，都是由这两派人物凑合而成。从大处来说，创天下是要像化缘的和尚外向的人物，保天下是要像参禅的和尚内向的人物；就是在一创一保之内，也是两种人物并用。像沛公兴汉，运筹帷幄之内的都是张良、萧何一般内向的人物，决胜千里之外，都是韩信、彭越一般外向的人物；像秦王保唐，参禅的文臣有魏徵、长孙无忌多人，化缘的武将有李靖、尉迟敬德多人都是。从小处来说，各行业都有所谓"外红""内红"两种人物，外红就是化缘的和尚一类型态，在台面上最露面，几乎是无人不知，无人不晓，甚或受人赞誉不衰。内红就是参禅的和尚一类型态，在同道间最受推重，而在外面却是寂寂无闻，甚或受人轻视不理。殊不知没有内红的人物存在,便难使外红的人物,纳入正轨。以戏剧界而论,不说"老夫子""戏包袱"是内红人物的代表,就是文武场面也占了参禅的和尚身分一半的地位,不应轻视的。总而言之,天下事都是阴阳相生,刚柔相济,内向与外向互用,化缘与参禅互存,似无例外,或为真偈。再见!

(1970年8月)

求人不如求己　利己先要利人

夫子之道，贯之以一，说穿了，就是忠恕而已！尽己之谓忠，推己之谓恕，都是由己而达于人的道理，所谓忠道恕道便是。杂货店里这种货品，以前曾经卖过，以后还有多种，今日所提出的"求人不如求己，利己先要利人"两语，依然是忠恕范围内的真品实货。

"求人不如求己"的话，可说是做到"尽己"的工夫，而不绝对依赖别人办理或完成其事。求人乃放弃自己职责，特向别人有所求取，允与不允柄操于人，既难称心如意，并且愈有求取，愈要低声下气，打双躬，赔笑脸，纵使所请得允，不特浪费请托的时间，贬落自己的光荣，何况这一份人情债也是不容易还清的。万一别人拒绝自己所求，白白经过了请托的繁琐礼貌，更不免像那"偷鸡不成舍把米"了。既已如此，遇见要办的事来临，与其求取别人帮忙照管，何如自己振作起来，躬亲为之，一方面显得干脆利落，省事省时，一方面如何进行，权操于己，也易求取如己所愿的结果。倘再进一步说，求己原系发挥尽己的忠道，不愿尽己而去求人，便是有亏此道，难于立己。所谓忠于国家、忠于领袖、忠于其职、忠于其事，都是实践尽己的工夫乃然。因为责任归于自己一身而求于己，对人就不必将有所求而归其责，《论语》上"躬自厚而薄责于人"，就是说对己是要严课责任而有所求，对人自然要放松了。反而言之，只知求人，不知求己，如系"乞诸其邻而与之"的话，便是"慷他人之慨"，活现出一副伪装慈善家的色相。如系借用他力，而冒名顶替的话，便是"贪别人之功"，活现出一副冒名事业家的姿态，那么，对于尽己的忠道，岂不相去十万八千里吗？

诚然！谁都知道天下事有大有小、有繁有简、有粗有细、有通有专，绝不是一个人的力量所能办理或完成，势必有求于别人的帮忙或协助。所谓"求人不如求己"的话，乃指自己能办理、能完成的事，就不必求人而言；若系自己办不到、完成不了的事，自得求人处理或合作的。像世人皆知一贫如洗的武训，却要立志兴学，只有以行乞的方式，向富有的人家托钵苦募，求其解囊；像大众皆晓苦口婆心的导师，想使每个学生进德修业，只有年年诲导，滔滔不绝地向其指示求其做到。这种厚责于人，无非由于力量不够或非自己分内的事，才去求人罢了。然而武训行乞兴学，仍然以丐终身，导师训导学生，仍然重在身教，还不是求己更先于求人吗？从而在求人求己两不相废之下，求己实系求人的基本所在，己不长进，人何谁求，"扶不起的阿斗"，除了忠心耿耿的诸葛亮外，有谁能欣赏呢？《论语》上说"德不孤，必有邻"，先须自己有德，然后乃有其邻，倘行道无得于心，或根本不行其道，均非"德"而必孤立，不求于己，也就难求于人了。这种道理不仅在个人做人做事如此，就是在国与国之间，也是以求己为先，求人为次，美援之必须自筹相对基金，便是一个浅例。

"利己先要利人"的话，可说是做到"推己"的工夫，而非绝对只知自己温饱，不管他人饥寒的情况。利己在积极意义上是想把外面取得的利益，归于自己享受，在消极意义上是要把外面遭遇的不利益,归于别人承担,所谓利则归己,害则归人是。然而人同此心,心同此理,自己所愿享受的利益,别人也愿享受,自己所不愿承担的不利益,别人也不愿承担,其结果便各展其欲,各遂其私,各避其忌,各启其争了。从而在结果上,往往人己皆疲,两败俱伤,纷扰无已,导致社会于不安。就令少数人独占春风,利归一身成为巨富,倘如为富不仁,也遭天忌,自焚其身,其承担不利益的别人,更或陷于穷途末路,不可言状了。由此足见一味只知利己,各遂其私,是绝对办不到的。天命之谓性,率性之谓道,人己本皆同然,每个人都应以己之心,度人之情,勿以利己为怀,使人同样得到了好处才行,尤其所谓"己所不欲,勿施于人",在消极的不利益方面更要如此,以免别人独自承担。所以"推己及人"的意思,并非只是原谅了别人的错误而悯其过,且须领会别人的幸福而同其欢,正是"嘉善而矜不能,厚往而薄来"的道理。人有所不能我哀矜之,人有所来,我薄取之,系在不利益方面为人设想,人有善举我嘉誉之,人得其往我厚赠之,系在利益方面使己省悟。推己及人的恕道就在这里了。

  人生不能无欲,有欲不能无求,实乃不可否认的事,利己原非一种罪过,甚或有其必要极为显然。上焉者固然是"损己利人",以精神上的胜利为主,称其为义,既拒绝物质上的利,甚或舍生取义,承担不利益的莅临,这是达于圣人至诚的境界,高人一等,不用提了。下焉者只知利己,不知利人,这是损人利己,最要不得,倘在最后的结果上看,或许是损人而不利己,更是每况愈下,不成话说。因为社会是人与人组成,彼此发生连带关系,要互助,要合作,遇事既要利己,同时也要利人,然后方能各得其利,相安无事。每个人倘能如此存心，纵然利己行私，却未尝不可化私为公。慢说盗亦有道，像小说家言江湖人物的公平分金是做到这点，大而如孟子劝齐宣王行王政，宣王以"寡人有疾，寡人好色"，"寡人有疾，寡人好货，……"等事，自认利己心重，难胜其任。

孟子却历举太王故事，指出好色好货等事，与民同之，何能不王为答。这就是说，如能与民同利，利己又有何妨？这种互利，显然以利人居先，利己居后，从利人之中而利于己，其利己当非绝对出于私心，不过在利人之中同享一份利益而已，从而要想利己，就得先能利人做起，利己才有保障可言。墨子上说得明白，你若不爱别人的爸爸，别人也就不爱你的爸爸，认系墨家提倡兼爱的起因，而系由利人以达于利己。其实墨家所说的兼爱乃"兼相爱"的意思与"交相利"同其语调，这个"相"字值得重视，足征其不是单方面的利，而系双方互利乃然。

话说至此，意犹未尽，不免想起我国传统的文化，是不是与"求人不如求己，利己先要利人"两语有其关系。在"求人不如求己"方面系以"求己"为主，这是中华民族文化向来采取义务本位的表现。人生于世，无论道德上、法律上都有各种义所当为的任务，而对别人负担；各该义务彼此皆然，就成为相互间同负的义务，别无本于权利现象而求人的法则存在。即以人的五个伦类——五伦——而言。依然是君礼臣忠，父慈子孝，兄友弟恭，夫良妇顺，朋友有信，互有其责任，互负其义务，皆应求之于己而行，不能责之于人即可。求己的结果，自然是克己制己守己，而为礼教的产生，强化了义务的本位。同样，在"利己先要利人"方面，系以"利人"为贵，这是中华民族文化向来珍重同类意识的扩大。人类心里原本有其共通之点,此点乃全人类沟通的密钥,所以孟子说"口之于味也有同嗜焉,耳之于声也有同听焉,目之于色也有同美焉!至于心独无所同然乎?"从而"将心比,都一理",便要"己欲立而立人,己欲达而达人",使利人利己归于一途,所以利人的结果自然是爱人立人达人,而为仁爱的胚胎,奠定了同类的意识。照这说来"求人不如求己"的话,实与义务本位观念有关,而出于礼教的陶冶;老实说也就是尽己之忠了。同样,"利己先要利人"的话,实与同类意识的见解结缘,而出于仁爱的润泽;老实说也就是推己之恕了。然则忠恕之道,岂仅夫子方面一语所及,其在任何有关人生哲学上的至理名言方面,往往也能以直接地或同样地表现出来,更不以今天所提出的"求人不如求己,利己先要利人"两语为限。

(1970年12月)

勤能致福　俭可迎祥

　　一元复始，万象更新，杂货店自应有一种点缀良辰佳日的珍品陈列出来。无如老板乃一普通商贾，并无满腹经纶以何为宝，只有抱野人献芹之义，想起"勤俭"为中华民族向来涉身处世的美德，便以"勤能致福，俭可迎祥"为题。

　　过去，原本就有"勤能补拙，俭可养廉"的话，处在农业社会里，像这样消极的态度，倘能不惰不贪，自足应付一切事故，以完成勤俭的重要使命。但因时代的轮子已驶入工业社会，经济日形发展，企业日有进步，单靠补拙养廉为用，万万不能发挥勤俭的最大功效。所以在今日而言，"勤俭"，实应由"勤能补拙"而走入"勤能立业"的领域，由"俭可养廉"而达到"俭可招财"的阶段。换句话说，"补拙"固不失为"勤能致福"之道，"立业"却更能完成其重要使命；"养廉"固不失为"俭可迎祥"之由，"招财"却更可发挥其最大功效；彼此显有轻重不同。未可合一而论。

　　勤，在一般解释上应为"不宜懒惰"的正面用语，对于县太爷以"清、勤、慎"称誉的"勤"字，就是这个意思。勤必出于劳，或劳心、或劳力，要各有其成就；所以"功绩"之外又有"劳绩"的铨叙，便成为"勤""劳"的报偿。勤必吃其苦，"苦儿流浪记"的苦儿，不是流浪人，实指一个成功的勤苦人而言；所以"苍天不负苦心人"，便成为

"勤、苦"的归宿。世上尝以"劳苦功高"为颂,就是对于"勤劳""勤苦"的称赞;旧制"八议"中的"议勤",所谓"谨守官职,夙夜奉公"便是劳,所谓"出使远方,经涉艰难",便是苦。他如勤于学问称作"勤学",勤于王事称作"勤王",以忠诚的态度治事,孜孜不倦,便也称作"勤恳"了。

  昔在农业社会,生活水准不高,各人欲望有限,无论士大夫劳心,农工商劳力,都是在小天地内而为自强不息的振作罢了。从而所最怕者并非勤而无功,实为懒而不动,懒人所用以借口,甚或内疚者自视为拙,甘居于笨人之列,不与勤者为伍。为了补救这一弊端,有心人就想出"一勤抵三懒"的方法,而有"勤能补拙"的话;老实说,在实际上也是如此。慢说"人一能之,己百之,人十能之,己千之"是教我们笨人百倍努力与他人竞赛,纵然不能迎头赶上却也可以等量齐观。就连俗语上同有"笨鸟先飞"的话,而如世人所述龟兔赛跑的故事,龟步虽慢,兔步虽快,终因一勤一懒的关系,便致勤苦成功,懒者败阵了。

  今在工业社会"勤能补拙"的话,诚然不能认为全无价值,却非勤的重要使命所在,倒是事实。因为工业社会需要每个人都能并驾齐驱地站在勤劳勤苦的阵线上前进,不以仅能"补拙",就算完成勤的最大功效而然。换句话说:在现代的工业社会要求下,根本就要否认"拙"的存在。有学校教育以开其智,有职业教育以启其能,大智大勤小智小勤,大能广勤,小能狭勤;何来乎"笨",何有乎"拙"? 我们知道:要实现工业社会立业的基本要件,第一是时间,第二是时间,第三还是时间。必须每个人能按时勤劳勤苦,而勤恳其业,乃能配合时间上所需求的一个"速"字;"加速经济发展"的起码步骤,就是由此而来。而且经久自熟,熟能生巧,更进一步而达于"新"的境界。这正是"加速经济发展"的次一步骤。说来,工业社会不只求速,还要求新,墨守旧规而勤其业,是属于过去的事,不足为采,立业现代化,必须有研究,有发展,能更新,能进步,百尺竿头,不断递上一层乃可。在一切过程中、阶段中,都要按时以勤恳的态度而忠诚其业,自然会有成就,这就是我们在工业社会里主张"勤能立业"一语的理由所在。

俭,在一般解释上应为"不敢放侈"的正面用语,《论语·八佾篇》所称"礼与其奢也宁俭"的"俭"字,就是这个意思。俭虽不限于金钱的俭省,物资的节俭,凡繁冗的礼文、细琐的仪式,省约为礼而去繁就简者都可称其为俭,然普通看法,还是以不浪费为俭德的对象,史称汉文帝尚俭,衬衣必涤洗再服,而后易之,即为其证。惟须知者,俭既与吝不同,尤其与啬有异。俭于己而不俭于人,俭己立其范,仍谓之俭;俭于人而不俭于己,俭早非其品,特谓之吝。所以吝字就与贪字结缘,所谓"鄙吝"者是。至于啬仍是含有悭吝的意思;方言谓"凡贪而不施,或谓之啬",足见其与吝通释,不得称其为俭。但同时也含有极其不为枉费的意思在内,超过其不可俭的程度,而忍受之。家有粮万石,枵腹不开仓对人如此,对己犹然,这就是啬而不是俭,世俗称为啬鬼者是。

昔在农业社会,尤其闭关自守时代,公家理财之道,不外强本、薄敛、节用三端,而节用便是俭的另一表示。个人理财之道仍要遵守量入为出之法则,而以节俭为贵,备有余财,以待急需。当日社会既甚单纯,民情又极朴厚,已如前述,除达于勤能补拙以治事外,持家立身,只要能守节俭之道,即足应付一切。其所最怕者,就是违反廉洁的行为,以浪费破其产,以贪财毁其身,便把"俭可养廉"的话作为治疗的良剂。老实说,每个人,如能遵守俭德,自然不会暴殄天物虚耗有用之货,每个人如能信赖俭德,自然不会妄有贪心,争取不义之财。所以当时的崇俭,除储财以备个人不时之需外,实际上乃以廉为最重要的目的是在。

今在工业社会"俭可养廉"的话,在个人持家立身方面仍然有其相当价值,不可废弃;但就工业社会的前途而观,仅以"养廉"为俭德的最大功效,却未免太消极了。我们知道,工业社会在时间上求速求新,其最后目的所求取者:第一是金钱,第二是金钱,第三是金钱,有钱万事皆备,无钱寸步难行。这虽与个人的廉洁自守各有千秋,却与节约从俭的一般法则有其出入。记得老板前曾有文,对于外销品或舶来品,为了增加或缩减外汇关系,主张节约消费,以俭为贵,"对于纯粹国货限于国内市场者,为了以消费刺激生产之故,似不必对其绝对归于俭道"云云。其实仔细思之,与其为纯粹内销国货而放宽节俭的尺寸,毋宁使其争取外销市场倒是根本之图。况且个人经济必须量入为出,维持其平衡,俭的界石便立于此。浪费为奢,当然要退回到俭的领域,悭财为啬,当然要推进到俭的角落;是俭的精神与工业社会生活,并未见得如何积极的冲突。然而要知道的,我们并不是降低消费在经济关系上的价值,否定其刺激生产的功效!我们所希望者以适合事宜的守俭,将节省下的金钱,储蓄起来,用之于工业发展方面即可。因为想使工业加速发展,必须促进资本形成,形成资本之道固多,但提倡储蓄,集腋成裘,未尝不是直接而有效的方法,这就靠人人以俭为德,乃有所余了。所以在工业社会里谈到俭道俭德,便不能仅以"养廉"为贵,更要进一步而"招财",至少在新兴工业的阶段如此。

倘再把勤俭两字的相互关系来看:过去的"克勤克俭",垂为持家立身的要训,近世的"勤工俭学",创为半工半读的准则,都是勤俭并重,相互为用。农业社会时代以私人经济为其主要表现,表面上是在创业方面取之于"勤",在守成方面取之于"俭",便可相辅而成,互为依藉。实际上乃是以勤为主,以俭为辅,因为必须勤而有成,乃能俭以为德,假使惰而废业衣食无着,俭又从何而来!工业社会时代以公共经济为整体观察,大家勤于立业,以俭招财,确系勤俭各领春风,互有使命。勤而立业致富,自能俭以储蓄招财,俭而储蓄招财,更能勤以立业致富。再说,一时节约,非可认俭,必须有其目的而勤恳为之,乃成俭德,储蓄而有成果,集资以兴实业,均由此来。是俭的过程中,已有勤的因素存在可知。连续疲劳非可谈勤,必须有休息而后按时上班勤劳为之乃成勤道。勤不疲劳,工不倦苦,节约工作时间以调剂之,是勤的过程中也有俭的因素可知。

最后,把话又说回来:今谈"勤俭"两字,无论农业社会被启用的"勤能补拙,俭可养廉"两语,或工业社会里宜用的"勤能立业,俭可招财"两语,都以"勤能致福,俭可迎祥"两语代之。所以然者,国人尝说,一日之计在于晨,一年之计在于春,一生之计在于勤。可知"凡事豫则立"的开始,其为"晨"的内容,"春"的标的,都不外乎一个"勤"字。能勤则五福临门,百事皆吉,从而不问勤能补拙,或能立业,都是致富的门径,而由杂货店老板以之为新年献礼之一。又勤俭如前所述,向系并肩为朋,有了孟良,就得请出焦赞作陪,便以"俭可迎祥"为新年献礼之二。其实,"俭可养廉",不致浪费破产、贪财毁身,原本就是一种吉祥。而且在旧历年节,大家迎福神以外,还要迎财神,"招财进宝""日进万金""恭喜发财"都成为互祝之言。那么,"俭以招财"的话,更是各方面的幸运,当然是"迎祥"无疑了。

(1971年1月)

"预兆"原非福 "天才"岂是真

　　世人所说的"预兆",就其程度的深浅而观,似可分为两类。程度浅的,得称为"预感",程度深的,得称为"预知";但均与本于即物穷理而有先见之明,由深思远虑中所得来的早期判断,有其不同。

　　原来,世人所说的"预兆",无非认为偶然事故来临,乃系祸福先驱的"预感",或一阵心血来潮的遂即捏指一算的"预知"都是本于心灵的启示关系,而有其因果定则。说来头头是道,想来事事逼身,北海南天,有凭有据;世人迷惘在这个"预兆"的梦境中,不知有多少时,更不知有多少人?迨科学知识的醒木拍响以后,像说部或戏文上所描写的灯花炸放必有喜讯,夜梦不祥必有噩音,以及所谓喜鹊叫而主吉,乌鸦啼而主凶的故事等等;因为既无主持光明之神,又无操纵梦昧之怪,而鹊鸦更非灵物,何能预报吉凶?所以这种"预感"的神话,就慢慢地不能盛行于世。再说,世无未来即知的神仙,早成定论,江湖卖卜的术士,变其魔术,以假为真,更难取信于人;所谓"预知"的信念,同样是发生动摇了。然而流连于"预兆"这一梦境忘返的人们,却是拟于科学知识,另有一种新的说法:认为人与人间,原来有一种心电互相接触,也可说是由于脑波的互相连系,如有某种特定因素存在一方,对同一事件发出心电或脑波,有关系的他方即可接收之,是即"预兆"的出现,仍有其一致的因果定律存在云云。微论这仍属于科学前身的哲学阶段,难为事实根据,且"预兆"的起因,如非由于拍出心电或脑波的人心,而系无关心电或脑波的物体所致,或由与精神因素无关的第三人行为,便也不能用这种解释假冒科学知识上的凭借而为之的。

不过,要特别声明的,杂货店老板今天提出"预兆"这个问题的主旨,并不想确知"预兆"的本身是真是假,只是想探讨"预兆"的存在对于人生究竟有无价值而已;换句话说,就令"预兆"属于真实,而在人生价值上,还是有"预兆"不如无"预兆"的好;"预兆"的存在是与人必求其奋发而能胜天的努力,不相容的。因为太空是人征服的,事业是人创造的,人各本其抱负,奔向远大前程;大而言之,为天地立心,为生民立命,小而言之,为一身开泰,为百世开祥。就人类全体说,纵然不如其所望达于理想境界,但能逐步而进,即已不悖进化的原理。就个人地位说,纵然不能依其所愿而能兴家立业,但既孜孜不倦,未废其道,总比潦倒终生,不进则退为佳。所以站在人的使命立场上断不许早已安排确定的命运支配人生而由"预兆"的存在表现出来。人之所以能奋发,愿活动,就因人世间事,非以造物主安排确定为准,须由吾人自己开辟一切乃然。老子《道德经》说"前识者道之华","华"指浮华焂忽而言,便是说"前识"是停顿了人的奋发,阻碍了人的活动,岂不可怕,岂不可悲?

先就"预兆"中程度较浅的"预感"为例而言;得再从报吉的喜讯及报凶的噩音而观察之。在喜讯方面,固以捷报为贵,但必确知其事,方可欢笑一番。若仅知有喜,并不知喜从何来,既费思索之苦,难于尽欢,具真正喜讯来到,反因预有所感,不免减低了欢笑的成分。所以许多风趣人士,往往喜讯不露,让对方来一个"惊喜"场面，更能尽兴。不仅如此，吾人每知古今知名人士，常说他们不仅空谷足音，而知老友将至，且静坐家中，心头一动，说谁谁就到来，恒试不爽认系"预兆"所使。微论其间纵有或然律存在，但即时见面与预感共来，时间相隔甚暂，又何必争一时的长短而称其奇？且如前述，舍弃"惊喜"的浓兴，虽有预感，就不免平淡无味了。在噩音方面慢说"报喜不报忧"，已成为吾人通知的社会法则，且"是福不是祸，是祸躲不过"，也是达观人所用以自处之道。假使确为凶事而有噩音提前发出使不知音者而预知之，试问对于人生的命运真正有何价值？凶事已经确定在先，怎能更改，预得噩音者既无由避免，而提前使其即为灾祸的承担，造物主戏弄人生却未免太残酷了！要之，"预感"之为喜讯者，因其不能达到"惊喜"的热烈情调，不能充实吉庆的积极内容，已然非属可取。"预感"之为噩音者，对人生更系无此必要，不能备其所顺，殊无"福"的享受，又何待言。

再就"预兆"中程度较深的"预知"为例而言："预感"纵然属实，对于人生是极不上算的事，已如上述；"预知"同为如此，且不问吉事凶事为其所预知者皆然。此可从由他人预知及由自己预知而观察之。在由他人预知方面，当然出于江湖星相术士对顾客的"预知"，就令灵验无讹，也非求卜问卦者的幸福。记得：老板幼年在北平求学时代，张铁嘴、王半仙为老板算命，断定老板晚运甚佳，必会发财。老板来台后，虽一度兼执某种业务，生活较裕，终因取价低廉，并无积蓄，歇业后，仍以薪金维持生活，甚感艰难。倘使老板误信晚年发财的"预知"，便不免怠荒学业与事业，自难在该种业务中站得起来，岂不"自糟其糕"？且如确信晚年发财的"预知"，何能放弃机会，而不违反"君子爱财取之有道"的信条，特向请益者滥索高价,岂不"自贬其格"?这是老板不信他人为自己"预知"的喜讯,认为对于自己生活毫无价值的一个显例。老板中年在南京从政时代,一日向名星相家"碧海乘舟"处算命,算定老板那年十月妻宫不利,要加注意,因那时社会风传"碧海乘舟"卜者算知某一问卜者为当日的内政部次长身分,不能不由老板信其对自己所说灵验。于是为求参证,再向摸骨专家"铜镜子"处算,也说老板那年十月有克妻之忧。中年丧妻是人生最大不幸之一,何况老板夫妻之间爱情素笃,何堪中道分离,折翼独处?从而老板暗自伤感,忧衷如焚,提心吊胆地坐待十月来临。好容易愁过十月,幸告平安,还有农历十月接踵而至,就这样一日一日地准备承担灾难。前后折腾了二回,数个月工夫,终于无事,乃展苦脸而为笑容,向太座实告经过。就令卜者果系预知,十月不利妻宫情事,而在十月以前,即将老板围于愁城,伤透脑筋,此种凶事的"预知",究竟是成全了老板,还是逼害了老板?这是老板误信他人为自己"预知"的噩音,致对自己影响福祉的又一个显例。在由自己"预知"方面,无论是吉是凶,今日预知明日的事,现在能知将来的事,对于人生都是没有什么价值的,因为一切前程,既已由造物主安排确定,人便失其活力,有同机器一般,按部就班地生老病死下去,试问人还有什么生趣?据老板猜想:最能预知自己一生的人,必然厌恶一生的经历,而以"难得糊涂"为最高境界了。由于自己的"预知",不仅把自己有趣的生活,落在应卯交差的印版文章里,且大大影响了社会的公众生活难望有何进展。像竞选的热闹场面中,人如早知自己绝难当选,谁还前来凑热闹而竞选呢?像赛马的踊跃买票中,人如能"预知"自己断难获赢,谁还来争先后而买票呢?惟其大家都能蒙在鼓里过日子,便能聚蚊成雷,堆沙成山,煞有介事地一往直前而争生活上的努力了。谁都羡慕所谓神仙的生活逍遥自在,其实说穿了,神仙也不是无条件而能"预知"的专家。神仙仍因心血来潮,捏指一算乃能"预知",经常依然是不知后事的。不然的话,玉皇大帝何以能任织女星座私自下凡,太上老君何以能任齐天大圣盗取灵丹;以及平妖捉怪的事都是事后补救而非事前预防,果有神仙而能"预知"绝不致落得如此现象,要之"预知"纵属事实,对于人生也是毫无补益,亦无致福之道;何况所谓神仙的逍遥自在生活,仍非完全由"预知"的过程中而得来呢?

话且从头说起:"预兆"中的"预感",无非出于偶然的感觉,"预兆"中的"预知",无非出于直觉的启示,都与前述本于即物穷理而有先见之明,判然两途。因为后者,如用现代的话来说,是依据科学的精神逻辑的判断,先有其所以见,先有其所以知,从因果关系中求出一个确定的真象,只看求者是否经心留意而已;譬如说,北方各地农历年关以前落雪,就贴出"雪兆丰年"的门额,除了过年后,有不寻常的突然事故外,农家都是举行其丰年祭的,因为北方产麦,秋下种,冬蓄根,春发苗,夏结穗。冬天一场大雪,麦根受其保护,而且附着于田中的害虫幼儿,为其冻死,于是来年苗旺穗壮增产自有把握,瑞雪为兆,原本在事理上有其依据的。他如由鸭的活动而知春至,由一叶落树而知秋来,都是如此。若从大处看来像中国的古圣先贤,开物成务,本其睿智之资体念事物之由为先知为先觉,皆有一套哲理存在,这就不是世人所称"预感""预知"所能望其项背了。所以"运筹帷幄之中",就可"决胜千里之外"处于当今之世,也可支配未来之局。在外国,像瓦特见壶盖冲起而知蒸汽原理,像牛顿见苹果落地而知地心吸力何尝不是出于偶然感觉,只因其能即物穷理不号虚玄,便创下先见之明的基础,世人所说的"预兆"原本非福,怎能与之相提并论?

　　话再连带说起,由于先知先觉与预知立场不同,自以先知先觉为贵。然先知先觉是否即是"生而知之"的"天才",此固不能绝对否认,但也有由"学而知之"者,并或有由"困而知之"者。像《易经》所谓"夫圣人者,与天地合其德,与日月合其明,与四时合其序,与鬼神合其吉凶。先天而天弗违,后天而奉天时,天且弗违,而况于人乎,而况于鬼神乎"。这种的先知先觉者固不能认无其人,归于太上天才之列,但世人习称的"天才"却非指这一不世出的绝对上乘人物,而是指自幼聪颖异常的天才儿童而言,一般天才儿童固系世所希罕,但若任其自由发展,不为教诲,那么,"小时了了,大未必佳",并不是一句空话,而无效验。人的造诣深远,创业有据,虽非皆属大器晚成,总必三十而立,原非尽系生即有悟,俨若成人。所以说"玉不琢,不成器,人不学,不知义",真是天才,还得磨练,才能成为真才而有一番成就。何况有些天才,才华并不外露,必须遇见机会,才能发展其才,世界上许多大科学家、大哲学家,在幼小的时候甚为拙笨,或对于经常事物的应付闹出笑话,如大猫大洞,小猫小洞之类,一旦机会到来便一鸣惊人,乃见其天才深远,与众不同。这种机会还不是因真学勤读而领悟吗?最后,再说几句迷信而不愿作解答的话,那就是成名的天才学者,寿每不永,从而世人便以"敦厚有福"为贵。像复圣颜渊好学不倦,为孔门嫡传弟子,年仅三十有二而死,倒不如"参也鲁"的曾子能继承圣统,传之百世。像易学大家晋人王弼为明清考试的易注正宗,享寿只有二十四岁,倒不如韩文公、朱文公的得名较迟,老而弥坚。要之,除开物成务,顶天立地的大圣大贤外,一般天才都是成功于磨炼之中,且须磨炼甚久,乃为上乘精品。倘再深一层说,就是大圣大贤也往往不能完全脱离修习学读的过程,孔子幼而好学习礼仪,长而与各国贤士大夫质疑问难,并非绝对出于天才所致,即为一个显例。

据上所述,老板固然承认"预兆原非福",同样也强调"天才岂是真";病中执笔,有欠妥善,还希方家教之。

(1971 年 2 月写于台大医院病榻)

到处逢源为艳姐　百无一用是书生

　　杂货店老板,今天所陈列的两张待价而沽的仕女画,一张绘的是到处逢源——艳姐——的热闹场面,一张绘的是百无一用——书生——的冷落景象。首先要介绍者,画里的艳姐是包括世姐(世界小姐)、国姐(中国小姐、日本小姐、美国小姐、英国小姐等等)、以及一区域一职业所选的皇后公主(水仙花皇后公主、阿美族皇后公主、毛衣皇后公主、国货皇后公主等等)在内;甚至于仅入围而不当选的,也因一度榜上有名,风头十足,分享艳姐的余荣,得称其为准艳姐人物,或与前清乡试的副榜比美。画里的书生除了读死书、死读书、读书死的书呆子以外,还有只知守经,不知从权,以致穷而未达、贫而乐道的老实人出现在当场。这两张画面,在其热闹场面与冷落景象上,恰相对比,天下事皆可作如是观,岂特艳姐与书生的对比画面而已哉!

　　艳姐的当选或仅入围,不用说,是由于选美会的评判给分,投票计数而来。其给分计数的标准,不外四态俱备,各美皆全,方能分出上下,争个取舍。四态之美?一为体态,也就是一般所说的身材美或身段美。譬如说,身高若干公分以上,三围的合格标准若何,以及衡量臀部的起伏,端详腿部的粗细等等都是。所以像矮东瓜的个儿,大水桶的腰儿,准您不能入围当选。不过这种尺寸标准依然受着时代性的影响而有变化,过去珍视垂肩,今日以宽肩为贵,早先重视平胸,现在以突胸为宝,事例显然,毋庸枚举。二为容态,也就是一般所说的面貌美或肤色美。譬如说眉如春山,眼若秋水,鼻如悬胆,齿若编贝,以及笑靥成趣,美人作痣等等都是。所以像两耳展开如兔,独目圆睁若枭,准您不克入围当选。不过,五官虽贵端美,肤色依然要紧,无管是黑是白总得细嫩生泽,具有老相的鸡皮少女,或后天缺陷的麻面小妮,都是难望入围当选的显例,更何待言。三为姿态,也就是一般所说的举止美或风度美。譬如说,巧笑倩兮,美目盼兮,说话如莺啭玉响,娓娓动听,举步若蹮莲飘香袅袅迈进;静则亭亭玉立,动则彬彬有礼等等都是。所以像噪音高嗓的说话,拙腿重步的转身,准您不得入围当选。不过,这种风度并非墨守一定章法,仍须看您所着服装为晚礼服,为运动服,为游泳装,为工作装或乡土装,有其决定。四为神态,也就是一般所说的神韵美或内在美。譬如说,从自我介绍的谈吐中,得知其经历及措词适与否;从各种访问的对话中,得察其修养才学程度如何;以及全副内在精神有无贯注,蕴藏力量是否充足等等都是。所以像在谈话中,持之无据,言之无物,在答话中答非所问,以问答问,准您不会入围当选。不过,内在美断非瞬息之间所能发现,而选美的本旨又以外在美为主,从而神态的评判,仅能略叩内在美之门而已!

艳姐的入围当选,系在参加选美会的众多佳丽中脱颖而出,确是一件终生不可常遇的大事。且经过审美专家的多人品题,在"增一分则嫌肥,减一分则嫌瘦"标准之下,更是身价十倍。凡属于国际性选美而得有名次的艳姐,大有过去"一举成名天下闻"之概。

其名列榜首者，除得数倍于次名以下的奖金外，且或受加冕礼，环游世界，使亿万人瞻仰丰采，一饱眼福。这些国际选美的入围当选者，不仅赢得了自己的光荣，而且承担了国民外交的重任，岂不漪欤盛哉！降而如非国际性选美虽系小巫的见大巫，但彼此同样有其排场，艳姐同样有其炫耀，世人同样有其倾附，拜倒喇叭裤下，不以为怪。尤其好事或好利之徒，每喜以艳姐为号召，或以重金延聘其为职员、为演员，或以特约利用其名为商标、为广告，你拉我扯，皆请帮忙，真有无术分身之苦。说句刻薄的话，姐儿在入围当选以前，纵然是"穷居近邻无人问"，入围当艳以后，却变为"富居深山有远亲"，所以说"到处逢源为艳姐"，就是这个道理。不过，也有些艳姐，原本仅以竞美为旨，非视入围当选为个人前途的终南捷径，虽有热闹场面，却是静以自处一切无动于衷，又当别论。

反而言之，与到处逢源——艳姐——的热闹场面相对立的冷落景象，并不是在选美会以外未曾入围当选的名门闺秀或小家碧玉，而是百无一用的书生，潦倒终身穷酸一世。老板为什么这样说呢？因为艳姐的入围当选，无论您是富家小姐，或贫家姑娘，都是出于选美之门，必须报名竞选，取得候选资格，乃能初赛、复赛而达于决赛。要不经过这些手续和步骤，就令美夺仙姬，貌胜天人依然不能取得艳姐的头衔。可见艳姐到处逢源的荣誉，就是出类拔萃于其有一定成败的候选人方面，并非尽天下名门闺秀及小家碧玉而选出之。那么，就不能说，除了艳姐以外，便无代表美好美婉的佳丽吗？这些非属选美会姐儿出身的佳丽，乃艳姐的后备队，占有最大多数，本不应因有人报名竞选从而入围当选，演成一时的热闹场面,在相形之下,会发生己方的冷落景象问题。况且非属艳姐的佳丽,如系小家碧玉,一向裙布荆钗,美好出于自然,原无求乎热闹,何来景象冷落?如系名门闺秀?浓妆淡抹,美名遍传各方,另有所为的热闹场面,对于选美活动当属有所不为,更无所谓冷落景象的存在。不仅如此,选美原系以外在美为主,内在美在观察上仅系一种陪衬资料,而且也非全属可靠。所以尽管富有内在美,而欠缺外在美的女性,对于选美一举,自然要退避三舍,非特有所不为,而且有所不敢为。然而内在美的发达较诸外在美的存在,对于女性前途的展望,更为重要。内在美而偏于德者是淑女,内在美而偏于智者是为才女,内在美而偏于勇者是为侠女。各该女性的声名,均可能"洋溢于中国",并或及于"蛮貊之邦"。其所造就的热闹场面既广且永,艳姐入围当选后的暂时好景,岂能与之相提并论?

说到百无一用——书生——的冷落气象,就与非属艳姐的佳丽,另有其热闹情形不同了。"百无一用是书生"这句话,原是前清传来一句古老的成语,其标准人物就是老童生和穷秀才。童生是指学而未进的读书人而言(名入学籍称为进学),一辈子不进学,不发迹,年逾半百,仍然称"童"纵得非"小生"自谓,却不得以"先生"见称,这就是老童生了。秀才是指名列"学"籍的读书人而言(学指儒学、有学官主持,民初称劝学所,今称教育局),如未丽贡(五贡),即无发迹之象,如不中举(举人),即非缙绅之家,虽得以"生员"为名,却难以"老爷"见称,与老童生同样潦倒终身,故冠以穷秀才之号。这两种人物,只知"写试""帖诗",只会作"八股文",老而又朽,穷而又酸,对于"油、盐、柴米、酱、醋、茶"全然不晓,对于"之、乎、也、者、矣、焉、哉",倒很烂熟;真是读书不成,就变成"镜儿铜""锁子铁",终为废料,一无所用了。然而书固不妨死读,饭却需要活吃,他们自命为读书种子,肩不能挑担,手不能提篮,就令有所觉悟,改行谋生,也是力不从心,一事无成。其结果,上焉者,惟有设馆开蒙(私塾教人识字),竟或误人子弟,下焉者惟有设摊测字,不无诳人钱财而已!如此冷落景象的书生,与热闹场面的艳姐对照起来,真有天壤之别,便构成了两种相反情况的画面。

如今,科举制度早经清末废除,老童生、穷秀才的冷落景象已成过去,然而像有些读书不化,有学无术的老实人,其遭遇倒也有些地方与其相似。他们只有从死的书本上记载,下工夫,不知从活的经世上学问,去研究;只有旧的知识抱残而守阙,没有新的实验,革故以鼎新。为学而学,诚有远大前程,为用而学,仍系经世要求,学而不用等于无学,学而无术等于无用,书呆子一类的老实人守经无变,不能消化所学,自难见用而显;愈系如此,愈会演成冷落景象,他人的富贵利达,实因自己无术无能以求之,将谁怨乎?不过,须要知道的,这样遭遇冷落景象的书生,仍然是误于士大夫的旧观念,而以"学而优则仕"的通才人物为多。倘自知显达无望,或不愿有所奢求,从不以高等教育的理、工、农、医为学,而以普通的职业教育为术,仍可为自己创出一番天地,有其热闹场面出现,不让到处逢源的艳姐专美于其旁的。

最后,把话又从旁说来:诚然!百无一用是书生了!然如对于胁肩谄笑,或巧言令色的人们,并无真才实学,反能一帆风顺者而言,书生与之相较,倒有一席之差而居其上。那就是说,书生虽在事业前途上是失败者,却在良心的负担上是成功者;书生虽在生活享受上是轻而不稳者,却在全身骨骼的磅秤上是重而不浮者。那么,为书生绘图,所画固系一番冷落景象,但最好能把这种精神为上的光荣气氛,在容色之间、情调之内,充分为其描绘出来,据老板所见,才算是一位真诚的大画师了。

(1971年10月)

学问阅历无老少　高瞻浅识见贤愚

"长江后浪推前浪,一代新人换旧人!今日是你们兴运的时代,别忘记我也是五四时代的健将!请注意!岁月易逝,时光不再,你们不久仍然要走到我这老年阶段,彼此彼此,都是一样!"这是杂货店老板对青年们讲话的一段开场白。老实说,老少不过是人生过程中年龄上的差别,只要幼而不殇,壮而不折,由少至老乃每个人一步一步地前进而实现的道路。所以一方面诚然是没有少年时光的存在,那里还有老年岁月的来临;一方面并须知虽系老年岁月的遭遇,依旧出于少年时光的延长。所不同者"日月不催人自老,红粉佳人变容颜",前一阶段是风度翩翩或玉立亭亭,后一阶段就逐渐变成鹤发老丈或鸡皮老妪而已!那么,像多年前的足球名将李惠堂,网球名将刘香谷,曾经风云一时,如今年长力衰,不能驰骋球场,只有退而为教练、为顾问了。反而言之,像影坛老星龚稼农,电影业者童月娟虽然早在银幕上退休,不与观众相见,而说起我国影剧界的早期人物及过去组织,各种史话,各种体验,还有谁(指目前红得发紫的影星)能道其详呢。这些,都是因年龄的差别应有的不同表现,各有其长,互有其短,原未可是甲非乙,厚此薄彼。

再说,老年人如果"老而不衰,衰而不朽",或"老当益壮,不减当年"的话，不仅"老青年"足与"新青年"比美，而且生姜愈老愈辣，白发皓首的老将黄忠，其宝刀能斩夏侯渊的首级，永是不老！由此可知老年人虽不免有老而朽者，有昏庸者，却绝对不似有些不通情理的小伙子对老年人的奚落，认为凡属老年无不老而朽、昏而庸，这不啻为自己将来预先敲了失败而悲观的丧钟！如此情形，正与少年一样，必须有志气的青年，必须有才干的青年，方能称得起"英俊"，并非所有青年，不问其为低能儿、纨袴儿、贪财儿……都系英俊。总而言之，因年龄上差别而发生的老年、少年两个阶段，任何一位健康长寿的人们，都要先后承受其时光与岁月，必须把握时机，负其责任，对于国家社会自能均有贡献，英俊青年诚属可贵，豪迈老年，依样值钱；尤其在学问方面，在阅历方面，是没有年龄上老少差别的。

学问为济世之本，阅历乃治事之基，无分老少皆然，有如前述。先就学问方面而观，吾人均知自然科学日新月异，进步甚速，后一代所得到的知识当然比前一代新颖丰富，其走鸿运的青年人，谁也不能否认。然而这种新颖丰富而能适应当代需要的学问，绝非从头做起，凭空飞来，依然是继承前一代的衣钵，青由蓝出，新由陈推，殊难数典忘本，否定了老年人存在的价值，何况许多老科学家孜孜不倦，日新又新，新时代的创始实由其人，并非皆出于可畏的后生，后生不过助长其浪潮的涌进而已，举一两个例罢：像活到八十余岁的电学家爱迪生，幼而苦学，壮而至老不断发明了四重电报法、白热灯、镍铁蓄电器、留声机、活动影戏等等。这个瘦老头子遂被称为世界发明大王，像与爱迪生差不多同时的另一电学家史坦墨兹，活到六十岁，以一个驼背侏儒，即物穷理，而对电学不断有其另一方面的伟大贡献,这个电学天才的矮老头子也被称为"当代雷神"的"怪杰"。至于社会科学或人文科学的进步,虽然没有自然科学的迅速或显著,然而请"老教授放下教鞭来",或"老民意代表让出职位来"的喊声,倒是这一部门的小伙子喊得最为响亮。新陈代谢原本应有的现象,但谁都不能因此完全否定了老年人的存在价值。每个老年人只要不倚老卖老,故步自封,或本自己的理路,精益求精,或应时代的需要,求新求变,都能对社会科学或人文科学有其裨益。像希腊哲学家柏拉图的晚期思想就比其早期思想更为完备,像德国乐圣贝多芬的暮年作品就比其壮年作品更为灵隽。即在中国,像近代书圣于右任先生,由魏碑而楷书而行书而到最后的标准草书,永传于后,其诗词曲联均以愈后愈佳。像现代画仙张大千先生笔力苍劲神逸,更较成名时为甚,其所绘长江万里图,气象万千,足与清明上河图今古媲美,且或过之。他们都是为老年人争回了风光,一般青年的社会科学家或人文科学家谁能掩蔽了他们的光辉!

　　再就阅历方面而观:阅历的效果有助于经验的成长,而对治事有其影响。照说,年龄越大,阅历越富,经验也就越多,所谓"老马识途"者是。然仍不可如此武断,以长老年人的威风。阅历效果的取得,总应将其所闻所见,深刻印入脑海,化入心坎才能成为经验而活用之。"前事不忘,后事之师",必须"不忘"乃能如此,并非仅有前事,而忘得干干净净,仍可自夸有其师承。"走马看花",原系"过眼烟云",谁敢因此即以阅历丰富自负?不学无术的青年好逸恶劳,自暴自弃,诚然不足与其讲阅历之道,就令马齿加长,而"心不在焉"的老年未必即收经验之效。没有出息的白头翁,连同陕谚所谓"老女之徒",自幼以来即已昏庸而无成就的,原系一贯作风,并不因老少而异。请看!政治上武职人员,经过一定年限不能升级,即应退役;文职人员虽有年资,不过为升迁的一种参考,而升等必须经过升等考试才行,足见功绩重于劳绩,学资重于年资,并不以阅历的长久为贵。反过来说,"有志不在年高迈,无志枉为百岁人",青年就其本行所阅历者而有深入的体会以磨炼,其在阅历工夫上并不低于老年人。太空人、飞将军都是青年人独能从其阅历中获得的宝贵经验,高人一等,绝不是老年人所能想象得到。这些青年人必系经过特别选拔,才能将其阅历化为经验,方不偾事。否则像某次曾有一只猴子载入太空而死,纵使活命归来,对于其在太空中的阅历,茫无所解,究有何用?总而言之,阅历正同学问一样,各有其主力所在,绝不因年龄而有差别的。所以张子房受黄石公的一再磨炼,以及报秦一椎,终能佐高祖定天下;太史公畅游名山大川终能写出极有价值的史书。这些,可说是由于少年时的阅历而得。孔子周游列国十三载,与贤士大夫游,年六十八,始返鲁讲学述经,为中国文化道统人物;顾炎武明亡不仕,周游四方,遍观地理形势暗怀复明大志,其著作除《日知录》外,并留有《天下郡国利病书》。这些可说是由于老年时的阅历而见。"学问阅历无老少"当非老板个人之见了。

话从另一观点说起,不仅学问阅历没有年龄上老少的差别,推而到高瞻浅识方面也是一样老少均为同然。所谓高瞻浅识的要义,是超乎学问阅历而指事功家对于某种事业前途具有眼光的远近而言;眼光远的是高瞻,眼光近的是浅识。姑以政治的眼光为例,在老年中一般元老重臣,多能高瞻前途,有其远见,像第一次世界大战的法国外相白里安，以八旬余龄的老翁，盛倡欧洲联盟；像第二次世界大战的英国首相丘吉尔不畏德国的凶焰逼来，终能挽回英国的厄运；这都是世界史上一等人物。反而言之，老年而浅识短见者，更不在少，像英国张伯伦惮于希特勒的威势姑息为怀，一把雨伞，如何遮得住倾盆大雨的来临；这都是世界史上的次等或不列等的脚色。在少年中，一方面认为"大器晚成"，少年人的眼光不必即能高瞻，一方面认为"自古英雄出少年"，少年人的眼光锐敏更甚于老年人，原未可一概而论。中华民国的诞生系由国父领导青年志士完成重大使命，已是显著事实。而在古代史上，像诸葛亮年未三十高卧隆中，即能断定三国鼎立的形势；像三原李靖不向有权势的杨素猎取富贵，独识李世民为天下英雄而附翼之，足以见其大者。反而言之，像东汉末年的袁绍自幼即系优柔寡断误了正事；像唐世藩镇之祸中，许多青年将官贪于权位反上作乱，杀了主帅，称霸一方，都是没有高瞻的显例。

然而对于高瞻及浅识相关的事端若要深刻研究起来，虽无年龄上老少的差别，却有其德智上的区分，不可不辩。所谓高瞻不是幻想，也不是预言，首须由于智力的推演而成，智力不足，则为浅识，是谓之愚，否则为智。换句话说，高瞻乃超众的事功家，对于世运的将来，时会的届至，凭其明睿的智慧，锐敏的眼光，运用学问上的成就，阅历上的经验，观察前途，成竹在胸，努力求其逐步实现，其结果"虽不中不远矣"，若事功家眼光不远，归于浅见一流，纵有天大本领，也要大打折扣而归于愚，像号称新圣人的康有为对于扶不起的清室，既想从光绪维新做起，归于失败，并自诩为保皇党首领，于民国后仍怂恿张勋干出复辟丑剧，反而不如其弟子梁启超

"异哉国体论",反对洪宪帝制的远见了。不过大事功家所具有的高瞻,诚以智力为构成的核心,但同须浸润于德性之中才能称其为贤为智,否则纵非不肖,也是蠢愚。远而如欧洲史上各大野心家,法皇路易十四等等,虽能以权诈称盛一时,终因多行不义而归败亡;如中国史上秦虽能并吞六国,改行郡县制度,终因始皇无道,不久即为汉世取而代之。其在当时所自认为的高瞻远见,从事后的结果及对世道人心的价值而观,仍然是一种浅识而已。孟子说:"不义而得天下,吾不为也",即此之谓。反而言之,义之所在智之所及,就令一时受有挫折,甚或历时较久,而最后终能使其目的实现,这才是最有价值的高瞻远见。像世界史上民主运动的兴起,首则反抗暴虐君主,继则反抗殖民帝国,其间成败固不一致,而最后胜利必归民主国家取得,可说由古迄今,对于民主的向往,乃是政治方面的事功家最有价值的高瞻远见了。

　　要之,从学问及阅历方面而观,是没有年龄上老少的差别;从高瞻及浅识方面而观,也是同样如此。不过高瞻的评价是智是贤,浅识的评价是愚或不肖,有所区分罢了!

(1972年3月)

诚然贵就全般构思　依样须从小处落墨

世人常说"大处着眼,小处落墨"确系有用的话,本次杂货店提出的论题,就是由其变化而来。因为"大处"只是一种相对的说法,且在标题上为配合"平仄"关系,便改用"全般"字样了。

记得一两个月前看电视,台视记者李德言访问张大千先生于画室中,张先生说,他画一幅画,必先有一个全般的构思在胸,然后才展纸用笔,把它画出。这种全般构思也就是"凡事预则立,不预则废"的道理,若是信手抹来,就令皆属妙笔,也不过表示出天分或性灵,绝不能成为一幅伟大的杰出名画。那只能像胡景翼将军在病发逝世前,用三四笔随便勾出一个佛像,虽然栩栩若生,神态肃然,仍只留作友好的纪念而已!不过张先生又说,他在少年时代绘画,人说他学石涛这话是不错的;作文章、作诗词,都要从"学"开始,绘画何独不然云云。其实这正是张先生奠定了"小处落墨"的深厚工夫,倘如一位画家笔力不劲,工力不深,就令"全般"构思很好,也或心有余而力不足,必会"画虎不成反类犬"为善子先生所笑了。若由绘画说到写字作文方面同样如此,总应"全般"与"小处"兼顾,自然成为名家。惟在造诣步骤上依样要从"小处落墨"学起,乃能在将来"落墨"之先,而达到"全般构思"的境界,并非躐等而即成功。

试以写字为说：当在初学阶段，磨墨读帖，濡笔习字，无论临摹颜（真卿）、欧（欧阳询）、柳（公权）各帖或魏碑都须经过这一艰苦的步骤，锻炼出"落墨"的深厚工夫。赵孟𫖯郑板桥的书法是"天分"字，最好不学，正与学诗应学诗圣杜甫，而不应学诗仙李白为同。杂货店老板自幼以来，没有读过一本碑帖，没有临过一种字体，始终是写着"孩儿体"的字，如今年老眼花，写来更是不成格式，印刷店的排版先生遇见老板的文稿，没有不伤透脑筋的。那么，自己在纸上的落墨既不清楚，更何能有"全般"印象的构思，写出一幅供人欣赏甚或开展览会的字呢？谁都知道，于右任先生是晚近一代行书草书大家，独有其神韵风格。过去虽因右老忙碌，曾有不少书家为其代笔，如周衡淦、李祥麟、胡恒诸人皆是，但内行人或明眼人一见而知其非真。诚然！这是由于在"全般"印象上不类右老书法的神韵风格而其摹仿右老"小处落墨"的工夫究嫌不够，也是一个重大原因。反而言之，过去有一位部长级驰名的书家自诩其所写的字，无一笔没有来历，都是摹仿古人而来。于是别人便说"你是写字的人，既然每一笔都是古人有的，你又在哪里呢？"这就是说他的字永远是停留在临摹过程中，没有"全般"印象由其构思而创造出来。

再以作文为说：在工业社会环境下，一切贵于迅速，"文字"与"语言"固须一致，无非为了表达意思的便利与敏捷而然。但同时既要著书立说而以文史文集为尚，又不能废弃文学文艺的存在，便不能专靠俗言俚语像京油子的京白，卫嘴子的土话，陕娃子的乡音，把它写出文章来，让大家通晓。所以一个人的作文工夫，总得自幼从"小处"学起，联字成句，填字成段，限字成篇（普通以三百字成文）不算，稍有进步之后，须经名师宿儒的指导熏陶，并由自己熟读古人文章,揣摩古人笔法,无论是两汉的说理文,六朝的骈体文,唐宋八大家的古文,以及清代桐城派的格调文,阳湖派的纵横文,总得对于某一种过去作品用其苦工学习方能于作文时得心应手在"小处"恰当地落下墨来。这种苦工的磨练,并不亚于武侠小说上所说的入山学道,经过长久时光,乃能谢师下山走入江湖的情况。老板诚然是一个不文之徒,却也受过这种苦工磨练,从而就大胆地对年轻人说"我在五十岁前是文章写我,五十岁以后,才算我写文章"。文章写我系专从"小处落墨"下工夫,我写文章方能对一部文集或一篇文章有其"全般"印象的构思了。慢说"文言文"如此,就是"语体文"依样不是随便落墨。无人不知宋明理学家的语录,用字简练,说理深微,何尝不是由于他们在经史方面的"文言文"造诣甚深所致。又如胡适先生的旧文学根底原本深厚,所以由他写出的白话文就不同凡响。那些不文的"语体文"家,简直是望尘莫及。然而梁任公还不佩服,曾对他的内侄李某说"你将胡先生写的白话文与我所写的比较一番,看谁用的字数少,谁的白话文简练?"这些都足证明语体文也要"小处落墨",方能表现出"全般构思"的功效。

　　说到胡适先生,杂货店老板又想起胡先生两句名言"大胆的假设,小心的求证",仍旧与"全般构思"及"小处落墨"问题有其关联。所谓"大胆的假设",除"生而知之"者外,不问为"学而知之",或"困而知之"者,都是学问有其造诣,经验有其根底,乃能从"全般"印象的构思上蕴藏大胆的假设。然更须运用过去的学问经验,很谨慎地从"小处"一一求证,而使其假设不致落入空想无着。照这说来,没有大胆的假设,就失去目标,将何据而来"小心的求证"?没有小心的求证就失去方法,将何见而有假设的存在?推而言之,没有

"全般构思"的准备,即无从达到"小处落墨"的成绩;没有"小处落墨"的经过,即难完成"全般构思"的使命,必须两者兼顾,才可相助相成,绘画、写字、作文,甚至假设求证算得什么,千百事端,没有一件不具备这个浅显的道理。

不过在千百事端中,没有"全般构思",不易做到"小处落墨",这是很容易为世人所了解的。杂货店老板不愿就本次陈列的货品这一方面多所叫卖,为顾客宣传详加解释,特就顾客每易忽略的"不能小处落墨,枉费全般构思"方面予以说明罢了。看!太阳神十三号的"全般"计划原很周密并不输于其他登月成功的太阳神;却因太空船为太空陨石小小的撞坏便功败垂成几乎使太空人回不到地球来。其他安置在发射台的太阳神或水手各号,每因小小故障,不能发射,而要延迟时日补修,更是常见的事。他如考虑周详的空中飞机,设计严密的海上轮船,行驶安全的马路汽车,前进无误的轨上火车,在"全般构思"的情形下,都是现代人类的交通利器,还有什么顾忌可言?然在驾驶前进时,除突然发生的天灾人祸外,每因一个螺丝钉的脱落,一条活栓管的阻塞,而将危险扩大起来,导致飞机爆炸于空中,轮船沉没于海底,汽车抛锚于路上,火车翻身于道旁,真是星星之火可以燎原,滴滴之水可以灌屋,能说"小处"对于"全般"不重要吗?

倘若更进一步就大的事端来说,像掌理政务的政务官,在其职务内,拟就完备的施政方略,这种"全般构思"纵然无懈可击,然如由事务官逐项做来,稍不注意有了偏差或漏洞,就不免使"全般构思"的价值受有严重的影响。所以就各国的情形说,政务官每因政党的进退而进退,由通才担任原系通例,惟事务官终非由有学问经验的专家担任不可。换句话说,政务官必须要信任事务官,以达到分层负责的实效;必须信任事务上的专家,尤其不可自作聪明,冒充专家,致有差误。不特此也,"小处落墨"倘走了样,且或导致"全般"构思归于失败。杂货店老板曾听一位朋友说"几十年前在北政府时有一位县长每年成绩均列甲等,问其何由致此,答以奉令办理农村鸡鸭各项调查及填表甚为详尽迅速所致。问其凭何本领致此,答以严令乡镇长限期填报,否则即予惩戒之,彼等不敢不然。问以所填报表是否确实无误,答以此则不问,纵属不实,上级方面亦以有此填报为喜,助其办理农政的成绩,其结果皆大欢喜,公私均便"。那么,"小处"既系如此敷衍了事,"全般"印象的观察,岂能算是真实?从而在各种统计措施方面,总得光问所根据的统计数字是否有据而确切可靠,不然的话失之毫厘,便要差以千里了。因为"小处落墨"关系的重要,相传古代清慎廉明的官吏,总不相信胥吏书班的呈报民情,往往微服私访探求民隐,原非"过甚其词"的话。

  杂货店老板对今天提出的论题,越说越起劲把话题又转到其他大的事端方面。像立法部门的事端:其"全般"印象的构思,应重在宪法所赋予各种职权的行使,除立法程序外当然还要靠"小处"方面的立法技术有所适应而实现之。然在事实上倘提案机关移送的法案议案,若无类似法制局的机构,事先予以草案条文的整理,各机关的参事又或皆非属于内行,首先就有了"小处"的缺陷。迨法案议案到了立法机关以后,各审查委员会的专门委员倘并失去重要性,不能为立法技术方面的贡献,便不免在院会中,喧宾夺主,由主持政策的立法人员咬文嚼字为"小处"的立法技术而辩论不休,一个法案议案非须时甚久不能解决,可说"小处"未安排妥善就影响到"全般"方面了。像司法部门的事端：检察官以国家的利益为主而对被告起诉认为每个人都有犯罪的嫌疑，这是"全般"性的观察，不能算错，然被告是否真正犯罪必须经过推事本于职权，为详细的调查，乃能决定。换句话说推事系以认定被告无罪为前提，总因有证据且与客观事实相符方能论罪科刑。那么，任何小小去处，都得调查清楚，有罪无罪以此为准，如果"小处"马虎其判决便难于上级法院维持而要撤销。最高法院既为最终审，推事甚为高明，因为他（她）们都经过事实审的训练，既于"小处落墨"有相当经验，所以就能完成"全般构思"的任务。像考试部门的事端：无论铨叙考选都有其"全般"计划与政策，时时求进步，事事讲更新，但如在执行的小节目方面有其差错，就会影响其"全般"性了。譬如说，依公务人员考绩法而为的考绩，倘系虚应故事，按年轮流分配等级，显然丧失了考绩的确定作用。又，依公务人员退休法而为的退休，倘因情面关系特为延长服务年限，间或因实际年龄与身分证上不符，有早于退休年龄或迟于退休年龄而退休者，显然违反了退休的真实目的。其在考选方面乃一神圣工作，不应有何弊端发生，然如加分的优待条件过宽或认定其资格过滥，既不免大有影响于考试的公平，而每届派出的典试委员，永远是原班人士，考生就会揣摩其心理，有所偏向取巧。尤其是对于自己学校的教授们充当考官，在试题的答案上，就不免占了便宜。这些小去处能说不影响考选的"全般"精神吗？像监察部门的事端：古代御史闻风奏事，原系为社稷的"全般"性设想，但捕风捉影究嫌空虚，"小处"既未顾到，自不免恒有冤抑的事。今日监察权的行使必须"事出有因"，不能"空穴来风"而即打出暗器伤人。惟"小处落墨"更为所贵，务须以客观态度处理其事。所以弹劾案件到了惩戒机关，仍须接受被弹劾人的答辩而"查有实据"后，乃能予以处分。若监察机关自认弹劾有凭有据，无须惩戒机关再为调查，未免过于自信"全般"性的确实，而忽略了"小处"求证的价值。司法机关既否定自己起诉自己判决的"一面倒"的办法，那么，监察权与惩戒权的各行其道更何待论。

　　总而言之，"大处着想，小处落墨"变化而出的这一论题，杂货店老板自认在"全般"性上是值得珍贵的。所以，由远说到近，由上说到下，由大说到小，说个不停不休，无奈老板的口才不佳，设想不周，缺乏宣传力、吸引力，在"小处落墨"方面，就差了劲，自不免使这一论题"全般性印象的构思"受了影响。这比起前述张大千先生的绘画，"全般"与"小处"兼顾，便会成功，真是有愧了。

（1972年4月）

不敬业何能担重任　唯乐群乃可讲同心

"敬业乐群"一语,原系出自"礼学记",孙希旦集解引朱子曰"敬业者专心致志以事其业,乐群者乐于取益以辅其仁也"。敬业的解释甚为明显,乐群的解释较为含蓄,实指"友朋群居,乐于取益"而言,惟仍偏于乐群效用方面的意义,未足表明何以能做到乐群习性的意义在内。那么要把敬业乐群的成语在解释上较为完备,并合于现代要求,仍然脱离不了杂货店老板屡次所说"忠恕"两字的范围。敬业既是专心致志,以事其业,当然属于"尽己之谓忠",无何疑问。乐群首先要能推己及人,并能己立立人,方可友朋群居,乐于取益,而收其效,这就与"推己之谓恕"有关了。换句话说,必须有"尽己"之心,才会达于"敬业"之境;必须有"推己"之想,才会收取"乐群"之效。倘再依通俗的现代观念说来,这就是"不敬业何能担重任,唯乐群乃可讲同心"的话。

先从"不敬业何能担重任"方面说:从事任何事业,必须求其发生实效,而实效之来,必须对事业负有责任,这就是"尽己"而为,方属"敬业"的表现。尽己而为的道理虽有多端,其在敬的使命下,实以庄、慎、勤三字为要。就"庄"字看:临之以庄则为敬,对事业须有严肃不苟的态度,无论在任何情形下,皆能庄重其事,虔诚以赴,自然启发责任心,奋勉而为,必有所得,也就是总统指示我们:"庄敬自强"的效果所在。就"慎"字看：周颂"闵予小子,夙夜敬止",就是说,对于所任的事业,本于责任关系,存有敬心,真是战战兢兢,如临深渊,如履薄冰的样子,不敢有所荒怠。就"勤"字看：业精于勤荒于嬉,所谓"勤有功,戏无益"者是。纵然自己对事业没有才智足以胜任,然如有恒不辍,人一能之己百之,人十能之己千之,也可达到"勤能补拙"的功效。所以尽己而为必须把握庄、慎、勤三字,自能专心致志以事其业,负责不懈,而忠于业了。

反而观之,对事业不出于敬,自难望其负责。譬如说,有些人不知作事,只知混事,每天到了办公室,无非"签签到,看看报,谈谈天,抽抽烟",对于应负的责任漠不关心,这种不敬其业,便变成了冗员闲职,不仅自毁其责,而且有偾予事。譬如说,有些人不知守分只知逾分,对于自己分内的事业,敷衍塞责,不知所事,却尝"这山看见那山高",见异思迁,不能安分守己。一般所谓"吃一行,怨一行",确是最易犯的过错。其实"行行出状元"倘能敬其业负其责,都会有成功的一日。譬如说,有些人不知苦干只知巧干,或则存得陇望蜀的心情,骑着慢驴找快马,对于本业既失其敬,所求纵能如愿,仍是画出一样葫芦。或则抱借花献佛的打算,把本业作为登龙的踏脚板,并不专心致志于此,其实不敬其踏脚板的本业,就会养成不负责任的惯性,登龙纵然如愿,依样难望其收有敬业的效果。要之,敬业是从事各种事业的基本要求,能敬业而负其责,不问事业的范围大小如何,都可有其相当的成效,最怕的就是不敬业,而难达于担负责任的阶段,甚至于以本业为幌子,另有所求的情形,仍旧是因不敬其业,就要压根儿归于失败了。

次从"唯乐群乃可讲同心"方面说：过去所谓"乐群"的旨趣,无非指示友朋群居,乐于取益的意义,显系以每一个人的进益为依归,并未重视同心协力的精神。纵非个人独善其身,也是每人各善其身,绝非同乐其群,共努其力可比。谁都知道,众志既能成城,团结就是力量,折一矢易,折众矢难;那么,与子同袍,与子同仇,便是成功致胜的第一要件。从而要创立一种事业,完成一种功绩绝非一两个人所能竣事,必须从事其事者无论职位大小,都能一道迈步前进,同其心,协其力才行。这样任何难关当前,总都可以冲破的。尤其遇见危急存亡的时候,更能抱着同舟共济的精神,乘长风破大浪,不分畛域派别,不计个人仇怨,而要铸就大家一条心,集中全体力量,克服各种困难。这就是乐群所发生的显著效果,而为吾人急切所需要的。所以唯乐群乃可讲同心,倘若同床异梦,各怀其志,或互相倾轧,勇于私斗,既难做到乐群,复何望其同必,这便一发而不可收拾了。

然而如何能达于乐群的境界,这就要靠前面所说"推己及人"及"己立立人"的工夫了。试以《红楼梦》上几个能乐群的,不能乐群的金钗姑娘作为例子而为说明。其中不能乐群的,不仅有王熙凤,而且有林黛玉在内,能乐群的当然是薛宝钗,但其风格却有逊于同能乐群的贾探春。王熙凤的不乐群是由于她的尖酸刻薄,笑里藏刀,己所不欲者偏要施之于人,除了浑厚的刘姥姥,对她一副巴结面孔而无所嫌外,人人莫不畏而避之。因为稍一不慎,便会被她所害,像尤二姐的懦弱而无主见,便被骗入贾府,堕胎殒命。像贾瑞的色胆包天,便被骗入陷阱,饱受折磨都是。口蜜腹剑的凤姐儿,谄上凌下的凤丫头,真是可望而不可即了。林黛玉的不乐群是由于她的恃才傲物,孤僻成性,不能平易近人,立己不立人,除了专情于贾宝玉外,就没有什么人被她瞧得上眼。就是对待贾宝玉虽系情深如海,也是好一阵,恼一阵,笑一场,哭一场,弄得贾宝玉陷在她的喜恼无常、捉摸不定的迷网中,说来,她是一位内向的人,多愁善感,别的女伴见她冷冷落落的态度,也就不愿与她多所来往。这和为黛玉影子的晴雯倒是不同,晴雯系一个外向的人,有话就说,也易招人不满,依样落到不乐群的境界。反而言之,薛宝钗的能乐群,虽说由于她在贾府作客寄人篱下,宁做乡愿,不敢妄有表现,而得到大家的好评。这当然在表面上是抱有己所不欲勿施于人的精神无疑。然而她在贾府的亲眷中,却是用心很深,既不像林黛玉的忧郁专情,也不像史湘云的坦白热情,只是像她的影子花袭人讨好王夫人的态度,终于赢得贾母的欢心,把自己亲生的外孙女儿黛玉摆在一边,而以宝钗李代桃僵为孙媳了。所以宝钗固然收到乐群的效果,毕竟是"晋文公谲而不正"的一类,其风格就不免有了问题。说到三姑娘贾探春的乐群是有"齐桓公正而不谲"的风格,既不骄,且不吝,更无乡愿之色,并有周公之才,不仅以恕道修己,并能从立己中而立人。观其代理王凤姐处理贾府事务期间,是者是之,非者非之,有条不紊,秩序井然,众人莫不口服心服,以此乐群,自属上乘作法。在家政不修的贾府中,而有这一位乐群并能干的姑娘真是难得;他如在凤姐儿手下的丫头平儿,也是因为她并不助纣为恶,每按情理处事从而颇有人缘,也可说是近于乐群的边缘,而归于探春的风格一类的。

总括说来:"敬业"既出于"尽己之谓忠",其旨趣便重在"立己"方面,而以对所任事业担负重任为表现的方法;"乐群"既来自"推己之谓恕",其旨趣便重在"立人"方面,而以对其事业圈内所接触的友朋做到同心协力,为其表现的成绩。这些,只是杂货店老板个人对"敬业乐群"的解说,对与不对,还请莅临小店的顾客指教是幸。

(1972年6月)

往事犹新新宛在　　人心不古古同然

　　任何事物的创始与存在，及其有无演变与如何演变，除非有一位造物主永在不朽地居于宇宙之上，监临四方，断难洞悉其底蕴，或有许多万有之神，见微不惑地杂于宇宙之间观察众事，方能详述其原委。惟可惜这位造物主或多位万有之神始终是顺其自然默而不言，只有等待人类经世累代慢慢去发觉宇宙的秘密或人类的奥妙罢了。能否完全达到目的，还是将来的话。

　　不错！人类是万物之灵，能"开天"、能"辟地"、能"移填山海"、能"燮理阴阳"；但究迟于宇宙若干数兆亿年而降生而有进化，所知已属有限，还难预计要历若干数兆亿年，才会接近这"主"或"神"，对任何事物绝对客观事实的洞悉或详述。老实说来，这种绝对客观事实，依人类观察而言原是可望而不可即的。人类的心理状态，在"知"以外还有"情"，还有"意"，"知"固能达于客观的境界，但一牵涉"情"与"意"的时候，便难摆脱主观的领域。因之，在人类只能有绝对的主观现象，殊难有绝对的客观气氛。所谓"客观"也者，不过极力减退绝对的"主观"成分，求得一个相对的客观结果即足而已，请看！历史学家每谓我们所接触的历史纪录，无非是"写的历史"，纵极力求其客观化，终脱离不了写历史者的主观因素在内。过去为皇帝所写的"实录"，就与"野史"或能存真有其差别，而"野史"的夸张却又逊于"正史"的严谨,其故即在于此。那么,真正而绝对客观的历史,也只有"主"或"神"知道了。慢说历史的纪录由主观而彼此互异其史实,就是现时的新闻报导,同样有因主观错误而致事实两歧者。譬如说,本年7月29日在关岛举行的太平洋少棒选拔赛,台北各电视及大报均派记者在场采访。翌日"中央日报"记者报导"中华与菲队之战,比赛场地临时因前场比赛(指香港与日本之战)未完,而为配合电视转播起见,改于"苏珊娜球场隔邻练习场地比赛"。同日,《联合报》记者报导"日本对香港这一仗,因为要使人造卫星转播(中菲之战)按时进行,临时在附近球场举行……"。《中国时报》记者的报导,根本不提此事。又,同日,台视记者在报导时说:我方在第五局打出"全垒打"的是陈志舜,但"中央社"却报导是林朝进。究竟谁是谁非,"主"或"神"在绝对的客观事实上早已了解了。

不仅历史的纪录或新闻的报导每因主观的偏向或错误,不易接近绝对客观事实的洞悉或详述,就连日形发展的太空知识,无疑地是要从客观方面,求得科学上妥当安排才行,稍一疏忽就坏了事。然美国与苏俄对于太空探测所使用的科学方法毕竟有些不同,便分出成败迟速的差别,不能不说在措施上受了主观的影响。况且将来要把太空知识所得的结果尽量运用到人类社会,更不免因主观上的差别,发生见仁见智的争论。他如在地球计算岁月的历法,站在客观的计算,以月绕地球一周为29.53日,称为回归月,以地球绕日一周为365.24219日,称为回归年;惟因各有零数,难以计算,不能入辙入格,于是各方人们为适应自己生活圈内的岁月计算,不免创出种种阴历或阳历,终与立于绝对客观地位的回归月、回归年都有多少差异,这完全是出于主观的安排罢了。现今各国虽通用公元历,依然是不符实际的。于是改历的说法不断发现,兼诸以后太空的境界逐渐开展,过去的地球历更要发生变化,可知时间的观念由人类说来,也是不能摆脱主观因素而会接近绝对客观事实的。

诚然!人类不能像造物主或万有之神,从绝对客观事实方面,洞悉任何事物的底蕴,详述任何事物的原委,但却能够从绝对主观措施方面,改变了宇宙,扭转了乾坤,不仅是"人能胜天",而且要"天遂人愿"。杂货店老板只是一个生意人,不敢奢言充满学问气氛的大道理,仅以时间为例而描写绝对主观措施的运用,或能容易表白出来。这就是说,运用绝对主观措施的结果,既想把"过去"的时间拉回到"现在",又想把"现在"的时间推送到"过去"。前一结果,得用"往事犹新新宛在"一句话表示出来;后一结果,得用"人心不古古同然"一句话表示出来。老板不卖关子,即为分解如次:

"往事犹新"是一般人怀念"过去"视同"现在"在心理上一种主观的描写;虽然说是"犹新",并非真正是"新",惟就当时逼真的心情而论,自不能否认其为"新宛在"的样子,能说没有把"过去"的时间拉回到"现在"吗?请看!一对恩爱深厚的伉俪,彼此间的热情交燃在各人心坎里,结婚固在青春时代,而当日洞房花烛夜的快乐,虽系往事,却始终"犹新"地保留在白头晨光,而把"过去"的时间拉回到"现在"。又,多位年事已高的男女老同学聚集在一处,开同学会或校庆纪念,除了虚情假意的奉行故事,另有其一套做作者外,如果出于真情,怀念当日在校时的友谊往来,会场的气氛自然不同,不仅彼此嘻嘻哈哈,率直地呼名道姓,甚或喊出同学们在校时的绰号诨名，俨然把"过去"的时间拉回到"现在"。大家在客观事实上虽然都是白发鹤颜，而在主观心情上往事犹新，谁都觉着自己是英俊的青年或娇美的少女了。这种种景象逼真的"犹新"，在心理现象上是拉回了过去的时间，描绘了人们当年的热爱真情。所以像老莱子的彩衣娱亲，作儿时状，亲心儿心情同往昔，这也可说从绝对的主观方面，把"过去"的时间拉回到"现在"而发生的宝贵价值！

说来，"往事犹新新宛在"的话，不只是心理现象上"情"的充分发展，而且能把"意"的效用贯彻其中。譬如说，国家当危难的时候，志士仁人抱恢复河山的宏愿，每会怀念少康中兴，田单复国，或郭子仪收复两京的往事，恨不得使前辈的英灵化于己身杀贼制胜，毋忘往事，正要如新再演，这便是诚意的表现，而把"过去"的时间拉回到"现在"。八德中的"信"，更系重视"过去"的诺言，虽至"现在"犹然为新，所以不能守信的人，就会被指为"言犹在耳忠岂忘心"的。当今，国际正义衰微，惟以利害关系是尚，依老板浅见看来，就是由于签订条约的诺言，墨迹尚未全干，便被视同陈旧，不以"往事犹新"为念使然。再说，除了心理现象上的"情""意"与"往事犹新新宛在"的关系外，"知"又是如何情形呢？前面已经提过，"知"是在一般景象之下不尽受绝对主观的支配，每每容纳客观的因素在内。所以"往事犹新"就不能一味地信为"新宛在"，只是"新假定"而已！像武忠森律师写的"古事今判"，把古人过去的种种行为及其相互间种种纠葛，按着现行的法律条文判定曲直分出胜败。这原是空中楼阁的游戏笔墨，顶多对修习法律者作为假判决的参考，实与把"过去"的时间拉回到"现在"的心理现象无关。

"人心不古"是若干人嫉恶"现在",追慕"过去"在心理上一种主观的措词;其措词的由来原系一句气愤话,并非"情"的正常发展,殊难与"往事犹新"有其同样价值。但在埋怨"人心不古"的这句话的本身上却表现出有点追慕"过去"的心情,不啻要想过着"过去"的日子。其实所嫉恶的"现在"人心,纵非"不古",而即是"古",也未见得古今就是两种不同;所以说"人心不古古同然",或不失为一种看法,那么好以"人心不古"为口头禅的人们,隐然是想把"现在"的时间推到"过去",聊以消除自己对"现在"人心不满所发生心理上的嫉恶感觉。我们知道,凡非"现在"的时间,无论是远古、上古、中古、近古都是古,而"人心惟危,道心惟微,惟精惟一,允执厥中"的十六字薪传,同样得适用于任何时代。在所谓"人心惟危"情形之下,对"现在"所嫉恶的"人心不古",古代当时依样对其"现在"有所不满,而要追慕"过去",早已发生"人心不古"的呼声。换句话说,亘古以来,无论何代当时的"现在",谁都能够看见人有诈欺之心,有贪婪之念,有妒忌之情,有凶暴之气,有窃盗之心,也都不免愤然地会说"人心不古"的话。因为人心只有是非善恶的区别,并无古今前后的异致,"人心不古古同然",要把"现在"的时间推送到"过去",而与求新求变立在相反地位,实在是没有什么意义的。然而人们所追慕的古如非真正的"古",仅系想象上的"古",倒要另当别论。譬如说,朋友间的"一见如故",配偶间的"宿缘前定",原非旧交并无前缘,而竟如此称之,倒是充分烘托"情"的发展,反倒能逼真了。

说来,"人心不古"这句话,无论是"古同然",甚或"古不同然"也无论其是否正常,有无价值存在,总是心理现象上"情"的发展,多少具有推今及古的气氛。因为杂货店陈列的是杂货,不嫌其"杂",这就无妨说得再远一点,从心理现象上的"知""意"两方面,把复古或慕古的说法演述一番,在"知"的方面,最上乘的是儒家的"托古改制",假设为法,把自己的理想寄托在古代圣王的身上,作为后世的模范典型,这在精神上并非一味的复古或慕古,实为人类心理现象上"知"的正常发展。其真正复古慕古的,莫过于老子《道德经》、庄子《南华经》的理论。认为时代愈古,愈是黄金世纪承受天德,无为而无不为。因为他们认为"国家昏乱有忠臣,六亲不和有孝慈",便主张"剖斗折衡,使民不争",希望每个人返于婴儿状态,而以"绝学无忧"为最高境界。甚至于说出"圣人不死,大盗不止"及"及吾无身吾有何患"的话。这一宗派的学说,无非嫉恶春秋战国时代的霸雄争长,兵戎不息,遂不免恶怨圣人的创作、社会的进化,遂在当时创宗立说,想把"现在"的时间推送到"过去",这当然是不可能的事,无待再言。在"意"的方面,最明显的复古或慕古无过于两汉迄于南北朝董仲舒等的春秋折狱或经义折狱。当代原各有其律令科比等事,足以为应付折狱诉讼的依据,乃竟有慕于古,而在事实上本诸春秋经义为之,无异今事古判,实与前述武忠森律师"古事今判"的游戏笔墨不同。这一事故的实现无非由于汉武帝罢黜百家独尊儒术的初期过分措施所致,不仅慕古,而且充分复古,便使今人犯科,若处于古世而受罚了。不过这种意思所尚,尚只是使个人受了时代错误的病,若今后原子战争发生,势必毁灭人类文化,破坏世界文明,那便真正返于原始社会,实在是最可顾虑的人类浩劫,任何人都应该提高警觉而防止的。这以外还有一事要交代明白,那就是世俗所说的"顽固派"或"保守派"却不尽与复古、慕古派完全相同,他们只是维持"现在"状况,不愿革新求变,并非走回头路,有碍于古,穿起梨园行头,重演故事一番,也就不像复古、慕古派想把"现在的时间"推送到"过去"的。

　　话又从头说回来:人类既非造物主或万有之神,诚然不能即有绝对客观的境界,所能者仅为绝对主观的领域,已如前述。但这绝对主观的领域,终因人类心理现象,"知"占了重要部分,除在"知"的方面而要"托古改制"而要"无为复古"以及"古事今判"的游戏笔墨,得纳入绝对主观的领域外,其余总是不能摆脱相对客观的气氛,遂使绝对主观的旨趣,也就一变而为相对主观的天下。譬如说,记录的历史固然是主观方面所写的,仍不能显然与客观事实相反,不然,非属伪造历史,便是小说戏文无非谎言,殊难为信,譬如说,各种阴阳历的年月,互不相干,各有其一套计算,诚然是为适应自己生活而出于主观上的安排,但都要接近客观的回归月或回归年为其目的,不然便非地球历而系某种太空历了。他如新闻报导的主观错误,毕竟因客观的真正事实而知其然;太空知识的主观打算,毕竟因客观的事物现象而受其阻。即以"往事犹新新宛在"为说:多年配偶虽说有似新婚,但在客观事实上儿女来到膝下叫了一声爸爸妈妈,或对方开玩笑地喊了一声老头子或老婆子,这"往事犹新"的景象便会落空。往年同学,相逢若旧,但在聚会期间,忽有同僚打来电话报告公事,这是客观事实出现,也就打破了"往事犹新"的景象,他如老莱子或可彩衣娱亲,惟如一见自己长白胡子不可否认的客观事实,也就不免减少主观上的兴趣。更以"人心不古古同然"为说,这在"情"的发展方面,想把"现在"的时间推送到"过去",显然与客观事实极为矛盾,自难认系有何价值,即如"一见如故","宿缘前定",也是因"现在"是客观事实而假定其来自"过去"的原因而已！至于在"知"的方面,其复古或慕古,无非空想,实为"现在"的客观事实所否定。在"意"的方面春秋经义折狱,无非隔世的张冠李戴,因其非客观的罪刑关系,所以儒家的法律观念确定于隋唐以后,这种与客观现象立于相反地位的今事古判就消除了。

总之,我们原不能否认人类的主观存在,同时也不能漠视事物的客观地位。绝对的客观境界虽非人类所易接近,而绝对的主观领域仍非人类特能维持。说穿了,惟有相对的客观态度或相对的主观精神乃是我们人类观察事物所应遵守的一种规律。

（1972年8月）

海市蜃楼非皆假　　神游梦遇亦属真

说部《红楼梦》上所记载的宝玉有真有假：真的托名甄宝玉，是一位书香子弟，恭谨好学，敬事慎言，便赢得君子的推许；假的托名贾宝玉，是一位风情人物，倜傥不群，恃才傲物，便惹得世人的惊奇；照说，假逊于真，实超于虚，是应该有其轻重区别。然而《红楼梦》全书的结构，毕竟以假为主，以真为衬，以虚为贵，以实为陪，遂致过去学人如蔡子民、景梅九诸先生有所谓"红学"的研究而求其书中影射的真实脚色。于是这部书便托名"甄士隐"表明其已把"真事隐"藏起来，并托名"贾雨村"表明其且把"假语存"留起来，显然以《石头记》为全书的"胆"而使读者完全沉醉于假的《风月宝鉴》中，不知另有真的一面。由于这种虚而非实的夸张描写，就很容易为读者拍案叫绝的。

又，在人类第一次登陆月球以后，因为月球并不像《石头记》上所说女娲氏炼石补天剩下的一块石头，既无灵性，且不美观，大家便认为过去所谓"风花雪月"的景色，应即将"月"字抹去，而所谓"弄月""赏月"也只成为历史的名辞，不能再为"月景""月色""月光""月影"所迷。杂货店老板对此颇不谓然，要从假的观察上求得一个真的界。当日，老板曾以人类事物里，"外在美"与"内在美"的区别为参证，发现了"近在美"与"远在美"的存在。由驶往月球的太空船上逐渐观察月球的"近在美",不特没想象中"广寒宫"的美景,就连清末珍妃被囚的"北三所"也找不见,确是"丑而不可说也"。然在远隔二十四万二千英里的地球上看月亮,无论其为玉盘一只,巧笑空间,或银眉一弯,遮羞半面,都在"远在美"上呈现其圆满的风格,怪不得传说诗仙李白醉中见水中月影捞之,坠水而死。老板当日除发现"近在美"与"远在美"的存在外,还有"实在美"与"幻在美"的获得。月球的本来面孔,诚然不能认为有什么"实在美"可言,然依过去传说嫦娥奔月、月中折桂、月下老人以及唐明皇游月宫的香艳故事,虽系幻想,煞有介事,其在"幻在美"方面依然站得住的。老板不惮其烦,从《红楼梦》的真假说到人类登陆月球后,当日的观感,无非为了现在陈列两种货品作一个引子罢了!这两种货品,一种是"海市蜃楼非皆假",一种是"神游梦遇亦属真",都不外乎出于"远在美"及"幻在美"的以假逼真而已!

　　关于海市蜃楼的景色,不管从现代科学的探讨上,或过去传说的引证上,都是一个假而非真的事实。就现代科学的探讨而言:海市蜃楼实系一种因光线折射而生的现象,不仅海上当空气稳静时,得见远山船舶或城市宫室倒立空际,即旅行沙漠中,亦因对实物的折射关系得见远处树木宛如植于湖边而倒映水中。观其系倒立空际或倒映湖中,颇与以前照相时底片上的倒影为同,而其所以然者,实由于海边或漠中的空气,在稳静中有其疏密的层次,遂能折射而生其幻景的。就过去传说的引证而言:首见《史记·天官书》"海上蜃气,像楼台",也就是《三齐略记》所说"海上蜃气,时结楼台,名海市"。何谓蜃?见于《本草纲目》,仍有两说,一为鳞部蛇龙下,引李时珍说"蛇之属有蜃其状似蛇而大,有角,能吐气,成楼台城郭之状,将雨即见,名蜃楼,亦曰海市";一为介部车螯下,引陈藏器说"车螯生海中,是大蛤,即蜃也,能吐气为楼台"。两物虽各有所指,要皆能吐气成为楼台,而为虚幻的形态。

诚然!一般人对于海市蜃楼的现象,都谓其非属真实。例如《梦溪笔谈》载"登州四面临海,春夏时遥见空际有城市楼台之状,土人谓之海市",实即"空中楼阁"一语的来源。又,《隋唐遗事》载"张昌仪恃宠,请托如市,李湛曰'此海市蜃楼比耳,岂长久耶?'"甚不以其幻象为然。然海市蜃楼终属一种美好的远景幻象,纵不能"即"之,却大可"望"之。当此远景幻象印入观者眼底,顿具"远在美"及"幻在美"的浓厚情调,能说海市蜃楼不是真实吗?再看!雨过天晴,霓虹突现彩色夺目,一瞬即逝;佳日良辰,大放烟火,火花四射,一刻即止;这与海市蜃楼的现象,在目光的接受上并无何异,即难认为一个是假,一个是真了。故如清季李渔将虚有的二龙女等故事编为戏曲,以其皆属空中楼阁,遂以"蜃中楼"为名,但临场欣赏者只觉其故事为真,而忘记其为假,这种情形正与欣赏名人笔下的山水画一样,固非真实,却也以其特有意境,便表现出了"远在美"及"幻在美",而欣赏起来。所以老板说"海市蜃楼非皆假"的话,或许有点道理。

关于神游梦遇的情态,应该把神游梦遇分开来说,似乎界限清楚一点。从神游方面看:这个"神游",颇与一般所称以精神相交的"神交"近似,就是说,人虽未到过其地,而精神却已向往便是。这当然要有一个媒介作为前提,不然便成为神话或杜撰。最明显的"神游"例子,是读了具有价值的旅行杂志,或描写逼真的游记,恍如身临其境,不禁神往,世人称为卧游,实际乃系神游。姑不论有无"心电"的存在,由心里发出电波而到达其地,但在精神上已经接受其媒介所示的景色,从想象中而神往之,却也不能否认非真。倘若属于前游的地方或离开多年的故乡,在回忆中而思念其地,高山近水,历历在目,恍如人在其地,这更是有根据的神游,不应称其为假。至于现代由电视而看到的世界风光,以及过去由照片而领略的各地名胜,如能看得入神,自认人与景合,恍若置身其旁,也不失为"神游"的一种,而属于真了。话再说得远一点,世人每每盛言某某名人将死之前,恒有灵魂出现,为其至亲好友所见,甚或其至亲好友尝道其事而证实之。如所谓刘故院长健群灵魂到过何府,林故部长彬灵魂到过查府是。灵魂的说法固非老板所信,但其至亲好友既称目击某人有灵魂出现,纵系幻象,而因情谊深厚,心所关怀,仍不失其为在神游以外的一种神逢的现象,又何必揭穿谜底强指为假呢!

　　从梦遇方面看:梦是人类睡眠中,由于身体内外的刺激而唤起朦胧的意识;当时,应于其人心境的状况而与其所有的观念互相联合,遂现出快乐、悲伤或惊惧的现象。虽说梦是从各种刺激、各种观念杂凑而成,故其内容常不统一,而无系统,但也有不尽如此者。就一般情形说来,梦只是一种幻象,一觉醒来便归乌有,然如就梦中当时的遭遇说来,却是俨然如真,不以为梦的。词曲中,明,临川人汤显祖曾以自己创作及根据前人说部著有紫钗、还魂、南柯、邯郸四记,驰誉艺林,四记均以梦叙述,世称临川四梦,亦名玉茗四梦。果使其人皆真,并确有其梦,那么,当时梦中所遇的情景,必与其在醒时的心理状况相差无几,宜乎以假为真,以虚为实。所以年轻人爱做粉红色梦,年老人爱做黄金梦,学人爱做聪明梦。痴人爱做糊涂梦。其在历史上,最美满的梦境,莫如前述《邯郸记》本事卢生在邯郸所做的黄粱梦,及前述的南柯记淳于棼在广陵所做的南柯梦,虽系出于寓言,然如果有此梦或近似此梦,也不失补偿人生的缺陷,而于梦中视其为真以享受之。黄粱梦本事出于唐李泌所撰的《枕中记》,述卢生在邯郸逆旅遇吕翁事。生自叹穷困,翁探囊中枕授之,说道"枕此,当令子荣适如意!"时主人蒸黄粱,生梦入枕中,娶崔氏女,女容丽而产甚殷,生举进士,累官至节度使,大破戎虏,为相十年,子五人皆仕宦,孙十余人,其姻亲皆天下望族年逾八十而卒!及醒,黄粱尚未熟。一世穷困,终能于梦中补偿而得之。南柯梦本事出于唐李公佐所撰的《南柯记》,述淳于棼,家广陵,宅南有古槐,枝干修永,棼生日醉卧,梦至大槐安国,妻公主,为南柯太守二十年,生五男二女备极荣显;后与敌战而败公主亦卒,被遣归。既醒见家童拥彗于庭,斜日未隐,余樽犹在,因寻槐下穴所谓南柯郡乃槐南枝下的蚁穴而已!其往日向往的富贵,也由梦中补偿而受之。他如《论语·述而篇》载孔子说"甚矣吾衰也,久矣吾不复梦见周公";《庄子·齐物论篇》载"昔者庄周梦为蝴蝶栩栩然蝴蝶也,自喻适志也,不知周也,俄然觉,则蘧蘧然周也";这些,确是梦里成真的最上例证。又,江淹梦笔为人所夺,自此为诗,绝无美句,时人谓之才尽;李白少时梦笔头生花,自是天才瞻逸,名闻一世;更见其梦中的真,与实际生活发生连锁关系。

梦境虽为幻象,并系刹那间事,但既能觉其为真,甚或认为经过时间甚长,适与如同白驹过隙的现实人生相同。所以像黄粱梦方面的卢生醒后,见黄粱尚未蒸熟,而始发觉说:"岂真梦寐耶"?吕翁便答:"人世之事亦犹是矣。"于是好事者就以黄粱梦或邯郸梦为曲名演出吕洞宾度卢生事,望其长生不老,成为仙家,不再受梦境醒境毕竟是假是真,是虚是实的困扰。同样,像南柯梦方面的淳于棼一梦醒来而见蚁穴,遂感南柯的浮虚,悟人世的倏忽,遂栖心道门,自认不为梦时醒时的真假虚实所累。其实这些只是个人的自慰而已;从而后人追忆往事者,每采列子所指黄帝梦游华胥国的故事,遂以"梦华"为称,而喻旧事如梦的意思,如宋代孟元老的《东京梦华录》是。仿之而为著者,有晚宋吴自枚的《梦粱录》,记南宋旧事,以其有近于梦,故名。那么,梦为幻象,而有其真,醒为现象,依然成假,可知老板连同"神游"而说"神游梦遇亦属真"的话,依样也有一点道理。

总之,"海市蜃楼非皆假"系以"远在美"为主要的观察,而以"幻在美"副之;因为临近了海市蜃楼,这种幻象便看不见了。"神游梦遇亦属真"系以"幻在美"为主要的体会,而以"远在美"副之;如果没有幻象的存在,远观他地或梦境也就无所附丽了。然而无论其为"远在美"或"幻在美"比起"近在美"或"实在美"来,在客观的批判上都是假,都是虚。不过人类并不能有其绝对的客观存在,许多事物都要决定于相对的主观,所以"远在美"虽假,仍有其真,"幻在美"虽虚,仍有其实。何况人类毕竟是人类而非神仙,富贵利达并不普遍,能把握"近在美"与"实在美"的现实者,纵非少数,断非全体,凡向隅的人们不能得之于彼者,惟有赖于"远在美"或"幻在美"的存在而补偿之,而满足之,若必一口肯定海市蜃楼是假,神游梦遇非真,连这一点对生活上缺陷的人们,以假为真,以虚为实的心情上小小安慰都要揭穿,似乎无此必要。其实,在所谓"近在美"或"实在美"观察下,如以宇宙的广大无边,永恒不息为比,一个人生全部事物的历程依样是短暂的,依样是虚幻的。过去许多人看破红尘,修道学仙,这不过是自求安慰,距事实过远,大可不必。换句话说修道仍在尘世,发扬道学,可也。成仙远离尘世,长生不老,非人类所能望及,不成其为解脱的途径。我们只要生存一日,尽个人立己立人之道,为人类服务,于心无愧,纵然是无名的英雄,也可取得后世的崇敬,自可成为一位不占空间的永恒人物。

（1972年9月）

"独乐"原无"同乐"好
"同乐"更比"独乐"强

人类原是社会而群居的动物,不能孤独处于当世,所以"朋友"便被列为五伦之一,孔子也就以"有朋自远方来,不亦乐乎"为美。这种同声相应同气相求的"朋友之道",实为人类生活上最重要而不可或缺的一环,其表现于外的形态,往日称其为"群",严复译西洋"社会学"(Sociology)一名为"群学",意即在此。从此方向而追求之,当会觉得"独乐"原无"同乐"好,"同乐"更比"独乐"强!

何以见"独乐"原无"同乐"好?首以《孟子》上几段记载为证:"孟子见梁惠王,王立于沼上,顾鸿雁麋鹿曰:'贤者亦乐此乎?'孟子对曰:'贤者而后乐此,不贤者虽有此不乐也……'。文王以民力为台、为沼,而民欢乐之,谓其台曰灵台,谓其沼曰灵沼,乐其有麋鹿鱼鳖;古之人与民偕乐,故能乐也。汤誓曰:'时日害(曷)丧,予及女(汝)偕亡',民欲与之偕亡,虽有台池鸟兽,岂能独乐哉!"所谓"偕乐"即"同乐"的意思,与"独乐"为对称,其在分量上的轻重显然可见。又,孟子答齐宣王问,王曰:"善哉言乎!'"曰:"王如善之,则何为不行?"王曰:"寡人有疾,寡人好货"。对曰:"昔者公刘好货,……故居者有积仓,行者有裹粮也,然后可以爰方启行,王如好货与百姓同之,于王何有?"王曰:"寡人有疾,寡人好色。"对曰:

"昔者太王好色,爱厥妃,……当是时也,内无怨女,外无旷夫,王如好色,与百姓同之,于王何有?"在好货好色两方面,也各充分显示了"独乐"与"同乐"价值上的差别。不仅古代要行儒家王道的仁政,必须如此做来,就是在古今中外社会人群相互之间,也是"独乐"原无"同乐"好的。喜庆佳日或逢年过节,躬逢其会的个人莫不喜气现于形色,各自有其"独乐"的心情。但仅关门"独乐"而不彼此结成"喜气一团""同乐"一番,便是"自私之乐",各由其个人享受罢了,慢说像国庆大典,元首华诞,"万众欢腾,普天同庆"这个伟大的日子,是群伦鼓舞"同乐"的最高潮之盛绩,即如元宵节的龙灯争巧,端阳节的龙舟竞赛,农家丰收的丰年祭,商品展览的花车游,也无论其为古代村社间的社火比赛,或为现代国际间的选美比赛,无一不是使这种"同乐"的气氛,围绕在同一心情下每个人的身边。同时,我们并应知道单丝不成线,一树不成林的道理。虽说线必以丝为本,林必以树为始,但构成线与林的壮观及成果,却非单丝一树得膺其任,必须结合许多的丝,若干的树才可。这就是"独乐"逊于"同乐"的理由所在。

何以见"同乐"更比"独乐"强?我们固然知道,士君子的安贫乐道,有如颜渊在陋巷,一箪食,一瓢饮,人不堪其忧,颜渊不改其乐,这种特立独行的"独乐"其道的精神,当然是高过与世沉浮,随波逐流的所谓"同乐"看法。不过这里所说的"独乐"乃指学问道德修养有素的士君子行为,由其不为贫贱所移,不为富贵所淫,不为威武所屈的,各种最高境界所表现出来的独乐其乐,值得世人钦佩与景仰。这与一般个人对他种事物所表现出来的热情爱心而称其为"独乐"的,各有其是,不能混为一谈。从而在这种热情爱心下

"独乐"观念下的"同乐",依然是指正当的"同乐"而言;那么,才有就"独乐"与"同乐"比较其高下的价值。又,据《洛阳名园记》"司马温公在洛阳自号迂叟,谓其园曰独乐园",《宋稗类钞》也载"司马温公独乐园之读书堂,文史万余卷"。司马温公绝非只知"独乐",否定"同乐",观其以"迂叟"自号,实乃"达则兼善天下,穷则独善其身"的意义而已!至于"同乐"固系胜于"独乐",已知之矣;而在"同乐"中,更不能有不乐者在。仪礼乡饮酒礼,有"乃合乐"之句,注谓"歌乐与众声俱作";这是"同乐"的正面描写。其情形颇与川剧中的高腔,在脚儿唱罢一段后,即有多人"帮腔"唱出尾句,如"朝中有腿好坐官"即某剧中的帮腔是。又,《说苑·贵德篇》"今有满堂饮酒,有一人独索然向隅泣,则一堂之人皆不乐";这是"同乐"的反面描写。所以像"使酒骂座",不特自己有失酒德,有伤风度,且大大破坏了饮酒"同乐"的雅趣,因此饮酒"惟量不及醉",乃是把握饮酒"同乐"的重心,而为圣人秉其中道以处理其酒政了。

  总之,"同乐"是人类为社会而群居的动物,构成"朋友之道",才有此种需要。虽在特殊情形下,"独乐",另有其可贵之点。惟撇开君子贤者,高人雅士不说,而就一般情形看,能使"独乐"化而为"同乐",岂不更好更强吗?我们知道,众志可以成城,团结就是力量,尤其在现代情势下,无论处理何事,都要具有团队的精神,方可冲破任何难关,发生一心一德的效果。那么,"独乐"的逊于"同乐",同样是一贯的道理而已。

(1972 年 11 月)

酒逢知己倾杯尽　货遇识家值价高

　　谁都知道有一副联语是"酒逢知己千杯少,话不投机半句多";杂货店老板向喜和人抬杠而有吹毛求疵的脾气,总觉得上下两联词句均有斟酌的余地,就上联看:虽与知己开怀对饮,除了连续多次外,一次而饮千杯,早已酩酊大醉,岂能说千杯算少呢?另有人还把"千杯少"改为"千杯醒",那更否定了"酒醉如泥"的事实了。老板固知这幅上联,是世人用夸大的笔法描写"酒逢知己"友谊热情,但如改为"酒逢知己倾杯尽"彼此举而"干杯"饮酒惟量不及醉,喝到什么程度就到什么程度,不是更为适当吗?就下联看,须知老板是生意中的人,生意经上有一句名言"天下无不是的顾客",纵然顾客有错,也是对的。在"春风满面,和气生财"条件之下,怎敢嫌顾客"话不投机半句多"呢?虽然另有人把"半句多"改为"半句愁"(系与"千杯醒"对改),不无描写出老板当时对顾客寻闹的心理如此,但因生意人为了欢迎顾客上门,最好连这一点内在的隐情也不宜表达在语文方面。所以老板为了做生意的缘故就把"酒逢知己倾杯尽"的下联,变作"货遇识家值价高"。所谓识家系指有鉴别能力的内行或有欣赏兴趣的方家而言,货色一经品题,价值自然增高,这比"识货不识货,只怕货比货",对其价值的估定,更为直接了当。不过前开过去的联语经老板改变后,上下两联的命题并非相反对立，却成了类似的两事并举，固非联语正格，而有犯重（重复）的毛病，但想用此改变的联语，作为下文的开场白，倒也不必在联语本身格调上有何深求。

"士为知己者死，女为悦己者容"。纵然不必列入"货遇识家值价高"的范畴，却也属于"酒逢知己倾杯尽"的座客。酒，为什么能逢知己而倾杯呢？因为彼此相知有素，在友谊的心灵上早已沟通，相逢以酒，至少可干一杯以满互知之情。就令系属初遇，而因话能投机，壮志从同，在惺惺惜惺惺，好汉识好汉情景之下，得列为"准知己"而彼此浮一大白。那么，本此意义而深求之，像战国时代燕人羊左的死交故事，如梦如神，可歌可泣，岂仅"酒逢知己"的情景而已哉！缘羊角哀与左伯桃相交，闻楚王贤，同入楚，途遇雨雪，夜薄粮少，彼此计难俱全，伯桃谓哀曰"吾所学不如子，子往矣"，乃并衣粮与哀，自入空树中死，哀至楚，名显当世，厚葬伯桃，墓近荆将军陵，梦伯桃告曰"我日夜为荆将军所伐"，即曰"我向地下看之"，遂自刎死。这真是肝胆相照，患难同当了。除此以外，还有些英雄豪杰抱着"人以国士待我，我以国士报之"的知己心情，煌耀史籍者，像春秋时吴国专诸受公子光的知遇，刺杀王僚而死；像战国时燕国荆轲受太子丹的厚爱，赴秦行刺不成而死都是显例。再从"知己"说到同一类型的"知音"方面，《列子·汤问篇》载"伯牙鼓琴，志在高山，钟子期曰'巍巍然若泰山'，志在流水，曰'洋洋然若江河'。子期死，伯牙绝弦，以无知音者"。《吕氏春秋·本味篇》亦载此事，略称"伯牙学琴于成连与钟子期善。伯牙鼓琴，子期听之，志在太山，则曰巍巍，志在流水，则曰汤汤。子期死，伯牙绝弦，病世无知音者"。是伯牙的绝弦，实因子期死后再无知音者而然，与其无知音者而独弹,直可绝弦不弹,以报知音。同一类型而处于相反气氛的事实,像说部《红楼梦》上潇湘仙子林黛玉误会怡红公子贾宝玉的薄情,一怒焚去往日唱和的稿件,彼此既非知音,何必再留过去呕尽心血的遗迹?从而对牛弹琴,向鸟问话,虽弹者问者不无有其自处之道,未可厚非,但总不能使对方应其声而和之,这样的"自我多情",实在"大可不必"!那么,在巴人俚下的时地,而奏阳春白雪的歌曲,岂仅是曲高和寡简直是无人问津,所以可与言者与言,不可与言者失言,这就是"士为知己者死"的反面写照,也是"酒逢知己倾杯尽"的反面透视。

至于说到"女为悦己者容"的话,假如过于描写,总会牵涉儿女间事,老板年已七十有八,不仅戒之在"得",还要戒之在"此",惟有视同"过眼烟云"地说它一番,聊备其格。像白居易的《长恨歌》描写杨贵妃"回眸一笑百媚生,六宫粉黛无颜色,云鬓花颜金步摇,芙蓉帐暖度春宵",无非为了悦己的唐明皇而如此。他如白行简的《李娃传》,吴梅村的《圆圆曲》,老板手头无书可查,未知有无描写唐妓李娃为悦己的郑元和,明姬陈沅为悦己的吴三桂而写的词句。但女性好美乃系天性,少妇化妆亦为常事,不特对悦己者如此为之,即无悦己者在,而求其有悦己之人亦然。反而言之,若戏文中演出的宇宙锋,赵高的女儿不愿嫁秦二世,便披头散发,金殿装疯;又战太平,花荣的爱妾为护幼子出险求援,便蓬首垢面,以"疯婆娘"的姿态而逃,俨然是"女为悦己者容"的消极传真,也是"酒逢知己倾杯尽"的消极素描。

伯乐辨声,骥足千里,张华有句,纸贵洛阳,纵然不必列入"酒逢知己倾杯尽"的范畴,却也属于"货遇识者值价高"的座客。所谓

"伯乐辨声,骥足千里"者系指秦穆公时孙阳的故事:孙阳一名伯乐,伯乐本为星名,掌天马,见石氏星经,阳善相马故名。渠尝过虞坡,有骐骥伏车下,见伯乐而长鸣,伯乐下车泣之,骥乃俯而喷,仰而鸣,声闻于天。一说,孙阳复姓,姓氏书辩证引英贤传曰"秦穆公子孙阳伯乐善相马,其后氏焉,汉有御史孙阳放"。然无论如何,伯乐相马终为事实,所以韩诗外传称"使骥不得伯乐,安得千里之足"。换句话说,骥虽有千里之足,倘不为识家所见,得展其才,终必等于下驷劣驽,老死枥下,岂不可哀?英年志士的怀才不遇,与草木同腐朽,正属如此。所以抱有立大业,立大功之志者,每以设法求贤为急务,其中,与伯乐所能相的千里马有关系的莫如国策上所载的"千金买骨"一事为著。"燕昭王卑身厚币以招贤者。郭隗曰'臣闻古之君人,有以千金求千里马者,三年不能得,涓人求之,得千里马,马已死,买其骨五百金,反以报君。君怒曰:"所求者生马,安来死马,而捐五百金?'涓人对曰:'死马且买之五百金,况生马乎?天下必以王能市马,马今至矣。于是不期年而千里马至者三,今王诚欲致士,先从隗始,隗且见事,况贤于隗者乎,岂远千里哉!'"今燕京八景中之"金台夕照",最初即燕昭王于易水东南筑黄金台于此,延揽天下士,后人慕其好贤,台圮,复筑之。此虽由千金买骨说到燕昭王的求贤若渴,古今类此事例,亦不一而足,首如文王遇姜尚于渭水之旁施以隆礼,聘为太公望,次如刘备卑身下气对诸葛亮三顾茅庐而请其出山为佐皆是;姜太公终因文王的识贤而显,诸葛亮终因刘备的知人而达;否则不其终身为渔翁为处士而何?不过话又从另一角度说起,除了像范蠡佐勾践灭吴后,与西子泛舟江湖;张良立功汉室辞万户侯,从赤松子游于山林,各皆功成名遂身退,不必提起外,自古以来,许多人睥睨富贵,虽被识者发现,依然我行我素避而他去,倒是一种不同凡响的风格,未可一概而论。像唐尧时,有阳曲人许由者,据义履方,隐于沛泽,尧以天下让之,不受,遁耕于中岳颍水之阳箕山之下。尧又欲召为九州长,由不欲闻,洗耳于颍水之滨,《高士传》有此记载。像夏时务光(荀子称牟光)好琴自娱,汤伐桀,因光谋之,光曰非吾事也,拒之。放桀后,以天下让,不受,负石自沉蓼水而匿。像东汉时,严光与光武同游学,光武即位,变姓名隐居不见;帝思其贤,物色得之,除谏议大夫,不就,隐居富春江耕钓以终。像清初时,关中三李之一的盩厔李颙,与顾炎武有交,淹贯经史百家之言为关中大儒,康熙间先后以隐退真儒荐,称疾力辞,尝拔刀自刺以示决绝。这些例证,都是被闻于时,而不愿为时所用的高一等人物,可说是"伯乐辨声,骥足千里"的侧面写照,也是"货遇识家值价高"的侧面透视。

至于所谓"张华有句纸贵洛阳"者见于《晋书·文苑传》云"左思欲赋三都,移家京师诣著作郎张载,访岷邛之事,构思十年,赋成,皇甫谧为赋序,张载为注,魏都刘逵注吴蜀而序之。张华见而叹曰:班张之流也,于是豪贵之家竞相传写,洛阳为之纸贵"。《三都赋》本身固系佳作,如不经张华的赞扬,便不见得纸贵洛阳。然若推而论之,骚人词客之间,每以诗词唱和甚或互相捧场,彼此自我宣传,诚不失为品题的另一路数。但其效果使单方的"孤鸣",变为多方的"互鸣",也是"德不孤,必有邻"的一大作用。关于"互鸣"的可贵,在一般事物上处处见到,采茶姑娘在采茶时,要彼此同唱采茶歌,农工子弟在工作时彼此互唱高山曲,山地轿夫在抬乘客而进时前后对唱着"道口",河边舟子在逆流拉纤而上时你我齐唱着

"杭育",无非为了冲淡体力上的疲劳,大家互鸣起来,那么骚人词客们为了补偿呕尽心血的苦吟,不免自我标榜而唱和起来又有何嫌?除了上开的佳作品题及彼此标榜外,说到货品更是需要识者才能确定其值价高低。据传有一位红得发紫的歌星,在其成名以前,原是一位初出茅庐的小家碧玉,并未见过什么豪华场面,一位富家子送她一只宝贵的钻戒,她连钻石两字都没听过,竟当作玻璃珠子,漫不经心地在姊妹淘里遗失了。尤其关于古董一类的东西,非有识者不能辨其真伪,且非识家鉴定,纵为真品也或一文不值反而使乱玉的碱砆以赝品而成真了。若再说到古画古字方面,更须有识家鉴定,方可不会上当,以伪为真,记得旧国会议员王某旅居九江时,收集这类字画三大箱。他认为如有一件是真,便值钱了,哪知到了北平,经人鉴定,张张都是伪的,白白地花了许多本钱,实是可惜!若又说到一般普通货物只须牢抱"货真价实,童叟无欺"一句老语,便取得市场的信用,像北平同仁堂的药品,东鸿记的茶叶,原不必赖有品质问题存在。惟以现代工商业发展超过往昔,上市货品日新月异,非实际使用不能发现好坏,固无人敢以识家自命。如有所谓识家,当必属于真正的内行,绝不是一知半解的外行所能冒充,因为"隔行如隔山",外行而强作内行,天下便不免多事了。并因竞争关系,固难有所谓互相标榜的情形,但自我宣传却是一般商家的重要事情,从报纸上,从广播上,从电视上均可见其广告,而开节目,送赠品,赠彩金也都属于广告学的范围,也与自夸"文章是自己的好"是一样的道理。话说至此,再从岔路旁流看来,像前开在一经品题身价十倍方面,有些人好弄笔墨,急就成章,不经苦思,写成新著,为求纸贵洛阳,每请名人作序。其实那样著作,未必即在学术上有其地位,而所谓名人者既未必即对学术有名,且视作一种应酬文字,敷衍了事罢了,所以许多作家,一书告成绝不轻易请人作序的,像前开在古物鉴定,辨别真伪方面,旧国会议员王某在九江所买的伪字画,绝非崭然新物,当系以醋泼纸,并经潮湿晒干后,乃仿制者。其因原品纸厚数层,墨迹渗透其上,由裱糊匠人揭其下层而伪制,虽系赝品,仍系不可多得之列。其关于古董的鉴定一事,真伪有赖于识家,而其在岔道行走者,据传西安阎某善鉴别古佛像而亦善伪造古佛像,尝将古佛像大卸八块,分装于八个假佛像身上,真中有假,假中有真,说真不真,说假不假,任何高明的识家都要迷惘于真假难辨中,然而爱好古董者,只要一点是真,不免自骗自己推认全部非假,伪造者也就达到了目的。其实在外国也有同路人,过去盛传英国发现的某原人,比德国海德堡原人还早,那知二次世界大战期间,竟发现是一种伪造品,闹了一个大笑话。可惜伪造者并未偷取海德堡原人的一部分,装在这个假原人身上,才容易被世人揭穿了。像前开在普通商品争取销路方面,不特以大拍卖大减价的虚伪号召,诱引顾客,且或偷售走私货品,或销售赃物,其甚者设立地下工厂,为伪货伪药的制造,贻害社会,其中也不无冒充内行,伪为宣扬者在,这又是岔路上旁流上的魔窟。从上面所举的各种不正的景象来看,可说是"张华有句,纸贵洛阳"的别支传真,也是"货遇识家值价高"的别支素描。

　　经老板改变后的上开联语,若就其所指示的事实而观,必须人己两方同属健全发展,乃有效果,是不能单就一方面而论的。譬如说"酒逢知己倾杯尽",必须两方皆能吃酒方可对饮几杯,倘有一方仅以"举杯为敬",点滴不沾,虽系知己,仅由他方倾杯下喉,纵然不是"罚酒",也是"敬酒",便没有"酒逢知己倾杯尽"的热烈情调了。知己必须互有所知,心照不宣,人固为己的知己,己亦为人的知己乃可。正与在"女为悦己者容"情形之下,甲方有悦于女,女亦为容以报的例子同然。譬如说"货遇识家值价高"也必须一面货真而价实,方为识家所重,一面经慧眼品题,方能高其身价。所以无伯乐固不能发现千里之足,无骐骥亦不能显见伯乐之才;同样无张华的赞语,固不能有使洛阳纸贵,无左思的名赋,亦不能有张华品题,彼此同贵,各有千秋。不特这些例证如此,如就一般事物观察,又何尝不然。姑以各种演奏会或演唱会为言:也是以演员与座客联为一气,台上与台下结为一团,方可显出热闹紧张的场面。在演员方面,首必有其苦练工夫,而能运用自如,使"玩意儿"日趋上乘。像平剧中的战太平及贺后骂殿,原系开锣戏,经谭鑫培、程砚秋一唱,便走红运成了压轴戏,如在戏码上有任何一出贴出,座客总是不散的。他如刘宝全、白云鹏的大鼓,周璇、白光的歌唱,因其技艺高超,炉火纯青,谁的叫座能力,都比不上他(她)们。像这样的有名演员,若在歇夏或远归以后,其演出消息一经宣布,座位预定一空,临时又有所谓"加凳"或"站票"出现,不比寻常。这可说是由于自己的忠诚负责伸出千里之足,而为观众听众所知所悦的结果。就令在曲高和寡的场地,或因特殊原因的存在,上座不到二三成,然此寥寥少数人既为演员的知己而来,更应加倍努力表演一番,也就是为知己而死,为悦己而容了。在座客方面,对于演员既有所重,至少也是慕名而至,就往时习惯说,一出场便是一阵"满堂红"的彩声,就今日情形说一揭幕便以鼓掌表示欢迎,表示捧场,因此遂增加演员的信心与兴奋。其间在演员演奏或演唱的时候,除告一段落而鼓掌外,全场座客寂静无声,一板一眼,一腔一调,都由座客收入耳底,这种演奏演唱就产生了绝大成功的记录。倘若台上松懈,台下骚动,不知道为谁歌唱,为谁吵闹,伯乐既失其职,以驽为骥,识家变为盲目,以假为真,还有什么好戏可看吗?老板改变的联结也就变成具文。

  要实现老板改变后联语的意义,除了前开各例,必须人己两面合作,乃有其趣。即以老板开设杂货店而论,因为各位为杂货店捧场,不把它丢在字纸篓去,便鼓励了老板每月必写一篇论题的兴趣,也或可说老板不敢懈责,无论如何忙碌或有疾病,必须写出一篇以应所求,以博一粲。双方因此而呼应起来,杂货店的货品便源源不绝了。

(1973年1月)

丽姐身边无丑婢　情人眼里出西施

俗语有言"牡丹虽好,还须绿叶扶持",要是没有翠绿的叶儿,烘托着牡丹的含苞吐艳,几朵"光杆儿牡丹"又怎能以"国色天香"自豪呢？同样,"丽姐身边无丑婢"正系如此情景。一位娇丽的姐儿绝不愿"鹤立鸡群"似的而与丑笨的侍儿同伍的。因为有主仆的差别,挑选侍儿,虽然不能"反客为主",使其姿色胜过主子,但总要秉性聪明,举止活泼,并耐于打扮如格,以收"点石成金"之效,使人望之,正如牡丹陪以绿叶,绝不有伤丽姐周围的美艳气氛,更是相形益彰了。这在说部或戏文里,各该著作家的笔下,或排演者的手下,都作如此安排写出或演出,像《红楼梦》里几位知名姑娘的贴身丫头,莫不灵巧甜柔可爱,其闹"妖精打架"玩意儿的傻丫头与浪丫头,倒是属于贾母及迎春房里的人；贾母鸡皮鹤发、迎春冷面冷颜,不为其安排慧婢巧婢,应该是无伤大雅,不以为怪。在戏文里,像宇宙锋的哑婢,为陪衬丞相千金的高贵,依然由小旦充行,同样扮得很俏；像锁麟囊的憨婢,为陪衬富家小姐的华贵虽然由彩旦充行,同样扮得很艳。倘不如此安排,便也显不出丞相千金的高贵或富家小姐的华贵了。反而言之,因为她们不是丞相千金的哑婢,就是富家小姐的憨婢,既附骥尾而显,自然仆以主贵,虽说婢作夫人,名分稍差,毕竟得为左右,当能分飨余艳,这就是扶持牡丹的绿叶胜过陪衬凡卉的绿叶,一个大道理在。圣人门前皆贤哲,强将帐下无弱兵,谁说不是呢?

撇开了"丽姐身边无丑婢"的话不说,凡在女性间如有宾主或主属的关系时,大都有类似的情景存在。譬如说,在国内外各种赛美大会里,无论最后要选出世姐或国姐,或某某皇后或某某公主,都是要经初赛、复赛、决赛的过程,把不合格的姐儿逐赛淘汰而去,所余者莫非丽上加丽,娇而又娇的一群莺莺燕燕而已!最后留得前五名或十名,为入围决赛者,真是难能可贵,于是从决赛中,看谁占得鳌头而登宝座,足见这位皇后或公主的高贵并非纯从自身得来,实系众美烘托而出的。决赛中落选的姐儿,既已入围,有其夺魁资格一样分飨余荣,同以艳名闻世了。除赛美会的实例外,像大众留念的蒋桂琴故事中,也有类似的情景可言。她不顾癌症的侵袭,仍以残废的一腿在大鹏校友会,唱最后一"出"义务戏——"红楼二尤",这种大无畏的勇敢精神,值得吾人钦佩,姑且不谈。惟其愿在同学徐露、钮方雨、邵佩瑜、严兰静、郭小庄一道中,为在氍毹毡上最后一露,增加义务戏的一分兴趣,已属难得。尤其在这"出"戏中为尤二姐配角的王熙凤向非台下重视,这次演出却由挂头牌的徐露担任,为蒋桂琴捧场,演来真是不同凡响,而使蒋桂琴的音容宛在人间!像今年台视公司庆祝春节特别节目,由电视明星串演大登殿,陕西籍的李伟小姐"去"王宝钏,河南籍的李虹小姐"去"代战公主,本已珠联璧合,各有风格,但为锦上添花,表现同乐高潮,并以阎荷婷、郭彩云、向君、刘丽丽等八位女星派作"跑宫女"的,其他男角以及"跑龙套"的亦复如此。说来,这都是以上上选的绿叶而扶持为其捧场的牡丹了。像戏文中,《西厢记》里的崔莺莺一角,能仁寺里的张金凤一角,向来都由近似零碎的角儿担任,以备一格。台视平剧社为使剧情紧凑,不落空档,一变此风,物色出一位可爱的绿叶,而把被选作牡丹的扶持起来。这就是说,西厢记的主角红娘既由钮方雨"去",能仁寺的主角何玉凤既由徐露"去",遂将崔莺莺、张金凤两角都特别委屈了邵佩瑜"去",这两"出"戏便显得角色整齐,天衣无缝,一样是相形益彰了。莲花榴朵都属夏,万紫千红总是春,谁说不是呢?

把上面两段话的含义广泛地引申到一般人事上,当可看出群芳斗艳,百花争奇的热闹景象,至少也免去孤芳自赏的冷落下场。不仅像春秋称霸,战国争雄时代,人才辈出,正是棋逢对手,将皆良材,在政坛上映出许多紧张刺激画面。就是像光武中兴,唐室开国时代,纵然对方非属强敌,而自己一方仍系人才济济,这就创造出云台二十八将,凌烟阁二十四臣的辉煌史绩,致其功勋留传后世,脍炙人口不绝。所以在前一例证下,如果不是龙争虎斗,便无好戏可看,体育比赛,强弱悬殊,只是一面倒下的败阵,胜者也是赛得不起劲的。在后一例证下,如果不是智勇众多,也或转胜为败,项羽虽堪任西楚霸王,可惜帐下仅一谋士范增,且不能用,自然要归失败;他如"蜀中无大将,廖化作先锋",也就注定了西蜀的命运。这和一支球队,本身既不健全,其在球场败北,又何待言。不过两个地位相当或环境相若的人们间,不能说毫无忌心存在,甚或显露于言行方面,有如深仇似海一般。从而诋毁你的前程,奚落你的行动,往往就是你的同乡同学或挺熟的朋友。其实这种作风只是一种短见,而非属于长远观察。慢说人以类聚,物以群分,同在一个行列中,自应肝胆相照,互相扶持;即如过去苏秦张仪的各有见地,诸葛亮、周瑜的各有主张,曾国藩、左宗棠的各有作风,看起来好像是相反,实际上依然是相成的。这,一经回忆到前述"丽姐身边无丑婢"及其推演的各种故事就明白了。说到这里,又想起一件例证,那就是淞沪战役中,商务印书馆的东方图书馆被日阀飞机炸毁,损失甚重,不得不暂时停业,以待整理,当时曾问上海棋盘街一带各中小书店,是否因商务印书馆停业而生意好起来?对曰"不特不好,而且更为清淡",盖,顾客往棋盘街者实以光顾商务印书馆为主,顺便到中小书店走走,遂得分飨其惠而已!可知果使同乡或熟友有其前程者,至少得较素昧平生的显要进言为方便。何况同学同乡或熟友而在高位,自己精神上也觉得很光荣了。这,仍然是前述"丽姐身边无丑婢"及其推演的各种故事的道理。

从"丽姐身边无丑婢"这个话题另外说到"情人眼里出西施"的成语上;两者却是有其区别。前一情形,是有客观的事实存在,也就是把圆满的表现以客观的立场素描出来;后一情形只有主观的构想,也就是把虚幻的情调,以主观的指示认真起来。浣纱的西施也罢,效颦的东施也罢,但在情人眼里彼此完全一样,不分高低。甚至于有时候看中了效颦的东施,反而以浣纱的西施为丑,这就是所谓"色中一点"而已!记得民国初叶,北平是髦儿戏(演员全部为坤角,武行亦然)天下,大栅栏内的广德楼,由花旦鲜灵芝组班演出(出入均坐豪华马车),当家青衣张小仙最负盛名,捧者甚众;张的口唇向上,为其唯一缺陷。但同学吴天放(笔名)是捧仙团的中心人物,他却说"小仙处处都美,而胜过他人的最美处,就在口唇向上的那一部分",便是一个显例。推而像社会上每每发生的色情案件,在报纸上刊出女主角的玉容花貌,或仅略有姿色,并不值得男主角为她失恋,为她情杀;然而她竟操纵了男主角的桃花命运,当必有其"色中一点",为男主角迷惘而不可自拔了。原来,所谓情人一般皆指单纯恋爱而不成为配偶者而言,至多也只能算是结婚前一段类似浪漫的荒唐生活罢了。那么,情人也者,无非饱受情感的支配,并不含有理智的成分在内,对于所爱的对象,如醉如梦,如痴如癫,苟非出于错觉,即属出于幻觉;这就难免以无盐而为西施,何况最能效颦的东施赝品吗?倘再把"情人眼里出西施"的话用在一般人事方面,像凭着一时的情感,致以朽木视为良材,或怀着一腔的私心,致以败鼓用为晨钟,都是不值得欣赏的勾当。杂货店不愿多卖这类货品,也就不必顾虑前后两种货品的比重平衡关系,强要仿照前一货品——"丽姐身边无丑婢"的东喊西喊,来对后一货品——"情人眼里出西施",照样叫卖了。

(1973 年 3 月)

知错仍错,错、错、错!
买空卖空,空、空、空!

杂货店今天开张,并不想对于正牌的货品有何叫卖,只是要给与其相反的误装及伪装两类货品,迎头一棒,使其暴露本色,知所警惕。在两类中的误装货品系指过失、错误而言,其反面当然属于正牌性的庄慎笃敬这类品质无疑。在两类中的伪装货品系指讹谬,空妄而言,其反面当然属于老牌性的诚实信用这类品质无疑。恕!老板仅是一个小生意人家,不像当今李国良先生在文字学上造诣甚深,殊难就所引的过失、错误与讹谬、空妄为彼此不同的严格分析而有地位轻重的处理。特本野人献芹的见地,不管一切,标出"知错仍错,错、错、错!买空卖空,空、空、空!"两类货品名称,就各该类货品全部的不正景象,予以揭露出来。现在,分别说在下面:

首从错误情态来源的过失行为说:

过失一辞虽首见《周礼·秋官·司刺》,为三宥的一种,历代各律也有"过失"的规定,但均无明确而肯定的解释。此因过失系联绵用语,而"转注"又为"六书"中要目之一,所以单独用一个"过"字像《孟子·公孙丑章》"然则圣人且有过与"是,或单独用一个"失"字,像《汉书·路温舒传》"臣闻秦有十失"是,既可互训,也可加重语气而为"过失"一词。此皆不算,而所谓"毫不在意"的"忽略","漫不经心"的"疏忽",同样可拉到"过失"一语的解释上去。实则最科学的训示,应推刑法上"误犯"方面的"过失"意义。那就是说,过失行为纵非故意,但按其情节应注意,能注意而不注意者便是,这就是一般所称的"疏忽";苟如行为人对于构成不法的事实虽预见其能发生,而确信其不发生者仍以过失论,这就是一般所称的"懈怠",不过刑法上关于过失行为的处罚,须以有特别规定者为限,否则便是刑法以外的普通过失,虽不论罪,毕竟是一种有缺陷的行为。我们知道,"人非圣贤,孰能无过,过而能改,善莫大焉";那么过失纵系人生经常遇见的事情,不可苟免,而其最宝贵的补救,便是改过自新,所以《论语·学而章》就载孔子说"过则勿惮改"列为吾人操行之一。不仅常人不能免过,望其能改,就是圣人依样不免有过,《孟子·公孙丑章》载陈贾以"周公使管叔监殷,管叔以殷畔(叛),知而使之也。"问孟子曰"周公知其将畔而使之与?"曰"不知也。"曰"然则圣人且有过与?"曰"周公弟也,管叔兄也,周公之过不亦宜乎!"孟子又续曰"且古之君子过则改之,今之君子过则顺之:古之君子其过也如日月之食,民皆见之,及其更也,民皆仰之,今之君子岂徒顺之,又从为之辞。"就是说,周公之过系出情理之中,但其能迅速改过而更正之仍能取得众人的信仰。反之,后世君子只知顺遂其过,非特苟且畏难,不能改过,并要巧辩为辞以文其过,那么,这种过失上的症状也就病入膏肓,深之又深,不可救药了。

次从过失结果所致的错误情态说:"错误"一词见于《礼记·明堂位》注,后转为"错迕"音同,或转为"错悟"声同,且用语上又有"错舛""错谬"或"谬误"与其同义。这仍然是属于联绵用语及转注的关系所致,实则错就是误,误就是错,《因话录》所谓"错认颜标"的故事及曲名方面所谓"误入桃源"的剧目,何尝不可改为"误认颜标"及"错入桃源"即知。然最合于科学的分析者,仍应推许法律学者对于民刑法上的错误解释,教育部出版的法律辞典详有叙述。这些错误都是由于行为人的错觉或幻觉致其意志表示与行为的结果相异所致。在民法上的行为错误约有三种情形:一为表示行为的错误,例如本拟以银表为赠,误以金表为赠是;二为意思表示内容的错误,例如欲将其物赠与张三,而误赠与李四即属其例;三为意思表示传达的错误,例如商业学徒误传主人的指示是。在刑法上的错误,向分两类,一为事实上的错误,系以实在的事实或可发生的结果,误信为不实在或不能发生,例如误信帐内无人而射杀卧者是;二为法律上的错误,系对法律不了解或不知,例如甲乙相约游园,乙爽约,误信在法律上有罪是。其他在行政法上的错误如唐律上公事失错的自觉举,今日公务员依法的自请处分,都系属于错误的事例。这些,诚然属于法律上对于错误用语的研究,但其周密分析仍可作为解释一般错误这一事状的参考。说起错误与前开的过失原是尊卑关系的一家人,那么,过失非人事上所能尽免,惟所求者能改过,不文过,即为上乘。错误自然一脉相传继承下去。今不惮重复,以下就错误方面说来:凡是知道错误的是在,即应痛改前非,有所纠正,万不可任性使气,将错就错,也不可文过添辞,一误再误,以致演成戏文上的"错中错",风俗上的"错到底",这都不是正常现象。梁启超说"以前种种,譬如昨日死,以后种种,譬如今日生",固系关于求变求新的训解;其中实不无知错正误的精神存在。因为错也,误也虽因错觉而造成,也有出于不得已的情形,正像君子之过在当时的环境上,不得不然,迨时过境迁,自不应因循苟且下去,而知错仍错,错、错、错起来。譬如说错买马骨,为求骐骥,等到卖千里马者纷纷而至,即无再买马骨的必要,譬如说,误信传言将人控告,虽系"误告",不犯"诬告"罪名,但若仍然误信传言,惹是生非,一辈子也打不完的诬告官司,而为职业性的被告了。所以一个人如发现自己的错误即应改面洗心,只要不再犯就行。老板会有舞台经验,演话剧时,当场错了台词或有一错误动作,必须当作已经死去,断不能惦念在心里,否则回忆了过去便疏忽了现在,即不免错上加错,误中生误,一发而不可止。这如说到公务机关方面有错有误,更不宜采本位主义,自护其短,或为下级机关或僚属撑腰,而以维持尊严或威信为其借口,要是这样说,那么,上级审判机关为什么能废弃或撤销下级审判机关的判决或裁定,不顾及其尊严呢?监察机关何以能对行政机关的措施行使纠正权,甚或对其首长行使弹劾权而不忌及其威信呢?至于遇见他人有错有误的时候,那又必须就正途方面以救之,不应就岔路方面而陷之。所谓正途,除了上开变更下级法院的裁判,或纠正行政方面的行为事例外,并得代为其补过。记得多年前北平伶工演出捉放曹一剧,曹操上场本应唱"八月十五桂花香",陈宫接唱"行人路上马蹄忙"的辙口,某名净角不知是故意或错唱为"八月十五桂花开",某名生角随即改为"怀来辙",唱出"行人牵马路上来",真是天衣无缝,没有破绽,这不是由于自己的文过,而是用为他人的补过,便值得世人称许的。所谓岔路,像隐善扬恶喜揭人短处,而以落井下石为快外,其甚者利用人的错误施行诈术,以骗取财物,这就构成刑法上的诈欺罪又不啻借刀自杀,横生枝节从他人的错误中,招来自己的罪过,更是要不得的错、错、错。

另从空妄形象来源的讹谬行为说:讹谬通称诈伪,四字均能单独成词,互为解释,其联绵为用,自不外加重语气的意思。人们的表示空妄形象,无非由于这些行为作祟乃系出于故意而为,有心斗法,实与过失、错误不同,难在原恕之列。所谓讹谬者,就讹字来说,除指"世以妖言为讹"见《尔雅·释诂》,或以"野火为讹"见《山海经》外,最普遍者即为"讹言"一语,《诗·正月》"民之讹言,亦孔之将";笺"讹伪也,人以伪言相陷………";《汉书·王商传》"此必讹言也,师古曰讹伪也"。无论言之为伪为妖,或火之为野,都应及时禁止,不然便"以讹传讹",斯言一出,便也驷马难追了。就谬字来说,或称其为"狂人的妄言"见《说文》,或称其为"欺也、误也"见《广雅》,《书经·冏命》称"绳愆纠谬",即此。所以谥法上说"名与实爽曰谬",而新语明诫"谬误出于口,则乱及万里之外",正其结果所在。那么,讹谬的用语,也就是"谬误"的意思,更系以"讹"字的成分加入其中。所谓诈伪者,就诈字来说,仍然为"欺也、伪也",《礼记·乐记》"知者诈愚",疏谓"欺诈愚人也"。我国古律,今日刑法,均有诈欺罪的列入,从而"诈欺""诈骗""诈罔"也就联绵而成一辞。此外,另有"谲诈"与其同义,《晋书·羊祜传》"将帅有欲进以谲诈之策者辄以醇酒,使不得言",可证。盖"言诈曰谲",所以《论语》称晋文公"谲而不正"。就伪字来说,依然是与诈字互训,见《说文》,如所谓伪造、伪态皆此,其欺世盗名的士人,遂称其为伪君子,其隐瞒真实而结证的人,法律更论以伪证罪是。另有所谓"譌言"者,并非即指"伪言",实指"讹言",或又解之为"谬言",意仍同于诈伪。诈与伪联用,迭见古籍,《周礼·地官·胥师》"察其诈伪饰行儥慝者而诛罚之",《礼记·月令·季夏》"莫不贤良,毋敢诈伪",《汉书·东方朔传》"二人皆诈伪巧言利口以进其身",庄子渔父"称誉诈伪以败恶人谓之匿"等等均是。诈伪联用以外,"伪诈"仍可成辞。《史记·淮阴侯列传》"齐伪诈多变反复之国也"是。据此,可知无论称为讹谬,称为然伪,都是存心不良,背于诚实,立意不正,失其信用,纵然一时得手,终必归于失败,自诈成为空妄的结局,俨似"买空卖空"而要落空了。不过话又说回来,讹谬或诈伪的行为虽招致行为人自己的不利,像《后汉书·王吉传》所说"诈伪萌生,刑法无极"是的,然受讹谬或诈伪祸害者,或也不免咎由自取,所以《荀子·礼论》上说"君子审于礼,则不可欺以诈伪",这才是涉身处世的正本清源之道,不容忽视的。

再从讹谬结果所致的空妄形象说：空字的联绵语,固然以"空虚"最为普遍,即引申为之也不过"使其为空虚"或"虚而无物之处"的意思。但这里要说的空却是由讹谬或诈伪行演变而来,便非单纯地空无所有的空虚,无非属于空妄罢了! 妄字的要义有二,一指虚而不实,法言问神"无验而言谓之妄"是,故亦称为"虚妄"。一指不法而乱,左哀二十五"彼好专利而妄"是,故有"妄诞"一语并存。妄诞后转为"放诞"系虚妄夸诞的意思,颜师古注《汉书·朱买臣传》"诞,大言也"可证。那么,由讹谬或诈伪所造成的空妄自然要演出类似买空卖空的虚妄而不法的把戏,非仅是空中楼阁,终于落空,并且是空中蛇蝎,自毁其身,岂不可怕,岂不可哀! 所谓买空卖空者,原指市场上投机者空盘交易的映影。逆料货价必涨,空指其货而买进之,俟涨价后再行卖出称为买空；逆料货价必跌,空指其货而卖出之,俟跌价后再行买进,称为卖空。其买进与卖出均不必实有其货,但就其先进后出或先出后进货价的差额计其盈亏而已! 这在股票市场的期货交易中,以抵充货价差额的保证金做其所谓

"少头、多头"的投机买卖者即此。这已属于射幸行为,不免陷入赌博道中,今虽禁止证券市场的期货交易,然在古今人事方面,以讹谬存心,诈伪从事,而出于类似买空卖空的空妄行为者随处可见。说起这一类行为的人,苟非"不学无术"者,便是"道听途说"者,既不肯潜心求实,长其智能,又不知守己安分,修其品德,且更"耻于下问",疏于旁征,是其所得(买)者一个空字而已!然渠等虽智能品德一无所有,却妄自夸大、夸张、夸谬甚至于夸诞成习而不自觉;谥法"华而不实曰诞",气虽壮而理不直,正系如此。反正拍马固不伤人,吹牛也不犯法,"打高空"(报导不实)也罢,"放空气"(自我为不实宣传)也罢,其所与(卖)者仍是一个空字而已!倘其仅属单纯性的买空卖空,纵使如此浮夸诞谩,无非以虚就虚,或尚不致藏有隐忧惹出后患。今若所买的空为空穴吹来的邪风,那么,其所卖的空,自然不外与诚实信用相反的歪风了。所以伪言曰讹,诈言曰伪,梦言曰谎,大言曰诞,狂人妄言曰谬,无验而言曰妄,以及所谓"妄人妄行"等等,都不啻为恶意的买空卖空者写照。老板也曾听说社会上有人喜于说谎善弄虚玄,座客在堂,不特妄言以交纳权贵自诩,且伪为权贵打来电话而听之,以取信于座客而售其诈术,这种人不仅能买空以求自处,并能诡辩巧言以坚其众。《汉书·景十三王赵敬肃王彭祖传》"持诡辩以中人,师古曰诡辩,违道之辩也";《论语》"巧言令色,鲜矣仁"皆其证。然无论如何,善有善名,恶有恶名,人无不喜实而厌虚,爱正而憎邪;实虚正邪,为客观的名,喜厌爱憎是主观的分,定此名分,万事便不会乱,人纵不能皆流芳百世,绝不应遗臭万年。那么,买空卖空的起源与结果,始终在空中兜圈子,不是欺世,便是骗人,在诚实信用的名分下一无所得而终归于空、空、空了。

  总而言之，任何人皆不能免于错误，要在知错而能改错，有过而不文过，这就行了。反之，任何人皆不应陷于空妄，自己不求长进而买空，自己不图振作而卖空，这就糟了。所以过失及错误这一类货品，虽与讹谬及诈伪这一类货品在今日杂货店开张时同样列出，毕竟仍有一席的差别，不可不为最后的声明。

（1973年4月）

"胆大"还须"心细" "顺理"更要"成章"

我们常说,某某人也,成功的秘诀,由于"胆大心细",真是一位干才;或说,某某人也,构思的周详,显属"顺理成章",真是一位奇士。那么,"胆大心细"或"顺理成章"的话,原本都是各自使"胆大"与"心细"配合起来,或使"顺理"与"成章"联贯起来,方足表现其价值,完成其效用,可想而知。所以不论在任何情景下,倘如只有浓厚的"心细"气氛,而无"胆大"的精神作陪,固然不能有何成就。反之,倘如只有雄壮的"胆大"精神而无"心细"的气氛在旁,依然不能操何胜算。同样,不问在任何环境下,倘如只有深刻的"成章"纹路,而无"顺理"的脉络结缘,固然不能有何前途。反之,倘如只有精微的"顺理"脉络,而无"成章"的纹路为助,依然不能得何措施。

何以见"心细"而不"胆大"的缺陷?《论语》上说:"恭而无礼则劳,慎而无礼则葸",虽系孔子以礼为吾人一切行动的标准,而使恭与慎得有正常的发展;但也可借用这两句话中的恭与慎为"心细"的代词,其所谓"无礼"者,在这儿自亦无妨作为"不大胆"的影射了。说来,恭就是"谦恭"的意思,可认为在处世方面,由"细心"气氛中表现出来的一种温和态度,乃对众对事原本应有的美德,不可厚非。然如胆量不大,气魄不足,一味谦恭到底的结果,便即成为自卑的心理,仰面看人,却是一丈高,退而看己,总有三分低;应走的路儿不敢走,恐怕当场亏礼,应说的话儿不敢说,恐怕多口失仪。这不仅个人的肃容冷面,低声下气,终日疲劳不堪,即受之者亦因答礼之繁而感其劳不休。请看《镜花缘》里的君子国,及《儒林外史》的一般酸腐人物,彼此之间,纵然不发生自卑感问题,而其起居应对,都是虚文假意,客套无已,确系劳苦难言,不知为了何来?再说,慎就是"谨慎"的意思,可认为在治事方面,由"心细"气氛中透露出来的一种适当措施,乃对己对物原本应有的善端,不可忽视。然如胆量不在,心胸不宽,一味谨慎到底的结果,便即发生自锁其身的畏惧心理。这种人不仅毫无武勇气质,或冒险精神,而且显属康庄大道的平安行程,由他(她)走来仍认为是"如临深渊,如履薄冰"的样子。所以穿过树林既怕落下树叶打破了头,走过草原又怕踏死了蚂蚁伤害了生命有损天和;其甚者便是杞人忧天,成为病态。世人每以"胆小如鼠"一语比喻彼辈,其实鼠性多疑,似为胆小,而其贪婪存心,并不见其胆小。那么"慎而无礼"者,其畏惧达于极点,更逊于鼠胆,这便特别称其为"葸"了。

何以见"胆大"而不"心细"的弊端?同样,《论语》上说"勇而无礼则乱,直而无礼则绞",也可把勇与直借为"胆大"的代词,把"无礼"为"不心细"的影射了。说来,勇就是"勇敢"的意思,可认为在达德方面,由"胆大"精神中表现出来的一种刚毅意志,乃对众对事原本应有的良规,不可浅看。然如心境不周,设想不密,一味勇敢到底的结果,便即惹出刚愎自用,疏于考虑,或鲁莽从事,不问后果的放纵心理。社会上的暴躁人物,江湖上的侠义好汉,往往只凭一时冲动的气愤,赴汤蹈火在所不惜,这就容易闹出乱子来,不特于事无补,反而惹出祸害。所以粗心胆大的小伙子,不能粗中有细,就不免因其勇敢而吃了亏，苏州人闹架，只吵不打，固然不足为训，北方人闹架，先打后说，依样是不上算的。孔门弟子子路好勇，当然是胆大无疑，惟其不免近于匹夫之勇，从而孔子就有"由也不得其死然"的叹语。再说，直就是"直爽"的意思，可认为在修身方面，由"胆大"精神中透露出来的一种坦白性格，乃对己对物原本应有的本色，不可丧失。然如心境不明出言不慎，一味直爽到底的结果，便即变为弗顾一切，急不择言的自曝其短，自夸其词的不正常心理。这种反常情形，被称之为"绞"，左闵元年"叔孙绞而不婉"，注"绞、急也"，急与切同义，故直爽过当，就成为"绞而不婉"，失去了直爽的意义。果使如此做来便会有"其父攘羊，其子证之"的大不韪的事件发现，这在旧律上子是干名犯义要处以刑的。在今日说，有此情形也是不成体统，起码违犯"亲属容隐"的道理，真是"胆大妄为"了。他如所谓不加考虑的"色胆包天"，不为斟酌的"贼胆伤人"，不知妙算的"虎胆扑空"，都是"胆大"而不"心细"所招来的祸殃！

　　要之，我们一切行动必须"胆大心细"地做来，乃可促成"真不惧"的气氛，发扬"大无畏"的精神。"心细"而不"胆大"，诚系一个懦夫弱者，必会落到"秀才造反，三年不成"的下场；惟如"胆大"而不"心细"，仍像一个狂汉粗人，必会惹出"成事不足，败事有余"的笑话。所以老板在杂货店里说"胆大"还须"心细"，俾免顾主买了"胆大"的货品而上了"不心细"的当！

　　何以见"成章"而不"顺理"的弱点？

　　《孟子》上说"德者本也，财者末也"并以"不揣其本而齐其末"为戒；这些话无妨借用在外里，藉作"成章"而不"顺理"的说明，原来，以"顺理"与"成章"对比，可说"顺理"是立于本体论或总则论方面,"成章"是立于方法论或条目论方面,当然这是相对的看法,理之外又有可顺之理,前一个理就变为章了;章之下也有可成之章,前一个章就成为理了。换言之,理在比较上属于较大性,章在比较上属于较小性,以宪法、法律、命令为例,宪法之理最大,不顺便是违宪,法律之理次之,不顺便是违法,命令之理又次之,不顺便是违章。宪法及法律乃基本理由所在,命令所成的章则,乃实施步骤所在。那么,如果眼光近视,智力不及,只知囿于"成章"的天地,而忘记"顺理"的存在,也就是明察秋毫,不见舆薪,舍本逐末,有尾无头了。譬如说,违章建筑有碍市容,既影响环境卫生,且复担心公共安全,照章应即不假时日,立予拆除,这样做来能说不是"成章"吗?然最初对于违章建筑并未严加注意而取缔之,不能谓政府无放纵的过错,迨你行我放,聚而成市,而欲雷厉风行的,令其拆除,未免于理不顺。况多数小贩微商贫户穷民,因此而毁家失业,而流离失所,势必惹出社会问题,更非合理解决办法。后来改行先建后拆的章则,才把这一不能顺理的"成章"问题,告一段落。譬如说,交通规则依章应该严格执行,不可放松,以保人车安全。然如不予以宣传期间、示范期间,遽即执行,处以重罚,固已于理不顺,且如官家对车辆行人遵守交通规则应有的设施,如各种灯光标志等等尚不齐备,又或朝令夕改,而即课人车以重责也是不合于理。其最甚者为章则上的超载问题,任何车辆的载重量,在车子出厂时,都有记载,超过载重量便是超载而要处罚,并无问题。其跑长途的计程车,取价廉,搭客多,一车挤满十余人,像沙丁鱼一样,当然是违章超载无疑,但通常四个门的计程车,依章除司机外,仅许坐四人,殊不知人有瘦有胖,载重量自不相同。六个瘦乘客也许比四个胖乘客的总重量轻,超载不以重量计,而以人数计,处罚纵系"成章"却是极不"顺理"。反而货车的超载,除显而易见,不知有无即时取缔告发,多系因超载而肇事后,才有发现而课其责任,这又是如何说法呢?

何以见"顺理"而不"成章"的失宜?大学上说"物有本末,事有终始,知所先后,则近道矣";不仅本末一贯,终始相连,若只有头无尾,有先无后,也就不成体系,而有所失。"凡事预则立,不预则废",这就是在理论已定,到了实践阶段,必须有所准备,预为打算,才行,把这些话借用在这里,那就是说,有了"顺理"的事实,还得使其成章,否则雷声大,雨点小,甚或干雷一阵,还是无济于事的。首而言之,像王莽、王安石,清末戊戌的变法,在时代的要求上,未尝没有"顺理"的价值,但都因实行操切,条款不清,且或错用或误信金壬,败乃公事,遂不能望其"成章",这就一败涂地了。次而言之,像施政计划的宣布,重要法律的制定,都是适合社会时代需要,而在"顺理"的价值上立于优先地位;但如关于施行细则,有其错误,程序规范有其偏差,以及执行者的人事问题不能连带使其"成章",便不免使善策良法有所走样了。再而言之,像我们做事,在道德目标上虽为"顺理",而在法律目标上不见得就是"成章"。抗战期间施从滨的女儿为父报仇,跟踪孙传芳甚久而刺杀之于佛殿蒲团上。这种大孝行为可以泣天地,惊鬼神,在道德上谁说不是"顺理"呢?但因自力执行,妨害公共秩序甚剧,早已不容于当世,在法律上绝对不能"成章",仍然要以杀人罪对她判罪,幸而后来经过"特赦"步骤以济法律之穷了。

要之,我们一切构思必须"顺理成章"地想来,乃可如愿实现周密的计划,如期收取圆满的效果。"成章"而不"顺理",诚系"断章取义",自立门户,必会陷于"坐井观天"或"以管窥豹"的结局;惟如"顺理"而不"成章",仍系空中楼阁,虚而不实,必会惹出"谈来头头是道,做来事事或非"的顾虑。所以老板在杂货店里说"顺理更要成章"的话,俾免顾主买了"顺理"的货品,而吃了"不成章"的亏!

　　据右各段所述,可知古今的干才,都是既"胆大"又"心细"兼而有之;中外的奇士,都是既"顺理"又"成章"两而全之。"胆大心细"固系一贯的事,仍须分成两端来看,方知不能有所偏重。"顺理成章"似为重复的话,仍要分成两段来释,方知不能有所独贵。世俗以"胆大心细"的说法谓其重心在于"胆大",而以"心细"补救之;或以"顺理成章"的成语,谓其要点在于"顺理",而以"成章"润色之;实都不免有所偏独而已! 老板杂货店的标题,或已犯了此症,合并声明。诸希原谅是幸。

(1973 年 6 月)

如不为周详的观察　便难有正确的批评

在论理学上有两种方法对立：一为旧称外籀的演绎法，即以一个所认为普遍的原理，推论特殊事物的真相是。数学中固已常用此法，尤以几何学为著，未可厚非。惟如偏于理论的学问，如命题偏而不备，纵可取其所见为特殊行为的纠正，却不能即时发现特殊事物的真相。一为旧称内籀的归纳法，即将种种特殊事物的真相，就其同点归纳而为一般的原理是。近代科学昌明，赖此方法居多。因其最能发现实在情况，而不落于虚玄，故在重视经验知识的学问上，不能不珍贵之。从而对于演绎与归纳两种方法的选用时，像在为世公认的人类职责上，民族意识上，立国精神上，社会道德上，已有定规可循，常轨可守，自然得适用各该普遍原理，规范其种种事物以范天下之不一而归于一，当然有尚于演绎法的运用了。然如对于一个时代的论述，一种事物的推断，即不应专凭主观的见解为演绎法的运用，总宜归纳已有的种种事物，从客观立场上求得最后的结论才行。换句话说，如不为周详的观察，便难有正确的批评，尤以论历史人物如此。

学然后知不足，教然后知困，年轻人尚在求知阶段，每因少年气盛，自命不凡，恃才傲物，喜作翻案文章。记得前清末年，老板等人尚读小学，虽已跟随同盟先进，鼓吹革命，慨然有澄清天下之志。

其中有一位程姓同学,改革意愿固极充足,但学问方面却甚幼稚,竟以"一物不知,儒者之耻"为据,谓孔子不知发明机器火车,当不能推为圣人云云。知其命题大错特错,惹得大家哄堂大笑。其实社会上一般所见"断章取义"的学子,一知半解的书生,望文生义的人才,似通非通,似懂不懂地胡诌乱扯一番,起码也是对于任何事物没有经过周详的观察,便难有正确批评,就不免强辞夺理出来,为方家执为笑柄了。所谓"学然后知不足"就是说观察多了,便了解天地之大无涯无边,绝非坐井观天,入穴观地所能自满,而想以自己的小小聪明,遮盖起天地间的大道理来。人们必须从学问中不断地取得经验,才会有其进步的。所谓"教然后知困",就是说"不经一事,不长一智",也就是"挨一锤,得一着"的意思所在。教由"修道"而生,必须将"率性之谓道"原原本本地为听者说出,这便非从各方面为周详的观察,以求解决其困难不可,更感头痛的是听者发问,教者必答,苟非素有修养或预先准备妥当,一定塌台无疑,至多是用"聪明以倒糊涂"的不诚实态度,敷衍过去罢了。从而年轻人如愿好奇立异,总得脚踏实地地求其创见所在,方可自成一家之言,高人头地,绝非以空虚的命题,投机取巧所能成功到底的。

　　说到这里,老板在"五四"前后,新文化运动中曾也闹出一个很幼稚的趣事,但却并非一定的根本胡扯。那时候"天大地大学生大,学生什么都不怕",虽在写作上同样如此,各自有其不成熟的主张,更不相让。当日各著名学人如梁任公等,一致推翻孔子问礼于老聃的旧话,认为道家发生在儒家甚或在墨家之后,现代几成定说。其主要证据是老子过函谷关,西入流沙,留五千言(即《道德经》)而去的史说,函谷关在今河南省灵宝县,即秦策所谓"秦有崤函之固,车不能方轨,骑不能并行"是,乃秦在战国时所置,而为孟尝君以鸡鸣狗盗之术逃出这个关口的。孔子是春秋时代人,当日并无函谷关设置,自然证明过关留言的老子是在孔子以后了。何况所谓孔子向其问礼的老聃,更不见得就是留五千言而去的老子。这在《史记》"老庄申韩列传"上对老子究竟为谁已难确定,况经唐代想托源于李伯阳之后,经过删改一番,留传于世更成疑案。然而老板那时候才二十三、四岁,年纪还轻,想藉这个问题大做文章,出出风头,先有一个结论,维持谢无量等的旧说,坚决主张老子在孔子以前,便从这个命题演绎下去,向各方面找材料搬救兵以实此说。首先把《论语》上"人能宏道,非道宏人"的话,作了曲解。本来,这个"道"字系指儒家自己所说的道,如"率性之谓道"是,却强认是老子所说"道可道,非常道"的"道",那么孔子显系以"儒家的人治为主而反对老子的道治",作为老子在孔子以前的一个证据。这种想法,真是穿凿附会该打手心十下。说到老子过关留五千言而去的史话,乃指老子所过的关,并非函谷关,而系武关,武关在今陕西省商县南,春秋时已有之,或称少习,汉高祖伐秦即系由此入关中是。老子为楚人,西入流沙,当以取道武关为近,何必绕道函谷关而去。这段故事,是先有结论,后求证据,想在当时与已知名的人打一场笔战,抬高自己的学术地位。可是那些知名的人,都是"老谋深算",只口头称赞老板说的还有道理却不和老板交手,或系认为"胜之不武",就这样放了一个空炮了事。如今想来总觉得犯了年轻人好奇的毛病,对惯用不成熟的命题而偏于演绎法的尝试的老板来说,实是一种笑坛的回忆了。

近年来坊间出版一本《中国通史》,为某大学历史学家执教者所写,似一位年轻人的作品,竟异军突起,写出一篇出乎寻常的史评。因原版已改,无从查阅,据传,该书强指岳飞及南宋中兴名将韩世忠诸人为军阀一流,虽在剿平国内匪乱不无功劳,但一遇金兵非败即逃,而其骄纵傲主,不可一世,揆情度理自非惩治之、诛伐之不可云云。果使传言非虚,这真是一篇颠倒是非而歪曲事实的特异翻案文章,宜乎惊动文坛,要受社会的指责了。先不说岳飞,且以韩世忠为南宋中兴名将之一为例而论:世忠延安人,与老板还是同乡。其在幼时即已鸷勇善战,败西夏,擒方腊;高宗南下,如钱塘,值苗傅、刘正彦劫帝叛,世忠攻破杭州救帝解危,这些功劳不算,尤其金兀术领兵十万南犯,世忠以八千人屯镇江,大破金兵于黄天荡,授神武左军都统制,复以建康镇江、江东宣抚使仍驻镇江,金人与刘豫合兵分道来攻,世忠设伏二十余所大破之,时称中兴第一功;其夫人梁红玉世称梁夫人,于黄天荡之役,曾在焦山寺战场上,执桴击鼓助战,士卒大奋,金兵卒不得渡,且因黄天荡之役,兀术几成擒,凿河而遁,红玉公而忘私,竟奏言世忠失职应加罪责,举朝为之动色。难道这些史实传诵当时,通史作者竟未涉猎,或强指其为谎言吗?韩世忠后因不合秦桧意,且有抗金之忌,或因救驾功劳仅收其兵权,罢为醴泉观使,然于卒后仍谥忠武,并在孝宗时追封蕲王,倘无攻金之功,何克致此?再就作者视为军阀主角的岳飞而论:岳飞汤阴人,在其三十九岁生年中,除对内破李成,平刘豫,斩杨幺的功劳外,在宣和中,即以敢战士应募隶宗泽帐下屡破金兵有功,高宗手书"精忠岳飞"四字制旗,以赐之,这是事实,谁能否认?飞因战功官至太尉又授少保为河南北诸路招讨使,未几,即大破金兵于朱仙镇,朱仙镇在今河南省开封县西南,为我国历史上岳飞破金最有名的战役地,难道也是假造的吗?飞大捷以后,欲指日渡河,再战歼敌,收复失地(燕南十六州),迎回二帝,乃秦桧迎合高宗意旨,力主和议,一日之间,降十二金字牌召飞返,复嗾使万俟卨劾飞捕下狱,死于风波亭,飞被杀后,和议即成,称臣纳贡于金。这又岂能谓岳飞是一军阀而不奉诏还京呢?盖二帝如归,徽宗业已辞位,钦宗当即复辟,自非高宗所愿,于是宁作偏安的儿皇帝,绝不想让岳飞战胜金兵,光复中原后而脱下自己的龙袍。金人知其然便允秦桧和议献策,而以杀岳飞并以送还高宗生母为条件了。高宗生母离金时,钦宗请其转告九哥(指高宗),谓自己只望生还,并无他想,仅愿作一太乙宫使足矣。太乙宫使是宫内所设道院的看守人,微不足道,实则与虎谋皮,那能让他(钦宗)归来。岳飞精忠报国的心情就在这一政治暗斗夹缝中被牺牲,高宗生母回国不知底蕴,还问岳飞何在,不知东窗之事尚未败露,而岳飞却已早死地下,仅有所谓"精忠柏"者自始即有所忿。事为岳飞被害于风波亭时,亭外有柏即枯瘠以死,自宋至清,枯立不伏,时以为飞死之应因称精忠柏云。通史作者对这些政治隐情社会观感,能真以"新历史学家"的新眼光而视若无睹耶?果真岳飞只是一个军阀,而对抗金不力,试问岳飞遇害是高宗绍兴十一年,时为公元1141年,二十年后孝宗即位(在位二七年)曾诏复岳飞官,谥武穆,在数十年中即冤狱大白,何致糊涂如此!尤其在宁宗庆元四年,时为公元1204年,追封岳飞为鄂王,改谥忠武,距其被害不及七十年,当日所见之真,究比八百年后之由通史作者所见者为可信,乃竟曲以为说,屈以为论,未免过矣!

有人对通史作者曾作辩护,谓作者对岳飞及南宋中兴名将的批评并非独创异说,实系根据《文献通考》而来,有凭有据绝非假造云云。然虽如此,未必即能自补其过,既以《文献通考》所说为据,总得有一番缜密鉴定才是,今不周详观察追寻其故,而引用之,即应由自己负责,殊不应以前人的错误或别有用心的论述作为自己照样批评的护符。吾人固知长达三四八卷的《文献通考》是一种有名的巨著,且因之而有明王圻所著的续考,清乾隆间敕撰《续文献通考》及《皇朝文献通考》。然首创《文献通考》作者马端临其人,对于岳飞及南宋中兴名将的论述实大有问题,绝非由衷之言。查马端临乃宋元间乐平人,或径称其为元代人,宋度宗咸淳中,中礼试第一,虽博览群书,终不及陆秀夫文天祥的忠烈为人,以死殉国。入元后,初固隐居不仕,终乃起为学官,不久乞归,至少为一亡宋不死,而仍与仇往还的学人。岳飞及南宋中兴名将均系民族英雄,抗金到底,元虽为鞑靼人,既系入主中国自然与女真同样对抱有收复中原决心的岳飞及南宋中兴名将有其嫉恶,马端临入元而求不死,岂敢夸大岳飞及南宋中兴名将的武功以招鞑靼人所忌。为求自己活命苟存,惟有将岳飞及南宋中兴名将为曲笔的论述。通史作者既为历史学者,事虽在数百年以后曷竟不能对此有所了解,而仍引以为证呢?老板这一段话绝非推测之辞,请看岳飞在明代的地位,并不低于关羽,戏曲中也多演岳飞精忠报国故事,如姚茂良及李梅实,分别所写的《精忠记》两个剧本即是。到了清朝,满洲人入关,以岳飞为民族英雄招忌,故尊关抑岳,文圣武圣遂为山东一人——

孔子,山西一人——关公,而"关公戏"便遍传民间,大家对岳飞只有游西湖,到岳坟上凭吊了。马端临处于元世,贬落岳飞及南宋中兴名将地位,从宽一点说,在求其本身的生存,当有其不得已的情形,今人论史,实在不可照样画葫芦落到一误再误的缺陷。不过话又从别处说起,这件不满岳飞的事情发生以后一度传说岳姓族人要依刑法第三一二条第二项的罪名,对通史作者控告,这就未免藉故生节,徒惹一场风波而已!慢说该条规定限于被害人的近支近亲有其独立告诉之权而且还系告诉乃论的罪名,不是任何人得为告发而由检察官提起公诉的。何况今日岳姓族人不见得就是岳飞后代,宋代汤阴岳家既非限于岳飞一系,其他各地姓岳的人还是很多,应无告诉权可知。就令在今日汤阴岳姓有家谱可查,某一岳姓人是岳飞的直系血亲,且其提起告诉乃论之诉,也不发生"与被害人明示之意思相反"的情形,但距被害人死亡已达八百年以上,其所述者近于儿戏,并无有损于被害人在历史上的光荣地位,自不必追根问底,深予追究。果使其有此演变,结果势必发生一种可虑的副作用,那就是不免阻却了后人论史的勇气,对于史学的前途,是有更大影响的。其实这些话都是老板闲坐书室的推论,据知岳飞遇害时秦桧抱着斩草除根的决心,株连了养子岳云、女婿张宪,是否另有直系血亲传世,尚有可疑。只因老板忙里固可偷闲,闲里又系甚忙,未及翻阅史籍,查个究竟,对此问题惟有抱歉罢了。

总而言之,通史作者对于岳飞及南宋中兴名将的论述,显系失实,只因在下结论以前,未对各种史家作周详的观察,而又不深入研究马端临所处环境，故作违心的断语，竟以之为据，未免过于粗心，而失历史学家应有的客观态度，也或是一时误用了论理学上的演绎法而然。这和老板幼年时代，喜作翻案文章，不惜先有结论，后找证据的显著毛病相同！甚望年轻的朋友在写作时候，慎之，慎之！

(1973 年 5 月)

宁让他人负自己　勿让自己负他人

　　凡喜欢平剧的人，谁都知道在"捉放曹"一剧里，曹操因起疑心，杀了其父执辈吕伯奢全家，连吕翁也不免被杀一死；陈宫阻而不得，自然有所埋怨。曹操便大言不惭地说出"俺曹操生平作事，宁教我负天下人，不教天下人负我"的话，似乎在《三国演义》上也有同样记载。言论界曾有人为孟德辩解，认为这话系由"某某"所说，不应写在孟德帐上。然而所指"某某"也者，老板已难记忆其为谁，当非显要而著名的人物，纵使某人曾有斯言，无非对人吹一阵牛，并未将事做到如此地步。若夫曹操，就令没有说过这话，但却于事有征。为了伐冀州，平袁绍，官渡一役中军粮有亏，士气动摇，曹操便假指粮官克扣军饷，致发粮不足，即军法从事。这还可说兵不厌诈，不得不然，而且在这场战争结束以后，将告密其部僚通敌的函件，全部焚烧，以安左右之心，足以补其对粮官借头的缺陷。但陈宫毕竟是他中牟县解脱罗网而得活命的恩人。吕布兵败被擒，操在白门楼，初既有心收吕布为将，苟非桃园弟兄阻挡，当必实现；继又不怨吕布部将张辽的辱骂终于使张辽归降；独因陈宫在他杀吕伯奢后，于宿店中留柬潜去的一点恨怨，偏偏饶他不得，这才符合了"捉放曹"戏文上"宁教我负天下人，不教天下人负我"的话。以上云云原是历史演义或戏文里的闲话，姑且放下不谈，只就那两句语的本身来看，最好是反过头来说"宁教天下人负我，不教我负天下人"，这才是大公无私极为完善的话了。老实说，这两句完善的话，仍然不出乎老板历次所说忠恕的道理。"宁教天下人负我"是把恕字做到了极点，"不教我负天下人"是把忠字做到了尽头。"夫子之道，忠恕而已矣"，无所不见，无微不至，在这里更知其然。不过在老板方面，甚或一般普通人方面，并非得列大器，自知才干不足，虽认为"宁教我负天下人，不教天下人负我"的话不当，却也不敢一百八十度的大转弯，以超凡出众的口气，为"宁教天下人负我，不教我负天下人"的自况。从而不得不缩小范围，从这一类的语气上，为忠恕两字的阐明，最初原拟改为"宁让他人负我，不让我负他人"的话，或使忠恕的道理在像老板这样普通人方面容易实现了。然仔细想来改用的这两句话，还嫌过于落实，似专为个人而谈，未免失于标榜，便又改为"宁让他人负自己，勿让自己负他人"，谁都可以这样做，不以老板为限。说到这里，还要交代一下：无论是旧话是新语，其中所说的"负"字实含有亏欠的意思，与俗话上"对不住……"的深刻看法相当。所以"宁让他人负自己，勿让自己负他人"也就是说"宁让他人亏欠自己或对不住自己，绝不让自己亏欠他人或对不住他人"罢了！这不是推己及人的恕道，尽己而为的忠道，是什么呢？

先就"宁让他人负自己"的话而观：俗话上说"吃亏是福"便是。他人虽在利害关系上，尤其在金钱利益上倘不伤害我们自己的人格或名誉信用，其有对不住我们自己的地方，惟有淡然处之，绝不应存有报复的念头，怀恨在心。因为这样一来，慢说失去退让风度，并要节外生枝彼此纠缠不清，浪费了许多宝贵的有用光阴，真不上算。所以吵嘴打架，无论谁为有理，都是由于两方面惹出的，一个人绝不会吵起嘴来，打起架来。何况他人亏欠我们自己，我不计较，自己不待修真养性，早已永久处在平静和谐生活中，那又何乐而不为呢？所谓"一生不恨人，便难有烦恼，每日不怨人，真是活神仙"是。即令对方无理逞凶地亏欠了我们自己，在无反抗必要时，也无妨放他一马过去。他如不因此而知反省，改悔自新势必自鸣得意，变本加厉，普遍地对任何人都亏欠起来。须知强中更有强中手，一样药方照样配，终必有好事者以其人之道还其人之身，使他饱受超过我们自己即时所予报复的痛苦，那更何必由我们自己预发慈悲认为"孺子可教"，而以轻微的报复手段教之呢？闲言休叙，且归正传，"宁让他人负自己"这话的道理，其出发点总要归根到前头所指推己及人的恕道上面。恕道就是要原谅他人的苦衷，惋惜他人的遭遇，而从推己做起。换句话说，把自己所能碰见而想取得他人谅解的不幸处境推想到对方身上有此同一逆流，这就不得不予以同样或更广泛的宥恕了。从而他人对我们自己所施，纵使极不合情顺理，一时固然气上心头，不可遏止，但经过深思之后，也就平淡下来。认为他人所以如此对不住我们自己，或许有难言之隐，或许出于一时之误，甚或由于其人根本无识，难以理喻；如与计较，胜之殊属不武，更或由于我们自己不慎引起咎由自取，致招其人忿怒又当怨谁？那么，不说别的，就令其人对我们自己确有亏欠地方，让他留下终身悔恨，也就算了，何必一定认真要分个胜负。譬如说，男女青年们海誓山盟而订白头偕老之约，其中一造为德不终，见异思迁，变为负心人，如果为这种无义的小人而情杀，值得吗？只有让其负我罢了！譬如说知交朋友间，同心协力而有互助创业之举，其中一造安乐难共，见利忘义，变作负义人，如果对这种无信的败类而气愤，值得吗？只有让其负我罢了！仿佛远在多年前，一个盛大的惜别酒会上，曾发生不愉快的个人小小故事，也许出于误会，无妨略为一提：惜别的客人在职甚久，人缘还好；老板仅系兼职别所，虽未为其左右，但曾多次见面，有所畅谈。当日，接到酒会通知，并请同人自由捐助酒会费用，老板以与客人既有多面之缘，乐于襄助此一盛举，遂在别所专职同人不少是"人到礼不到"情形之下，慨然应命捐助。那天，本有其他要事待办，便提前赶往会场，原想一打招呼即退，藉表惜别之忱。谁知老板两腿患有风湿痛，场内人多并无座位，竟站了半小时以上，才见客人到来，于是迎上前去，拟与握手示意，客人却极冷淡若不相识，只点点头，并无笑容见于形色。这一下，不免对老板泼了一盆冷水，放着正事不即去办何必凑热闹，非仅花钱买气受，而且旷时求罚站，真不值得！然而过后一想，他那时在数百人潮中，忙晕了头，而老板又是一个不为所重的小人物，在他或有隐情，又值应接不暇情形下，难怪嫌老板这般人多事而为他惜别了。其实老板向来短于目力，视觉不佳，虽极熟的朋友街头相逢，远临五尺以外，也因看不清楚未打招呼，即属对老板向有恩德的人，仍尝由此发生误会。老板每每因此悔恨希望他们对己有所原谅，"将心比，都一理"，老板又何必独对惜别会上某位客人的冰冷态度而不原谅呢？不过老板年近八十，偏偏记忆力尚强，虽此小事还不能完全忘去，也可说对于恕道仍有未做到的地方！

次就"勿让自己负他人"的话而观：俗话上说"勉力去做"便是。慢说他人对于我们自己有其恩惠厚待，遇有困难发生，吾人自应赴汤蹈火，予以解救，既不能忘恩负义落井下石，也不宜袖手旁观，视若无睹。甚如他人虽与自己立于陌生地位，两不相关，一旦发生患难，喊出求援的呼声，本于道义上的责任，仍不能无动于衷，坐而不救，"远亲不如近邻"的话便是从这一道义观点上发出，以鼓励人们守望相助，见义勇为的精神。就令他人原系对不住自己的负心人或负义人，依然要衡量轻重，当其呼援求救的时候，至少也宜予以精神上的安慰或告以正确的解决办法。"恩将仇报"，过河而拆其桥，固属不可，"以怨报怨"无非还牙还爪，更失其策。从而义之所在，仁之所向，虽对他人明知其为而无效，还是应该奋勉从事，这就是儒家"知其不可为而为"的道理，也就落到杀身成仁，舍生取义的悲壮结果。说到这种精神与成就，原非为表彰自己，乃系兼为拯救他人，老子所说的"为而不恃"同样含有这一意义。若就儒家的思想深一层说，还是要归根到前头所指的尽己而为的忠道上面。忠道在一般解释里，过去君主时代是对君曰忠，用在现代民主国家方面可说是对国曰忠，详细地说也就是对国家、对民族、对领袖曰忠了。其实忠既系尽己而为的意思，其对父母虽称曰孝，对兄姊虽称曰悌，对配偶虽称曰义，对朋友虽称曰信，但由自己方面看都是要从尽己而为做起。那么，忠于国家、民族、领袖，忠于家庭、朋友、社会，以及为职分而行忠道为责任而守忠道，都可说是，从尽己而为中致不负人，又何尝不可呢？所谓不负人者在尽己而为的作法上，也就可认为是由不负己做起，所以不问处于任何情形下，只要兴于仁、合于义，即不应亏欠自己作人的责任以致避而不为，为而不力，自然同样对于自己有所亏欠。古人说，清夜扪心无愧屋漏，就是持身处世，尽己而为，做到一个忠字，于不负己之中而不负人。历史上所传的忠臣孝子，节妇难友，义仆侠士的可歌可泣、可敬可颂的故事，都可说以不负人为其出发点。若使由于自私，贪图小利，离开做人之道，表面上是为己，实际上是负己，当然要招来许多罪恶亏欠了自己，并亏欠了他人。即令不然，倘非积极在兴于仁，合于义方面有所作为以尽此责，仅知冷眼旁观，以忘其分，依然是消极而不负责任，不仅对不住他人，同样是对不住自己的。不负人既由不负己而生，人莫有不爱其本身去维持人的灵格，安仁行义才算真有所爱于己，不可因一时的利害关系，眼前的是非观念而舍其本逐其末。从而想要不负己而在做人的范围内行事，纵使他人曾负自己，自己对其行为既为宥恕，遇其显有困难，不惜自认非属"好马"，向自己来吃"回头草"有所求援。如系正当请求，本诸自己不负己的做人道理，也无妨拉他一把。若仍存恨意，不为援手，那便失去尽己而为的不负己精神了。本于恕道而不恨人，固使自己常处无烦恼情况中，本于忠道而化敌为友，更使自己永处在快乐气氛中，这是我们自己所能找到的幸福，又何避而不为呢？

最后还要说的话是："宁让他人负自己，勿让自己负他人"或"宁让他人负己，不让己负他人"这一类话，当然比"宁教天下人负我，不教我负天下人"那一种话是缩小了范围，减轻了口气。然仍只是在做人的道理上立下一个最高准绳；虽想努力完全实现，而在实践上总或不免有些出入。因为一个人固然能从理智上以决定其意志，但同时又多不易离开感情的作用，受了感情作用的意志，其行动在实际上就不免对这一类话的存在，多少有其影响的。《中庸》上说"喜怒哀乐未发谓之中，发而皆中节谓之和"，可见能使感情作用归于中和地位，确属必要，那么，"致中和，天地位焉，万物育焉","宁让他人负自己,勿让自己负他人"一类的境界,也就容易实现了。同样要注意的还有一事,那就是想完全实现这一类的话,既决于中和之道,所以他人如侮辱或伤害我们自己方面的人格名誉信用,即应与之理论或诉追,绝不应以"宁让他人负自己"为说,而吞声忍气承受之。反之,他人对我们所要求的援助,苟悖于仁,害于义,我们更不应以"勿让自己负他人"为说,而鲁莽从事附和之。总之,忠恕之道虽为我们自己持身处世的至宝,仍然有个分寸,而由中和气质衡量其间,才能归于恰到好处,探得人生妙谛。

(1973 年 7 月)

本来为歇夏　　也许要休工

　　杂货店里预拟陈列的货品，尚有两类有待叫卖：一为"地老天荒情不老，月沉日落志难沉"；一为"人同此心心无二，心同此理理不殊"。惟因时值夏季，火伞高张，又无台风肆威，带来凉爽，如非老板患有怪病，经常感冒疲劳为其先驱的症候，即使由于炎阳当头，热浪难忍，终日懒洋洋地莫可奈何，好像得了四川五通桥一带的"爬病"一般。因为今年入夏以来，台北市气温骤然上升到摄氏三十五、六度，不仅经常高于本省嘉南、高屏的较南地区，且比东南亚各重要城市为热。虽有冷气机、电风扇可以解热消暑，然冷气机一开，每引起老板的关节痛，举步而不能行，电风扇一吹，又招来老板的感冒病，发热而不能食。何况为了节省能源，也不宜昼夜不息地浪费电力，徒求一身的安适呢！要说暂时搬到高山幽谷的地方去消夏避暑，非特个人无此经济能力，并因议事机关延长会期近三个月，由于个人的责任所关，更不应离开自己岗位，拿了出席费去找个人的安闲享受。在此情形下，老板再三考虑，只有将所兼的副业杂货店用"歇夏"的名义暂时停市，所以上期仅将"杂货店一位顾客的话"刊出，虚应门面，并未由老板亲自叫卖货品，就是这个缘故。事既如此，遂在今天特别交代出来，还希各主顾原谅！

　　说起"歇夏"一语，原系北平梨园行所创，上海伶界也偶仿之。

据说各戏班一入夏季因为园子上座欠佳便都解散停演,到了秋后天凉,再行组班开锣。所以西北各省常说的两句话,就在当年北平不能完全适用。这两句话是"热不死的花脸,冻不死的旦"。因为在舞台上旦角的亮相,无论如何,须得轻盈举步,婀娜生姿,最忌肥胖臃肿,做戏失去灵活。为老板说戏的李宝琴玩意儿确系不错,清末时常入宫,取得"供奉"头衔,只因诨号"胖宝琴"便不能以梅巧玲(梅兰芳之父)、王瑶卿(王凤卿之兄)等人并驾齐驱。民国元二年一时盛称的"北王南贾",王蕙芳虽然被后起的梅兰芳迎头赶上,仍能享其盛名不衰,独自与当家老生王凤卿搭配组班,直到最后居住南京,为公余联欢社聘为教练,已是花白头发的人。贾碧云却因身体一天发胖一天,衫披一天改宽一天,最后因生活所迫,不能离开舞台,遂不免变为小杨月楼及刘小蘅的配角。固然胖人不怕冷,但舞台上的旦角却是最怕胖,尤其演苦旦的、演小旦的,一胖还有什么可看?他如抗战胜利后,复员南京程砚秋演出古装某剧,有舞剑一场,因身体发福,过于丰满,粗腰怎能作"掌上舞",也就不像那么一回事的。从而旦角上台,纵在严冬冰天雪地,气温零降至下,除行头披挂外,内身绝不能以厚衣为衬,说也奇怪,由于表演兴趣甚高,极力想讨采声,也就不觉得冷是什么?记得五十余年前除夕夜间,在北平骡马市大街第一舞台,老板等多人演出某外国剧本,向驻华公使衙门(即公使馆旧称,当时尚无大使阶级)借来多套外国夏季衫披,非绸料,即缎料,贴身装扮极为单薄,一时均无所感其冷,距"冻死"的途径尚有十万八千里呢?反而言之,唱花脸的净角,无论是铜锤花脸,架子花脸,或摔打花脸,其在舞台上所亮出的相,终得有魁梧的身材扮就彪形大汉的样子,像唱做俱佳的铜锤花脸典型的裘桂仙,可惜个子稍矮,他特制的靴子,靴底就比别人高出了数寸,以补其短。这些净角通常都须高肩满胸,便需用特制的厚棉披挂作为衬衣而为伪装,有时并须腰间围以棉垫作衬,尤以扮演阴曹判官的花脸假带更为丰富,臃肿不堪,纵在盛夏登台,依然率由旧章不改。西北各地收割麦类都在夏季,各村敬神演戏,连绵不绝,旦角在这时候登台,轻衣薄裳固甚凉爽,花脸却负荷甚重汗出如浆,时时由"检场者"付以纸张,贴面沾汗(不能用搽,搽则花脸花成一塌糊涂)。所谓"热不死的花脸"这句话,就是由此而来。然在北平梨园行既创了"歇夏"一举,花脸热死不热死,便不免成了一句废话。不过时代进步,今非昔比,冬天演戏有暖气,扮罗通者可以赤膊上台而演盘肠大战?夏天演戏有冷气,扮欧阳德者可以反穿皮袄上台而在"大江英豪"中打趣。冻不死热不死的话显然都成为过去的陈言。以外,过去北平的某一行业,在夏季也都停市,俗仍袭用其名称为"歇夏",其最热闹的时光,乃为秋后复业,而以所谓"开市"捧场为著。

北平地处北境,夏日原无南京汉口重庆的燠热,说不上什么"歇夏"的话。老板于民国五年即到北平读书,继而做事,十五年初夏始行离去。除民八、民十一暑假回家乡外,八个年头均在北平过夏。最初,每值夏季经常于下午三时以后,带一本想看的书,买票进入中央公园,坐在长美轩树荫下的茶座藤躺椅上看书,有鸟语可怡情,有面点可充饥,腻了可走走散步,直至晚间十时左右,将书看完乃结账离座而归,不只老板个人如此,其他茶客同然,这真是消夏的好去处。中央公园为清代的社稷坛,在天安门内右侧,国民政府进入北平,改称中山公园。园内古木参天占地甚广,通路幽径遍布各隅。路旁有休息凳，门侧有荷花池，同生照相馆、体育弹子房分号，皆设于园内西隅。中菜除长美轩等四家商号同位于西隅外，西菜则有"来今雨轩"一家，独位于园的东隅。"来今雨轩"为当日北平著名的西餐馆，规模宏大，得未曾有，乃北洋军阀及政客们宴客的经常所在。侍者特别受有训练，数百客人齐集，招待有条不紊，而且迅速利落，不致客人有拖泥带水之感。当日北平的中央公园，不特为个人夏日游息的地方，一切公共关系的活动也集于此。其中举国闻名的追悼会，像民五各界为追悼黄克强、蔡松坡联合所开者，像民十四为国父设灵于此皆是。国父由铁狮子胡同十三号顾维钧旧宅逝世后，移灵公园设奠，上下灵车皆由于右任同志八人亲抬灵柩就位。当日预定段执政芝泉亲来致祭，临时因故托言礼靴小不能穿无由前来，此种遁词殊为可笑。公园也恒借为各慈善机构义卖或赈灾筹款用途。像为陕西、山西两省赈灾，前后两次搭台演出话剧筹款是。前者为老板首在学校以外戏路趋向反派的纪念演出，后者为山西国会议员李庆芳所办，当日因老板乘人力车往公园时，经过"前门"为载酒重车所撞倒地，醒觉已在医院中，故未演出。李君热心教育，办有怀幼小学，教职员学生均喜话剧，老板一度组织的实验剧社即依之为班底，今日邵氏公司前辈演员及导演顾文宗，即怀幼小学的学生，年仅十岁即与老板同场演出。

再说，中央公园为消夏盛地外，连续发现两个所在，一为城南的先农坛，一为城北的十刹海。先农坛原未开放，因当局拟开辟"香厂"一带市面，从"新世界游艺园"及春明大戏院（薄殿俊所创，史海啸为经理）后划出先农坛一部分为城南游艺园其在游艺部门以外的茶座，地位宽敞，风力拂面，倒也是一个消夏的胜所。十刹海本系湖名,俗借其为地名,乃西山玉泉山诸水所潴而成。有前后湖之别,后湖在德胜门内,面积较大,景色称逊,有桥曰银锭,通前湖,并有题名十刹海的佛寺,为明代所建。前湖在地安门外,环岸皆垂柳,塘内多菱荷,同为夏季胜地,记得五十年前,老板曾游于此,商贩设肆招待游客,并有文明戏班张笑影,搭台演街头戏。然其为老板所特别记忆的一事,即此地有一冰窖,内藏天然冰,左右上下累积甚广甚高,趁冬季湖内结冰而采存者。老板曾下窖观之,虽在盛夏时光,宛如深秋气候,迄今思之,犹感凉爽不已。当日北平尚无风扇取凉,富家每备特置的高深木箱,置天然冰于内,箱顶有空隙处化冰的冷气由此透出,室内顿觉暑热退去。至于市上商店,尤其理发店、洗澡池、茶肆酒楼,仍沿用古老的方法,以厚布制成或厚纸糊成而在空中垂吊的长形风扇,由地上二人前后拉之,摇动空气生风,藉以解热,在这情形下,自然要视天然冰如获至宝。其实北平城内消暑的地方,还有外城西南隅南下洼的陶然亭可取。陶然亭为清江藻建,系取陶潜时运诗"挥兹一觞,陶然自乐"之意而名之,乃士大夫游乐之地,尤其夏季约二三知己纳凉于此为宜,亭附近有"鹦鹉冢"一处,系好事者葬其爱鸟而为之,有石刻茂文,一时传为韵事。但在鹦鹉冢旁,另有清季一度为"状元夫人"的名妓,并在八国联军入平出足风头的赛金花赛二爷,死后也埋骨于此。赛的晚境甚苦,促居天桥一小屋内,过去侍婢尚不忘旧与之同处,文人雅士闻得消息后,多往探访周济以至于终,并由大作家杨云史为撰墓表传世,乃不知赛二爷当年亦歇夏否?老实说来,夏季住在北平,纵不在郊外西山一带的玉泉山、香山、翠微山、潭柘山置有避暑山庄或假日往游颐和园(万寿山)或三贝子花园(民国后改为农业试验所）纳凉，但城内三海当日已曾开放，老板夏季也不断来此消暑。三海旧称太液池，又名西苑，在新华门以内，由玉泉山之水潴成，池上有桥，桥北曰北海，以南名中海，瀛台（清光绪帝被禁于此）下称南海。当老板旅居北平时，夏季曾于中海附近，见有人造溜冰场一所，更增过夏风光。

　　由上面种种情形说，北平真是夏季福地，那知"人在福中不知福"，东交民巷许多国家"驻华公使衙门"及教会外籍人物，还嫌北平气候燥热，纷纷到北戴河去歇夏避暑。北戴河在河北省临榆县南，秦皇岛西，地滨渤海，当榆水入海处。清光绪间开秦皇岛为商港，北戴河同为外人的居留地，北宁铁路有支线直通海滨。其地山明水秀，风景甚佳，夏季中西人士纷纷留此为海水浴。北平客人来者，无非赶时髦，摆场面而已。记得老板幼时，家住县城，每遇夏季，各户人家如在乡下有姻亲者，总得下乡盘桓多日，重为之报，几乎成为风气，遇夏而不避暑，就未免大失面子了。话又说回来：北平梨园行等的歇夏，虽不无名角儿有摆架子之嫌，但实际上系以歇夏为名，而于秋后重新组班，正与岁末的改组，而以封箱为名相同。其他行业的歇夏也或含有重新改组的情形在内，不以梨园行的"歇夏"为限。

　　老板主持本刊编务，已进入二十二个年头，而开办杂货店也有五六年光景，今年因热，忽然想起北平梨园行"歇夏"的故事，岂非"民亦劳止，迄可小休"的感想先兆，不免想打退堂鼓了。就令本刊不即改弦更张，而杂货店是否继续下去，依然有待考虑，因为青年人作事，精力充沛，一时困倦，经过休息，即已回复原状。老年人作事，必须继续到底，不敢中途泄气而废。大文豪、大作家每到老年以后,若因休息过久,多难故态复萌,振笔直书数十万言的著作,就是这个道理。老板文笔本拙,思路不广,幸而数十年如一日,不废写作,才能开设一家杂货店来。今因"歇夏"停笔,不知能否重整精神,陈列各种货品叫卖呢?北平梨园行的老角色,也有因"歇夏"而休工,不再登台的故事,可知"也许要休工",并不是老板在歇夏后过份的顾虑。

(1973年9月)

重阳景色好　人老珠光圆

近闻报载，台湾省政府会议通过将农历重阳节正名为老人节，老板对此消息，不禁眉舞色喜，雀跃者再。记得"立法院"第五十二会期第一次会议，时在民国1973年9月25日，老板于这次"院会"十七时三十四分，曾对"行政院"提出这项建议，翌日，联合报对此有其特别报导，称陈顾远建议设立老人节云。经后，"行政院"以书面答复，固曰"关于建议重阳节正名为老人节，政府虽未规定重阳节为'敬老节'，然各级地方政府首长每于重九日携带礼品赴境内八十岁以上之老人家中慰问，其旨即在敬老尊贤"。不无与本人所建议者，尚有距离。今既由台湾省府会议对重阳节有所正名，可说达到了本人建议设立老人节的心愿，绝非仅仅站在老人本位上争取社会大众的"敬老尊贤"一个虚名而已！

本人在"立法院院会"提出这项建议的意旨，见"立法院"公报第六十二卷第七十四期所载"今天想为老年人讲几句话，也是建议的性质。因为'蒋院长'曾提倡团队精神，本人非常佩服，此时此地更应当发扬此种精神；要发扬团队精神，青年人固然要紧，老年人一样不可退后。过去有一句话是'天下兴亡，匹夫有责'，当此风雨同舟之际，老年人、青年人，都有相同的责任。个人并不完全同意汉文帝所说的'大器晚成'，却极力主张青年才俊的出头，同时也主张公教退休制度的必须实行,但不可因此而减弱了老年豪迈的精神,取消了老年贤达的效果。今以"本院"为例,青年人、老年人合作无间,效果非常之大,第五十一会期通过的"法案",超过了第五十会期与第四十九会期的总和,还多了一案。为什么有如此卓越的成绩?是因为有了五十一位增选的青年才俊,个个有抱负,老年人也就不敢落后,一样踊跃出席参加讨论。据最近统计,"本院"四百五十九位委员中,八十岁以上的二十九位,七十岁以上未满八十岁的一百四十五位,六十岁以上(合于公务员退休年龄)的二百一十六位,未满六十岁的只有六十九位。而"本院"开会法定人数是一百七十六人,过半数的表决通过,"法案"才能成立,从以上的数字看,青年人和老年人的合作,已发生了极大的效果。就如周委员树声已经八十多岁了,还有许多快八十岁的人,每次会议上午下午都来出席,还要参加审查会,正像所谓生姜越老越辣是(当时匆忙间,未曾举出王秉钧委员,他现在是八十六岁,是"立法院"年龄最高的龙头委员,从不缺席会议,而且是站如松,坐如钟,真是老而坚弥比美少壮,合为补记于此)。再以古人为例:孔夫子六十八岁周游列国后,回到鲁国,删诗书,修春秋都是在他六十八岁到七十三岁之间所做的事。本席并不反对'老者安之'的话,但对老年人却应加以鼓励与慰勉。因此就想到最近报载的一件事:九月九日重阳节报纸称之为敬老节,敬老并非因其年老而敬,而是为了'敬老尊贤',也就是因为他'贤'才'敬'他,贤不限于道德上的,有经验,有阅历,也都是贤,然如"尊师重道"一样,不是每一位老师都应该'尊',而是因为其'重道',否则人家会说'吾爱吾师,吾尤爱真理'了。因此,应当将重阳节正名为老人节;为了表彰青年人的青春活力而有青年节,为了表彰老年人的生命火花,也应该有一个老人节。同时,妇女有妇女节,母亲有母亲节,儿童有儿童节,为什么对老年人没有老人节呢?……"

老人节的所以正名于重阳节者,原系由于重阳敬老的习俗而来,但不应径称为"敬老节",而正名为"老人节"者,含意并不限于"敬老"而已!按重阳本指"积阳为天,天有九重,故曰重阳"而言,其以农(阴)历九月九日为重阳或称重九,见于魏文帝与钟繇书云"岁往月来,忽复九月九日,九为阳数,而日月并应,故曰重阳"。王筠诗曰"重九惟嘉节,抱一迎元贞";民国十九年国民政府公布以阳历九月九日为重九节似与原意不符,但阳历重九更显"三阳开泰"的吉兆,兹如以重阳节为老人节,也可说"八十曰耋,九十曰耄,百岁曰期颐"的大寿象征。说起重阳的故事,最著名的是登高与落帽两种景色,都影射了老年人的平安是福与豪迈犹昔,不让青年人特以才俊为美。

先就"登高"的故事而观:《续齐谐记》载"汝南桓景,随费长房游学。长房谓之曰'九月九日,汝南当有大灾厄,急令家人缝囊盛茱萸携臂上,登山饮菊花酒,此祸可消。'景如言举家登山,夕还,见鸡犬羊一时暴死,长房曰'此可代也'。"今世俗重阳登高,妇人带茱萸囊求福,当本于此。其实登高虽以重阳为著,而依《荆楚岁时记》载,正月七日为人日,以七种菜为羹,剪彩为人,登高赋诗,韩愈有人日城南登高诗,足资参证。至于《隋书》《元胄传》载"文帝正月十五日与近臣登高",此乃临时际会,却非以元宵节为登高节可知。然无论如何,老人的有喜于重阳者,从登高言之,除日月重九的取义外,并是一种高年多福,遐龄得安的表示了。次就"落帽"的故事而观:《晋书》《孟嘉传》载"嘉为桓温参军,九月九日温游龙山,僚佐毕集,佐吏并着戎服,有风至,吹嘉帽堕落,嘉不之觉,温命孙盛作文嘲嘉,嘉亦为文答之,其文甚美。"按嘉为江夏人,素有才名,与孙盛为文酬答,博得四座赞赏实由风高落帽而起,也足以为老人享其高年之喻。而且重阳正值季秋初旬,乃秋高气爽季节,时令既如此,故事也系望高处看,所以老板就说出"重阳景色好"的话,特为老人节作一番点缀。

因为"重阳景色好",老板曾建议其正名为老人节,这又引出"人老珠光圆"一句话来。世俗上曾有"人老珠黄"为喻的感慨,对老年人十分不敬,更说不上有贵于老,有重于老。为了敬老、贵老、重老,老板就杜撰地把"人老珠黄"的话,改就"人老珠光圆"。这不仅是为人敬老,而且还要贵老,更要重老而然。不过敬老乃是社会上对老年人起码的礼遇,再进一步必须洞知老年人所以可贵的地方,方能引起社会上对老年人的恭敬爱护;更进一步并须老年人自己振奋起来,除使社会上对老年人的重视外,且由老年人自己充实其可贵的内容,当之而无所愧。像最近有十位老人,最长者八十一岁,最幼者六十余岁,为宣传节约能源,各乘脚踏车环游全岛示范,便是一个很好的例子,不能专让抗战初期,张一麟先生要组织老年军与敌周旋到底的故事专美于前了。

先就"敬老"而观:过去的为长者折枝,为老人纳履;今日重九的谒老并赠送礼品,以及平时的为老人让路让座等情,都不失为敬老的表示。实则古代所行的乡饮酒,却多少含有"乡党论齿"的意义。《礼记》有"乡饮酒义"一篇,疏载"郑目录云'名曰乡饮酒义者,以其记《乡大夫》饮宾于庠序,尊贤养老之义也'。此篇凡有四事,一则三年宾贤能,二则贤大夫饮国中贤者,三则州长习射饮酒也,四则党正腊祭饮酒,总而言之,皆谓之乡饮酒。"其中"三年宾贤能",系指三年大比,诸侯之乡大夫献贤者能者于其君,将行之时,以宾礼待之,与之饮酒,谓之乡饮酒礼,《仪礼》有乡饮酒礼篇。因认为礼以义起,圣人"缘人情而制礼,依人性而作仪",从而汉书《礼乐志》即有"人性……有交接长幼之序,为制乡饮之礼……"等语。并因认为礼有所失,罪即多有,从而《礼记·经解》载"……乡饮酒之礼废,则长幼之序失,而争斗之狱繁矣"。是故所谓敬老尊贤的道理,当即由此引申而出。

次就"贵老"而观:老人的可贵是由于得天独厚,享足其天年而然。过去在医药不发达,卫生不讲求时代,"人生七十古来稀";所以认为四十五岁后便交老运,迄今尚视为是"退役"年龄,六十岁便称为"下寿",而要"杖于乡"了。降至现代,人生年龄逐渐增高,据数年前新生报发表的"人生的巅峰时代"作者龟兹博士推断,人生于廿五岁而长成,可活到一百二十岁至一百四十五岁。然而一个人由幼而少而壮而老走遍人生全程的毕竟不多,从而大德之人而得其寿,就被称为"人瑞",以福禄寿三星并颂。所谓"夭寿不贰"的话,只是道家一种偏激看法,致将人生路途最宝贵的阶段完全忽略了。试问幼而殇,少而夭,壮而折,除由于杀身成仁,舍生取义,获得重于泰山的价值,应当别论外,其因病患而轻生或冤死者,对于人生全部旅程毕竟不能体会出来,殊难谓无所憾。孔子说吾十有五而志于学,三十而立,四十而不惑,五十而知天命,六十而耳顺,七十而从心所欲不逾矩;因为孔子只活了七十三岁,便无八十如何的文下。亚圣孟子虽活到八十四岁,却没有补充这点的八十经,北魏高允活到九十岁,也没有对九十验说出如何如何的话,真是可惜。再者!从后来的旅程中,并可领会出过去所走的路有何错误而为改正;这就是庄子称其行年五十,而知四十九年之非云云是。那么,后生固为可畏可励,老年同样当贵当尊。又看!《孔子家语》上说,"哀公问于孔子曰'二三大夫皆劝寡人隆敬高年其义可得闻乎?'孔子曰'昔而有虞氏贵德而尚齿,夏后氏贵爵而尚齿,殷人贵富而尚齿,周人贵亲而尚齿,其义如此'。"无非以高年为贵,而对德化教有所补益。"尚齿"云云,乃各种所贵重的共同所贵者在。

更就"重老"而观:所谓重老,并非单独偏重老年人的意思,乃是不轻视老人而与青年才俊并重的旨趣,合先交代明白。我们站在团队精神方面,尤其风雨同舟的时候,不仅青年人对老年人应由敬老而重之,并由贵老而重之,更要老年人应先自重其老人地位,以博取青年人的敬老贵老才是。换句话说,青年人仅知对老年人敬而不重,无非是虚应故事,表面文章,依然落到"恭而无礼则劳"的下场,浅视了老年人对人类对社会天赋的责任。青年人仅知对老年人贵而不重,无非是点缀外观,煊染其事,仍然落到华而不实则空的地步,降低了老年人对民族、对国家神圣的使命。果真如此成为风气,青年人也有到老年的一段旅程,岂非自己预先即已懈怠了将来的责任与其使命,而变为无用吗?不过要青年人在敬老贵老以外而重老的话,且慢过分责备青年人,还得先由老年人自重自强自勉其老人地位做起。"人老珠黄"的话,并非纯由青年人奚落老年人所致,老年人如果自己老而不衰,衰而不废,青年小伙子其奈白发老年人何?一如珠光越老越圆,本身原本非黄,何来珠黄的说法?社会是进步的,也是无情的,老年人且慢埋怨社会轻视老年,遗忘老年,应当先自检讨自己如何方不被社会轻视或遗忘。老年人绝对不宜倚老卖老,必须老当益壮,从而老板曾以"活到老学到老;活到老干到老;活到老青春到老"自勉,就是这个道理。虽然像龟兹博士认为人们应该承认老的来临,勿不服老,但他仍承认老年人是处在褥秋阶段,其热力、其活力足以强过盛暑时光,更能做到自重自强自勉,绝不应为青年人所轻视,而荒废了人类旅途的最后全程。

要之,重阳节,重九节,甚或所谓敬老节应正其名为老人节,原非限于敬老的单纯目的而然,并有其贵老的价值存在,更有其重老的效果发生。这不是对老年人的一种征调,而是一种鼓舞,也不是对老年人的一种课责而是一种勉励。我们固知老年人体力日退,难与少壮相提并论,但人生以服务为目的,能服多少人之务,即服多少人之务,不能诸务不管,坐待天年。像大家都知的赵丽莲博士年已七十有五,并患慢性血癌,仍孜孜不倦,每周上十七小时的课,即为明证。倘如每一老年人尚有余勇可贾而自恃高年,只知享受社会的供养,不为大众福利竭其绵薄,显然是不大公平的现象。老板愿与老年人共勉之。

(1974年3月)

是非每系多开口　　烦恼都因强出头

杂货店老板因做了两笔外庄生意,停市两月,今天重行开张,为"是非每系多开口,烦恼都因强出头"两样货品叫卖一番。意在提醒顾客不可因小不忍而"多开口"惹起了"是非",不可因小登科而"强出头"招来了"烦恼"(小登科指小小得意而言)。这在一方面说,诚然是各有其品,互不相涉,惟在另一方面说,却也不能认为全无关联的。初一步,只是由"多开口"而惹起了"是非",进一步,便是由"强出头"而招来了"烦恼",不过大部分的人们,差不多都是凭其"三寸不烂之舌",甚或相反地"咬断了舌根",以所擅长之"有话必说"的态度,为"欲罢不能"的词令,在第一阶段里兜着"说是道非""说长道短"的圈子罢了,从而本稿就把重点放在第一阶段,第二阶段只系陪衬文章,特先声明于此。

由"多开口"而惹起来的"是非",绝非真是真非,这是要交代清楚的。所谓真是真非,至少是公是公非,就是说在人类社会中,依其所遵守的同一规范或规律可辨出是与非的便是。像《礼记·曲礼上》"夫礼所以定亲疏,决嫌疑,别异同,明是非";正义"明是非也者,得礼为是,失礼为非者";像《孟子·公孙丑上》"是非之心,智之端也";《汉书·刘向传》"使是非炳然可知";《庄子·齐物论》"是以圣人和之以是非而休乎天钧";《淮南子·主术训》"是非之所在,不可以贵贱尊卑论也"。凡此,皆系公是公非,为明是非,为辨是非,为争是非,为使是非有定,为使是非得直,为使是非大白,不仅不以"多开口"为嫌,并需要"知无不言,言无不尽",若对尊长的谏言,对朋友的诤言,对晚辈的教言都是。其对于违反道义残暴成性者的笔伐口诛,更是惊天地、泣鬼神的志士仁人所为,又岂能怪其"多开口"吗?就令遇见人多口杂的七嘴八舌场面,如系为公是公非而争,亦应许之。袁枚牍外余言"楚公子围为虢之会,其时子围篡国之状,人人知之,皆有不平之意。故晋大夫七嘴八舌冷讥热嘲,皆由于心之大公也",可证。

然而因小不忍而"多开口",其所惹起的"是非",就非这样,不免犯了错误。不过其中还有些程度上的差别,不能一概而论。凡出口无心所说的"是非",只是"闲是闲非",是是非非都系由自己"多开口"而惹起,原难发生重大祸害,尚可原谅。甚至于像《荀子·修身篇》"非是是非谓之愚",注"以非为是,以是为非,则谓之愚",如系非属故意,依然可恕。反之,如为故意存心的"多开口"乃系借故生端,"使酒骂座",显然超出了"是非"系"多开口"命题的范围,不得相提并论。其所惹起来的"是非",如非假是假非,便是伪是伪非。前者系指讥刺而言,《汉书·匡衡传》"是以群下,更相是非";《后汉书·马援传》"妄是非正法",注"谓讥刺时正也"皆是。后者指陷害而言,即滥指过恶,以资挑拨;元曲伍员吹箫,"他在公平面前,搬弄我许多是非"便是。就此可知由"多开口"而惹起来的"是非",得总为两途:一为无目的"惹是生非",一为有目的的"搬是弄非"。如今再分解起来:

就无目的的"惹是生非"说:如果真是不失原来所谓"谈天"或

"闲话"的本来意义,纵"多开口"便又何妨,谈天为称,出于战国时齐人驺衍善辩论,齐人颂之曰"谈天衍",见《史记·孟子荀卿列传》。集解引刘向《别录》:"驺衍之所言五德终始,天地广大,喜言天事,故曰谈天",当与近代吴稚晖先生所写《上下古今谈》的内容无异;那么,今称群居谈论曰谈天,尚存此义,虽说得天花乱坠,地果丛生,甚至于东说蓝天西说海,南谈骏马北谈鱼,只须说来头头是道,听来津津有味也可长长知识解解闷儿。闲话为称,见于《过庭录》"张康节公居江南,有词云,多少前朝兴废事,尽入渔樵闲话";陆游《雪意》诗"闲话更端茶灶热",也是指闲暇时随便的谈话而言,无论为古为今,为夏为夷,有取于事,不伤于人,既无褒贬之意,自无多口之嫌。然而倘在龙门摆阵,群居为营的时境里,或兴高采烈而耍江湖乱道起来或话题断绝而竟漫不经心起来,便不免在"聊聊"中聊出来"东家长西家短",在"谈谈"中谈出来"南街是北街非"。本来,话是一阵风,说过无踪影,可是听者有耳,传者有意,谁能担保不为对方所知,即难无是非上的纠葛,而演出口舌之争。口舌云云系出说卦"兑为泽,为少女,为巫,为口舌";疏"口舌为言语之具也"。但经演变而如《史记·苏秦列传》所称"今子释本而事口舌,困,不亦宜乎"? 按事口舌者谓以言语争论为事的意思;今称人以语言互相龃龉者为争口舌是。此与说文"恶言"为誩的意义为同。而与"疾言"为譶是同类字。饶炯部首订云"誩,犹二人直持其说,各不相让,盖争言也。但争者以手,其意有恶无善,语者以言,其意有恶有善"。录之以为参考。

说者无心而动舌开口,传者有意而动舌传言,无论那一方面的"多开口"都是与舌有关,遂称"多开口"者为长舌。诗《大雅·瞻卬笺》"长舌,喻多言语",疏"以舌动而为多言,故谓多言为长舌"。刘岩夫与段校理书"又欲掉长舌于公卿间,籧篨戚施以媚于人"是。长舌为称,原不限于妇人,惟因《大雅》原文为"妇有长舌,维厉之阶",世便以"长舌妇"为名,而且"七出"条件中,"口舌"也成了丈夫对妻提出离婚理由之一,这当然是不公平的。既有"长舌妇"的为名,便又演变而有"多嘴婆"的称谓。"多嘴婆"系往日指穿门过户,跑到他人家里说是道非,迹近招摇的不良女性而言,称为三姑六婆者是。三姑,谓尼姑、道姑、卦姑;其中比丘尼与女道士除真为不良女性者外,实系过去对尼道两姑来家化缘或与官府内眷往来有所歧视而如此说。惟有卦姑也者,系以卖卜为生,全靠舌尖口快,自然要"多开口"而道是非,以售其术。六婆,谓牙婆、媒婆、师婆、药婆、稳婆、虔婆,都系因其职业性的关系,不能不"多开口"而或惹起是非来。牙婆云云,或称牙嫂,即官媒是;见《梦粱录》"府宅官员欲宠幸歌童舞女厨娘,针线供过粗细婢妮,有官私牙嫂及引置等人"。按市上买卖居间之人称为牙侩或牙郎,操此业的女性出入大户间,称为牙婆。媒婆云云,谋合两姓成为婚姻的专业女性,世俗以媒婆称之,如不分出性别,称为媒妁、媒人者是,往来两方,全在好话多说,甚或另有贬言,从而称为"说媒",媒婆尤长于此。梨园行的丑角于金骅为演媒婆者的能手,拾玉镯里的刘媒婆极负盛名便是。师婆云云不知所出,当指扮神装鬼的女巫,口作法言,欺骗他人者是,关中一带对其以"师婆"称。药婆云云来源未详,或指卖药的女性郎中;这两种或以巫术求福,或以百药求售,都是要"多开口"的。稳婆云云,即收生婆,又称老娘,见长安客话"每季就收生婆中,预选名籍在官,以待内庭召用,名曰稳婆"。业虽收生而求稳,事却难望其无言,踏步来家,待生有暇说长道短当所难免可知。至于虔婆云云却有两说:一说元曲曲江池"虽然那爱钞的虔婆他可也难恕免";《名义考》"今言谓贼为虔,虔婆犹贼婆也";据此,得知元明时已有此称。一说,虔婆亦作姐婆,《通俗编·妇女》"女之老者,能以甘言悦人,故字从甘"。甘言显系说长道短,有是有非,但比起贼婆有心而掉长舌,却胜一筹,故就无心的"多开口"言,虔婆的解释宜以姐婆为准。说到过去,差不多把"长舌"加在女性方面,就其在现代男女平等观念下实不公道,既有"长舌妇",何尝没有"长舌汉",既有"多嘴婆",何尝没有"多嘴翁"? 不仅直接说出是非的,是是非人;就是间接传达是非的,也是是非人。所谓"来说是非事,必是是非人"是。

　　因"多开口"而发生的闲言闲语惹起闲是闲非的无谓纠葛,实在是不上算的。所以古人说"静坐尝思自己过,闲谈勿论他人非",而以谨言慎言为训,朱子题齐箴"守口如瓶,防意如城",就是教人勿为不必要的谈论,正如今日外交家所为"无可奉告"的态度一样。我国过去以"金人三缄其口"为说,外国习俗以"沉默若金"为喻皆可知其所指。金人三缄其口见《孔子家语》"孔子观周,遂入太祖后稷之庙,庙堂右阶之前,有金人焉,三缄其口,而铭其背曰:古之'慎言人也'。"此金人,据考当指铜制之人,三缄其口,以见慎言如此。至于"沉默若金"虽系习俗用语,当与"一石二鸟"用语都是从外国语翻译来的。所以要谨言、慎言的原因,无非话如说出,听入他耳内,甚或辗转相传,即难挽回,势必发生驷不及舌的现象。《论语·颜渊章》"子贡曰:'惜乎,夫子之说君子也,驷不及舌'。"注"过言一出,驷马追之不及"。俗称"一言出口,驷马难追"本此。世谓"一字入公门,九牛拉不出",也可说"一语动于舌,驷马追不回"。从而对于谨言、慎言的人,便要颂其为"金口玉言"了。

就有目的的"搬是弄非"说：这更失去"谈天"或"闲话"的应有情调，既有别于冷言冷语，或快人快语，也不同于道听途说姑妄言之，而系捏造事实或曲意为说，罪过深重，不可等闲视之。冷言冷语的说话，诚然带有无情的讥讽意味，使人难堪，但如为劝善规过而起，殊难与《红楼梦》上尖刻的王熙凤等量而观，倒是与刚严的贾探春是一类人物。快人快语的说话，无非是直爽发言，坦诚为语，至多发生"直而无礼则绞"的结果，断不存有诈心欺心，阴害他人。至于"道听而途说"的话见于《论语·阳货章》，疏"若歌之于道路，则于道路传而说之"。柳宗元《与刘禹锡论周易九六说书》"是其道歌途说者"，按途与涂同。今人以此为无根之言，也不过姑妄言之，姑妄听之而已。若夫有目的的"搬是弄非"就非如此平淡即不能不大加诛伐了！故意存心为是非的搬弄，无论所指者为假是假非的不合情理，或伪是伪非的不符事实，都是出于信口雌黄或信口开合所致。信口雌黄原指议论无定而言，《晋书·王衍传》"义理有所不定，随即更改也，号口中雌黄"。所以称"雌黄"者，据《梦溪笔谈》"馆阁净本有误书处以雌黄（按指鸡冠石）涂之即灭，久而不脱"。据知，馆阁净本所用之纸色黄文字有所改易，遂涂以雌黄而更书之，世因谓改窜曰雌黄。但今人取其改窜之义，称掩没事实真相，随意议论讥评者曰信口雌黄。信口开合，为信口开河的正名，即以口任意开合，随便捏造言语便是。元曲《争报恩》"那妮子一尺水翻腾做一丈波，怎当他只留支刺，信口开合"；因合、河音近，世遂由此通称信口开河。凡故意存心的"多开口"，一般称其为谗言、为谤言……不一而足。谗言谓崇饰恶言，以毁善害能为旨；《庄子·渔父》"好言人恶谓之谗"，《荀子·修身》"伤良曰谗"；今人所谓"打小报告"或有近似者。谤言指诽谤他人的过恶而以推井下石为旨,其以书函攻评他人者特称谤书。对于无目的的"惹是生非",已因其"多开口"而要谨言慎言;对于有目的的"搬是弄非"更望其"不开口"而无谗言谤言,当系一贯的道理。

最后,再附带谈到"烦恼每因强出头"方面:"强出头"的事例得分为两种形态,一种是由"闲是闲非"的"多开口"惹起不良后果,不甘屈伏,而要"强出头"来个了断,前面已有交代。一种是为管闲事,"打抱不平"而"强出头",但其经过程序每多先之以口而论是非,继之以行而争曲直,江湖好汉路见不平恒多如此。但无论出于某一形态的"强出头"都是自视甚高,有优越感,而处在较为得意的小登科地位中,要管那些与世无益与己无关的事情。或认为自己的声望可以压倒他人,或认为自己的智谋可以操纵对方,或认为自己的财富可以支配乡里,或认为自己的勇敢可以威吓社会,不问是否公是公非,贸然出头管事,不问是否真是真非,居然"见义勇为"。天公有眼,一旦不能达到志愿,至少要招来许多烦恼,困扰自己了。烦恼原系佛家语,烦是"扰"义,恼是"乱"义,扰乱身心,故名烦恼;有根本烦恼与随烦恼的区别,为事甚夥不及备举。其实我国向日所称"喜怒哀乐未发谓之中,发而皆中节谓之和,……致中和,天地位焉,万物育焉"。中和实即烦恼的反面,"强出头"就失去中和之道而入烦恼之境了。古人以"宁静致远"为说,今人以"息事宁人"为劝,皆本于此。不过为争取真是真非,为维持公是公非,本乎庄敬自强之道,奋勇挺身而出,甚或杀身成仁、舍生取义,皆非所惜,又当别论。

(1974年3月)

逆水行舟不进必退　开山采矿寻苗追源

人生在世,无论是治学或治事,往往要经过两个艰苦的阶段,方能"功成名遂"而后"身之退"的(借用老子语)。这两个艰苦的阶段,不外乎寻苗追源的开山采矿,与不进必退的逆水行舟而已!原来治学治事的肇始,必须抱有开山采矿的愿望,聚精会神,寻得矿苗后,费尽心力,追索矿源所在,乃或有其成效;治学治事的中途,必须存有逆水行舟的警惕,恶涛险浪如能冲过时,一往直前,有所进无所退,自可达其目标。反而言之;治学治事倘无开山采矿的心情,人云我云,照样学样,即难立学成事,白白浮沉一世,不特寂没无闻,甚或潦倒终身。治学治事倘无逆水行舟的适应,不争上进,势必后退,即难顺学守事,空空毁弃前功,不特通达无望,甚或失败到底。所以把握开山采矿的寻苗追源工夫,扭转逆水行舟的不进必退本领,虽系治学治事两个艰苦的阶段,总应不惮其烦不畏其难,务须平安度过才行。

说起开山采矿的话来,习惯上简称开矿,无论治学治事,总得抱定决心,打开一条道路,独出心裁,不为成规限制,学由我立,事由我创,世人效之而无所惑。此情正如开矿一样,由寻苗起至追源止,经过诚然艰苦,甚至悬梁刺股,披星戴月以求,但其所成就者,殊非空说之学,平庸之事,既无益于己,又无助于人,又何必滥竽充数，鱼目混珠，犹欲在学术界、事业界内，以名学人、名业者自视甚高乎？从而学必贵有创见，事必贵有发明，开山得宝，开矿逢源，这就把握了治学治事的重心，莫之能变。说一个比方，这样一来，不仅凭着自己一把好手艺，推陈出新地为他人作嫁衣裳，供女士们穿着或仿制，流行一时。且治学治事的人们自己也是处在待嫁娘的地位，为了自己创制新颖的嫁衣裳更属基本的要求，他人仿制无非"法律上的反射作用"罢了！俗话上说："吃得苦中苦，方为人上人"，又说："苍天终有眼，不负苦心人"就是这个道理，故治学治事所要经临的开矿艰苦工夫，其所获得的效益，可说是对人对己兼而有之，对公对私两皆成之，吾人既想学以致用，事以济世又何畏其经临艰苦而不为呢？

关于治学治事远离开矿工夫的比拟与掌故，实以治学方面为例最夥，治事方面为次。惟治学方面的例证，仍可类推而为治事方面的借用，故合而言之。对此，纵不以世俗所称滕（誊）文公，或文抄公、文录公为论，凡不能独出心裁，自成一家之言，其构思，其说理，无非"蹈常袭故"，过去所谓"拾人牙慧"或"落人窠臼"，都是最明显的写照。虽有人说"千古文章一大套，只看套的妙不妙，套的妙便是创作，套的不妙便是抄袭"。其实学问并非皆系生而知之，必有其师承，必有其参考，能从开矿之道而套之也就能出人头地，这便是推陈出新，革故鼎新了。至于所谓"拾人牙慧"云云，语见《世说新语·文学》殷中军（浩）云"康伯未得我牙后慧"，今称蹈袭他人的绪论，谓拾人牙慧。另有"拾人涕唾"一语，义同；语出元好问《自题中州集后五首·其二》诗"北人不拾江西唾，未要曾郎借齿牙"，即此。又《沧浪诗话》"仆之诗话是自家凿破此方田地非拾人涕唾得来者","凿破此方田地"也就是老板开矿的意思。这以外，世俗还有"食人唾余"一类的话，依样是对治学甚或治事，是指不用开矿工夫而描写的。又所谓"落人窠臼"云云，系词章家为趁韵计，将原有的"臼窠"一语颠倒用之，黄庭坚诗"取意闲话没臼窠"可证。臼窠是指陈旧的格调而言，构思说理均系蹈常袭故，不能有其创见，如同臼也窠也的空虚，为加重其语气，便以臼与窠两字连举为言。按臼为舂米器，《说文》"古者掘地为臼，其后穿木石"，《周易·系辞》"断木为杵，掘地为臼"，系指中空而受他物纳入的情状，即掠他人之美，以为己有是。窠也指空而言，《说文》"穴中曰窠，树上曰巢"；《小尔雅·广兽》"鸟之所乳谓之巢，鸡雉所入谓之窠"，可知与臼同义，勿再多述。从而无论为"落人窠臼"或"落入臼窠"都是蹈袭他人的学问或技能，并无开矿的创立精神可言。臼窠为名以外，另有臼科一词与之互用，黄庭坚诗，亦有"晁家公子风经过，笑谈与世殊臼科"之句可证。所以然者除"穴中曰窠"的臼窠亦指坎坷而言；科有两义，一为坎也，《孟子·离娄》"盈科而后进"，《太玄》从"从水之科满"可证；一为木中空也，《易经·说卦传》"其于木也为科上槁"可证；两义均与臼窠相近，便互用了。若再专就治事方面言，除借用治学方面的比拟或掌故外，其上焉者便是墨守成规，不知应变，"祖传秘方，如法炮制"，既不能知其所由，也不能望其更新。其下焉者便是仿古求售，不知自拔，"邯郸学步，东施效颦"，轻则自毁前途，重则召人讪笑，这都是不愿接受开矿艰苦工夫，创立治事的新局面、新气象而惹出的麻烦。其中，所谓邯郸学步云云，见《庄子·秋水》"且子独不闻夫寿陵余子之学行于邯郸与？未得国能而失其故行矣，直匍匐而归耳"。成玄英疏"寿陵燕邑，邯郸赵都，弱龄未壮谓之余子;赵都之地其俗能行,燕国少年遂来学步,既乖本性,未得赵国之能,舍己从人,更失寿陵之故,是以用手据地,匍匐而还也"。这就是效人不能而忘其我的结果,俗称吃熟食炒冷饭,不特无益,且或有害者是。又,所谓东施效颦云云,见《庄子·天运》"西施病心而矉其里,其里之丑人见而美之,归亦捧心而矉其里;其里富人见之,坚闭门而不出,贫人见之,挈妻子而去之走;彼知矉美,而不知矉之所以美"。《太平寰宇记》载越州诸暨县有西施家、东施家;黄庭坚等始凿言东施效颦,见《通俗编》。按矉颦古今字。据此,可知无论治学治事,都是不能离去开矿的艰苦工夫,而要取巧幸进,成吗?

  杂货店老板虽系小贩出身,事实上确也当过小贩,但对于治学治事却始终离不开开矿的遥远目标,纵然遇见"山穷水复疑无路",暂时开不出矿苗,仍然要找出"柳暗花明又一村",继续开掘下去。姑将老板前后开矿的成绩,举出几件说来:(一)就著作方面说,在数十种著作中,有关法学著作正式出版的近三十种,没有一种是把讲义出版问世的。因为讲义是对学生授业解惑而以通说为主,并且急就成章,即不免抄来抄去,以供参考。此在体例上只能形之为"编",不能称之为"著",书店老板印出讲义式的书籍,顶多称为"编著"而已!杂货店老板的前述著作中,作为教本的不出两途:一为先有著作而后作为教本,如商务印书馆出版的《中国法制史》是;一为旧教本的讲义废而不用,另编新教本,如复兴书局印行的《商事法》是。老板所用治学方法,是演绎法与归纳法兼而有之,先有资料袋以求广识,次有条理纲以求贯通,至于事实的求其真,理论的求其善,叙述的求其美,也是不可忽略的定则。在治事的方法上有近似之,不必详提。(二)就教书方面说,老板教书已超过五十年,学生总数，最保守的计算，当在三万人以上。因对象为大专以上学生或硕士班或博士班，故不以背诵性为贵，而以启发性为主，处处给他（她）们一把钥匙，让他们自动自发地打开学术仓库门，取其所需的材料而研究之便行。且不仅对本位的仓库如此，并指示出各种有关的仓库，而将其门一一为之打开，这也可说是老板自出心裁的教学方法。尤其对外籍学生讲授中国文化或中国历史，必须提玄钩要，深入浅出，不可支离破碎，费其苦思，更需要推陈出新，富有实益，引起其研究的兴趣。这些，不仅自己开矿教学，并要将开矿的本领一代一代传下去而无止境的。（三）就立法方面说，老板于民国二十四年进入立法院，为训政时期第四届立法委员，乃政务官之一。对于立法工作奋勉从事，不敢后人，若值充任法案初步审查召集人，责任集于一身，除详考法案的来龙去脉外，并参照外国同类事项的法例及我国固有的事例；因为在初步报告时，有人询问疑点，如答不出或所答非属正确，是绝对坍台而要留下不好的印象。后来充任"民法委员会"召集人要在院会报告，越要加以小心才是。抗战间老板住在龙岚，距离独石桥院址较近，竟担任八个委员会的审查委员，尤其在法制委员会林彬委员长指示之下，伏案工作极忙，与刘克儁、罗鼎、赵琛、赵迺传同被称为五虎将。从而三等景星勋章的授予，及制宪国大代表由立法院选出者，老板皆居其一，不可不认为是经过开矿艰苦工夫而换来的。即以行宪后当选"立法委员"而为"中央"民意代表，更望自强不息，艰苦为之，能不继续努力吗？（四）就律务方面说，老板来台后，曾一度执行律师业务近二十年，仍然是本于开矿的精神而为之，但所得者不是金块银块，而是法理情理。从而老板曾以"律师与牧师"为喻，既热心服务又公费低廉，对案情探讨不畏其详,对法理研究,不惮其烦;因兼区屡有变更,故所识之当事人,除台东外,遍及全省各角落,僧俗皆有。律师办案本有所谓"窍门"秘诀者在,老板决不自私,有人询之,即以实告,盖技术上之运用存乎一心,窍门事事有,全在自求之,故对询问的窍门原无保密的必要,只要有开矿决心,窍门便在其中了。老板并非事业家,不能多举在治事方面开矿工夫的例证,惟有以立法及律师业务作证而已!

说起逆水行舟的话来,习惯上称为上水行船,无论治学治事在其前进的行程中,都不免有类似如此的情形。因为学不厌,教不倦,事不疲,力不衰,乃常人所难能者,必须鼓起勇气,不畏困难,冲破一关又一关,闯上一阵再一阵,乃能达到最后目的,其成功者方为自己。这些正如逆水行舟一般,不能顶浪而上,必然一泻而下,绝无停而不进不退的现象。从长江三峡而西上入蜀的逆水行舟,易君左有诗"人言蜀道难难于上青天,我言蜀道难难于乘轮船",虽轮船也得加足马力,争取上流,可知其艰苦之甚!老板在抗战中居临嘉陵江畔,由重庆溯江而上往合州,必经过小三峡的险路!木船至此舟子纷纷下船登岸,竭尽全力拉纤而进。岸上人进一步,水上船进一步,如若纤线不动,船也就不能上驶了。观于逆水故事,我们谁也会引起过去的一种体验。就是说,在治学或治事将要进步时候,却有一道难关到来,似乎就要退却的样子,不要怕,追上去度过险路,便是坦途。譬如说,我们在读书、作文、写字、绘画、吟诗方面,恒遇如此情形,倘畏难而退,实不上算,推而如练拳术、下围棋、唱平剧、打弹子等等,都要经过欲进似退的过程,完全是逆水行舟的光景,以不进必退为其警惕,而要加倍努力以适应之。

老板在治学治事方面,对于逆水行舟的遭遇,有进而不退的成功者,有退而不进的失败者,情形各别,不一而足。(一)就成功方面说,得举三例以明之:第一,在著作上,老板幼即试拟"典故分类"及撰写演说底稿;入中学后,编列《植物学表解》成册及秦腔剧本多种;入北大预科后,为各杂志报章写稿,只求登出,不取稿酬,一则为练习笔锋,二则为宣扬自己;升入大学后,便到了"非有稿酬不写文章"的阶段。在北大毕业前,老板已有四种著作,正式出版问世,一为《孟子政治哲学》,一为《墨子政治哲学》,一为《地方自治通论》,一为《中国古代婚姻史》。离开学校,一面教书,一面卖文,矿越开越多,货越堆越富,其中《中国法制史》及《中国婚姻史》且被译为日文行世,恭维老板的人说"老板著作等身",大胆说一句话,果真用尺子量起来,也许是差不多的,到了现在马齿加长,脑力渐衰,但记忆力、理解力似仍健在,至少每个月写出杂货店的叫卖文章,当系"我还不老,没有衰退"!第二,在教书上,老板北大求学时期即应蔡子民先生号召,在校役夜班及平民夜校教书,开创了一生教书生活的先声。毕业后,初出茅庐,学能均差,虽在北平平民大学、中国大学都塌了台,却南下上海,在上海法科大学站住了脚,一直到民国十七年间,兼课十余校,每周上课四十八小时,诚然比不上林尹教授,老板倒也是亚军了。以后在皖、在京、在渝,甚或西安均曾担任课程,曾领受教育部的长期担任教授奖金数次。来台后格于院例,仅为兼任教授迄今,前后已五十余年。老板对教书生活,极有兴趣,虽病不辍其教,教材时时更新,因班的性质不同,而异其内容,经过困难固多,绝不倚老卖老,自视甚高,青年小伙子尝说"请老教授放下教鞭来",这是老板最所不服的一句话,可说伤透了老板的心!第三,在立法上,老板除著作及教书外,一生的黄金时代都交与立法院,迄今前后已四十余年,忝居"六壮士"(抗战前入立法院未中断而健在者六人)之一。训政时期立法院的工作,皆在草创中,老板虚心求教,一切法案的要旨,立法技术的探讨,老板皆备载之于册,而要将工作迎头赶上。抗战中,为中央政治学校讲授"立法技术",为中央训练部编写"立法要旨"皆以此为蓝本。"宪政时期"当选立法委员,幸为同人所偏爱,虽在第二会期因一时的误会而或招怨,终因我心无他,一副书呆子样,仍为同人所不弃,和谐无间,老板也每次尝试所见,而对工作竭诚以赴了。(二)就失败方面说,同举三例以明之:第一,在功课上,老板研究商事法,最热爱的是公司法,最深入的是票据法,至于保险法,海商法姑备其格而已!此因保险法制定后,久未施行,在抗战前修正后,仍未施行,好像一位待嫁而无对象的小姐,便不免被识者轻视。抗战间,正中书局迁至行都,约老板写《保险法概论》,当时只有王孝通就修正条文写出的《新保险法论》一本小册子,别无其他参考书可供参考。老板便从多本保险学的书籍上寻出条文的旨趣与背景,并就所能记忆的立法原意予以参证。出版以来,因系新著,颇为社会所珍视,来台后保险法再加修正,此书不因条文改变续为印行,可见尚有一顾价值。然矿固由老板开出,老板却因让贤,不继续为学生讲授此课远离了矿坑。并因当日律务甚忙,未再对保险法深入研究,既不熟,即不练,自难再以保险法专家为称了。第二,在语言上,老板中学时期,即由英国祈教士讲授英文,并由田东阳讲授日文;入北京大学预科后,初系以英语直接教学,英美籍教师甚多,另有华侨教师郭先生也是不会说国语的;此外,还有法籍、日籍教师各一人讲授法文及日文。语言课程负担过重,反而不易消化,虽有看书程度,大都不会说流利的外国语。后因改制辞退外籍教师,改用国语讲授,大家落得清闲,不再长进;而老板毕业后既未出国留学,又未在洋机关作事,外国语文更是一落千丈。老板原无语言天才,住上海十年,不会讲上海话,住台湾二十余年,不会说闽南话,老板字典中,语言方面真是有一个"难"字了。第三,在戏剧上,老板自幼即好戏剧,对秦腔粗有研究,入北京后,尤为戏迷,除试写《鞠部要略》外,且以串戏为乐。既由名票汪侠公为老板介绍清宫供奉名旦李宝琴说戏及指示演出身段,并分别在南下洼皇城根吊嗓子三年,每日清晨如此,风雨无阻,所学各戏,有头二三本虹霓关,坐楼杀惜及活捉,女起解三堂会审,与夫坐宫,浣花溪樊江关等出。以外在话剧也有小小建树,与陈大悲创立爱美的戏剧,组织实验剧社及人艺剧专学校,当时称为"北京二陈"云。后因老板志不在此,遂退出艺术界,不再表演。今日,不仅唱不成声,连戏词都已遗忘,不仅做失其格,连行话都不熟悉了。凡此成功与失败,都可说是治学治事在逆水行舟中遭遇的教训,要维持这一学问,继续这一事业就得力争上游,锲而不舍,除非甘心放弃,一退再退,那么,还有什么话说?

总而言之,开山采矿是治学治事肇始的张本而为其愿望所在;逆水行舟是治学治事中途的遭遇,而为其警惕所在。这些都是年富力强的青年才俊应所注意,绝对不可忽略者,这样才能寻苗而追源,不退而必进了。老年人虽老而不衰,衰而不废,毕竟受造物主的支配,对于开矿行舟的景象,不能打出如意算盘来。老板尝说"男儿志气山河壮,岁月无情不让人",真是"后生可畏,焉知来者不如今"了。

(1974年8月)

"割爱"原为补缺　"藏拙"乃在求全

　　杂货店停市已有一年光景,原拟改开"估衣廊"展出服饰营业,耳目一新,或可促使"版面"达于"繁荣"。无奈抗战八年中,在重庆龙岗乡下,靠着桐油灯取亮,所写的《近代服饰志》底稿,虽携来台湾,却被白蚁蛀毁,无从为据。且以服饰供大众瞻览起来,希望博得欣赏满意,最好能使千选百挑的秀丽模特儿穿戴着登场表演亮相一番,自然抬高了服饰的声价十倍百倍。然如对于各种服饰的展出,只有静的文字在版面上介绍与描写,而无动的实情在场面上陈列与表演,毕竟不能引起顾客的欣赏兴趣,把浓厚的情调打入心坎里去。那么惟一补阙拾遗之道,端赖有若传神的妙笔,为形同逼真的描绘而已!怎知老板老迈龙钟,固不能"现身说法",场场演来,而且与画绝缘,也不能"亲手为图",样样绘出;倘须求之名家代为描绘,亦因阮囊见羞,无由为助。结果:与其"纸上谈兵",不能兑现,毋宁对于"估衣廊"的设肆,本于"藏拙"的道理,而为"割爱"的处置。俟将来复国回京,路过估衣廊街,也许触起旧怀,再写此稿,这是后话不提。如今,因往日主顾厚爱,函电交催,望将"杂货店"复业,情非得已,只有鼓起勇气,即以"割爱"及"藏拙"为题重行开张。惟请原谅者,各方主顾的隆情盛意固不可却,究因老板马齿加长精力有限,殊难照样按期营业,若有货品到店,自当陈列叫卖无误。

杂货店今日首次复业开张,陈列的货品是"'割爱'原为补缺,'藏拙'乃在求全"。"割爱"及"藏拙"两辞本为两个成语,古人诗句中每喜用之,如杜甫诗"展怀诗颂鲁,割爱酒如渑",韩愈诗"倚玉难藏拙,吹竽久混真"是。所谓割爱,本指"绝其所爱"而言,或系出于昭明文选所载班彪王命论"高四皓之名、割肌肤之爱"。爱莫甚于自己的肌肤,推而及于他事,这当是"割爱"一解的所始,用以对人而称,如请君割爱云云,最为恰当得体,倘若对己而用,未免有其骄色,似欠考虑。所谓藏拙,本指"掩其所短"而言,当系见于刘𫍯暇记"徐陵聘齐,魏收录其文遗陵,陵过江沉之曰:吾为魏公藏拙"。此乃"谑而虐"之语,故正式对人而用,自然属于讥笑挖苦的范围。反之,对自己以藏拙为说,当系自谦适与自满为对比了。其实,就"割爱"及"藏拙"两辞的相互关系观:果真要对方藏拙,为免道人之短,惟有请其割爱;果真要自己割爱,为免夸己之长,惟有称为藏拙。记得抗战中,曾为国立编译馆,本于民法亲属编,关于婚姻的规定,以内子梅晴岚的名义,编写秦腔脚本——"终身大事"三出,举凡生旦净丑俱全,倒是一本全场热闹剧。惟在当时,既甘愿为太座作枪手,又有稿费可拿,竟不知割爱,遂将此稿送交该馆出版。那知日敌无条件投降,胜利复员,该馆将一部分图书稿本载船东下,不幸沉江而没,"终身大事"一稿即在其中,老板得讯,不禁叹曰"此乃天意,为余藏拙,免得人间一番闲话,致余妻代余受过"。同时,也可说是近似"割爱"了。

老板在杂货店首次复业的时候,选出"割爱"及"藏拙"的货品陈列并叫卖之,实有一段小小经过,请听老板慢慢道来:近年间,老板虽不做杂货店生意,却评阅了学位考试或其他应征的论文,其中每有大题大做，长篇长叙多达二十万字的著作。因论文的写作受时间上的限制，必须按期交卷，不容"精打细算"（借用台视节目名称）、翻书求证，到不仅是"智者千虑必有一失"的担忧。如若过于求全求备的话，就不免"蛇足之添，无补于画"了。换句话说，在时间短促的匆忙写作中，忽然灵机一动，或不免有最可宝贵的资料涌上心头，只要对这些资料能知其来源而有确证，当然"不在梦中，笔即生花"，将其用在文稿上谁说不是有其可爱者在？倘若这些资料不是向所熟悉的事故，或别来已久，显难辨别其真正情况，既无余暇，追究底蕴，即应割绝所爱，不予理会。遇此，断不可存心冒险，姑且尝试用之，用得其当固属大幸，用而有误即属白璧之瑕，遂致全文有缺，最多只是一种"缺陷美"而难登上"十全十美"的宝座。那么，由此足可看出"割爱"在匆忙间撰写长篇论文方面的可贵了。至于说到"藏拙"方面更自同然，割爱是忍心而为之，藏拙是顺心而为之，虽忍有所痛，顺有所遂，虽一则本体为"爱"，一则本体为"拙"，然皆系求取论文的理路通、事理明、文理顺，可称其为异途同归，不必老板再在论文写作方面另为"藏拙"而作说明了。

  关于"割爱"及"藏拙"两辞的使用，除见于撰写受时间限制的长篇论文外，即在男女青年恋爱的过程中，也是用得着的。老板屡曾主张"恋爱艺术化，配偶恋爱化"，想把恋爱的情调连结至"白头偕老"，而为婚前的恋爱阶段开辟一个新的局面。这就是说，恋爱乃人生道路上两性关系方面应有的经过，直至结婚以后依然无衰。其在婚前的恋爱阶段，恋爱就是恋爱，非纯为结婚的旨趣而然，无非对异性一种艺术上正当的表演，将来可能达于结婚成为配偶罢了。男女结婚就事实上的观察，并不以经过婚前恋爱为绝对条件，观于旧式婚姻的"口袋买猫"故事，于结婚后逐步创造爱情而相恋之,即为著例。那么,现代男女间的婚前恋爱阶段,只可视作两性间艺术化的交往,以很郑重而又很轻松的心情与态度有其如此经过便是。这种接触到了最高峰、白热化,自然水到渠成,进入求婚允婚的乐园。反而言之,倘不把婚前的恋爱过程视作艺术一样的经过,慢说一见钟情,欲速不达,惹出对方的反感,万难达到成双成对的目的。且如以恋爱过程为艺术化的立场而观,就令恋爱失败,不怨天、不尤人,只怪自己对恋爱表演的艺术不够,纵不退出情场,还可另找对象,绝对不会演出"殉情"的悲剧或"三角恋爱"寻仇的惨剧。不过或有人说,如以恋爱艺术化为策,事若不成,岂非玩弄了对方的感情,实在不可认为合理。须知现今社交公开,男女友情存在,恋爱旨趣既非纯为结婚而然,自难谓系玩弄感情,两情相恋,合则顺理成章而结婚,依然继续其恋爱的情调到底,无改于初;不合纵然因此冷淡了往来,降低了友情,绝不会反目成仇或视同路人。所以惟有"恋爱艺术化",在所谓恋爱失败的时候方能很平静地而轻松地挑起"割爱"的重担,不致为情而殉,为爱所毁。至于说到"藏拙"一层,在恋爱过程中,自然要小心谨慎,不应故意显露自己的短处,否则显与艺术上的圆满条件不合;这并非对他人存有欺骗,只是藏而不露的一种消极态度,虽系昭然有利于己,却非绝对有害于人,不然如以自己向所不能者而伪称其为能,那倒是欺骗了。不过这种"藏拙"却是有限度的,如恋爱而到求婚允婚的阶段,要使婚后过着百年偕老的幸福生活,实不宜掩自己之短而仍然藏拙起来,俾对方最后还有一个考虑的余地才行。

试再广泛地说来:凡是不走正当而跌入陷阱中的爱,如所谓溺爱、宠爱、偏爱之类,都要下定决心,予以割绝为当。溺爱系指宠爱过甚而言,《大学》"人莫知其子之恶",朱注谓"溺爱不明",实即爱心有其所贪,沉湎不反,往往因此惹出许多祸端,爱之适以害之,自应割爱,免有差错。宠爱系指非属应爱竟有所宠者而言,每以内宠称之,左僖十七"齐侯好内多内宠,内嬖如夫人者六人",又"易牙入,与寺人貂,因内宠以杀群吏",注"内宠内官之有权宠者"。此皆幸近女子与小人,苟不对其割爱,岂有宁日?偏爱系指因私情偏袒一人或少数人而言,偏袒原出于《汉书·陈胜传》陈胜起兵穷乡抗秦,袒臂疾声而吼,继又由《汉书·高后纪》载,诛诸吕时又有左袒右袒之词。本指维持正义用语,后世讹为因私而袒护一人或少数人之词,致与原意不符。果如后世所用,偏爱意义,当为私爱以致爱有所偏,若不对其割爱又将何以维持公道?更进而言之凡因不良习惯或嗜好所引起的爱越发要从割爱做起,俾免后悔莫及。譬如说酒能活血壮胆依量少饮未尝无益,但如嗜酒若命,致有酒癖,或则使酒骂座,如疯如狂,或则一醉如泥,有呕有吐,这样贪杯之爱,能认为不应割绝吗?譬如说,钱能济贫活命,以道取财实有必要,但如贪财不舍,致为财迷,或者贪污存心而成盗臣,丧失一世清白,或则作奸犯科而成罪犯,永远不得翻身,这样贪财之爱,能认为不应割绝吗?说来真是话长,不必一一举出事例为证。现在单就老板七年前以身作则的割爱故事来说:老板在二十岁以后,为赶时髦,慢慢染上香烟瘾,一直抽了五十多年光景,真是老板说的"火柴到处寻情侣惟有香烟是可儿",每天要抽到六十支,想少抽几支总是心神不安而难忍受。有一天曾买了一条长寿香烟,因心脏病往看陈炯明大夫,他说"与其吃药,无宁戒烟",听了大夫的警告,老板突然醒悟,当即放下过去酷爱香烟的屠刀,并即以此刀割绝了大抽香烟的不良所爱。记得某甲为某乙向某丙之父说媒,其父因某乙抽烟,不允将女嫁出,某乙因此割爱戒烟,某甲告知某丙再行提亲,某丙更不允亲,谓既有烟瘾,竟能戒绝,较抽烟之人更为寡情,不可为婿云云。实则老板的割爱戒烟,乃系因情而然。老板抽烟实为太座所不喜,尤其烟蒂落地,烟灰污衣恒受太座怨责,今割爱戒烟,既如太座所喜,且免去怨责,实一幸事。至于说到"藏拙"的话仍系同然,事例繁多不及备举,但就大体而观,那就是:不能懂的知识,休要强作解人而以为知,不会做的事情,休要故装巧匠而以为巧。孔子说"知之为知之,不知为不知是知也";荀子说"信也,信也,疑疑,亦信也";"不知"与"疑疑",都是藏拙条件的另一说法。朱文公一代大儒博览群经,依然有其不能了解的地方,对于经书的解释,有些词句,便不敢臆测,而为曲说,便以"未详"为注,可说是具有深厚的藏拙工夫。藏拙在知识的贡献上非即为短,实在具有保留求全求备的余地。所可惜者,还不免有些人往往竟能"东说蓝天西说海,南谈骏马北谈鱼",侃侃而道,路路皆通,这真是"一瓶子水不响,半瓶子水框窗"了。若再就不能藏拙的行为方面看,更是"孔子门前卖孝经,鲁班手下弄斧头"居然惹出笑话百出,正如老子所说"夫代大匠斲,未有不伤其手者也"。所以行为方面的藏拙更较知识方面的藏拙为急,否则当场出丑,露出破绽,必会使旁观者哄堂笑掉了许多人的门牙!

不过话又转过来说:"割爱"及"藏拙"两辞诚然在许多事类方面希望人们这样去做,惟如就人类全部活动一想,却不尽然。割爱有可割之爱,也有不可割之爱,藏拙有可藏之拙,也有不可藏之拙。换句话说,应割小爱以全大爱,应藏凡拙以谋不拙。譬如说在真理上,爱道德、爱正义、爱公平、爱善良,即是大爱,在伦理上,爱人类、爱民族、爱国家、爱同胞，同系大爱。像忠臣的杀身成仁，烈士的舍生取义，以及正气歌、忠烈传内所指的事端都是为了大爱而割绝了小爱的忠烈人物。他如孟宗为孝亲而冬日哭竹，王祥为奉母而寒天卧冰，与夫伯陶宁冻饿死而并衣粮与挚友，子舆不避霖雨而裹，饮食与故交，也都是割其己身的小爱，全其孝友的大爱，小爱无关宏旨，为了行文做事自可割绝，对于大爱有关人生责任，自然不以"割爱"为说，俾能完成人生使命，以免辜负人生，而种下许多忧虑与罪恶。至于说到隐藏凡拙以谋不拙方面，一般看来，"藏拙"的"拙"系指平凡的愚笨而言，不智不巧都在其内。惟若具有才华而不外露如所谓拙作、拙文……等多系自谦用语，那么"藏拙"的拙，就不专指不智不巧，至少也属小智小巧了，老子遂有"大智若愚，大巧若拙"的话。为了人类佳音、社会福利，倒也不必藏拙于己，守身以愚，而不贡献其拙出来，运用其素所隐藏的大智大巧济世救民，这才是真正的"不拙"了。何况对于大爱的珍重而在求全求备情况之下，更须万众一心，同舟共济，纵系小智小巧的愚笨工夫，也得竭其绵薄，奋勉从公，岂不是"泰山不择土壤，故能成其大，河海不择细流，故能就其深"的道理吗？

总而言之，老板的"杂货店"久未开市想改设"估衣廊"又不可能，今日勉强复业，虽从"割爱"及"藏拙"两种陈列品上为正反两方面的种种说辞，是否能发生广告宣传的效果，取得主顾欣赏，那就不得而知，尚希主顾鉴谅是幸。

（1976年3月）

晴园谈"戏"

一、戏剧社会的描绘

每一艺术各自有其境界或园地；夸大说来，使自己的艺术圈内的范畴、方式、规律、条法等等构成一种巍然独自存在，而难被他人否定的天地。若更有演员出没其间，或操纵从事，那又可就这种艺术圈内的天地所表达的景象予以生活化，改称模拟的社会，说穿了，就是剧戏社会。对此，不惮其烦，详为解释一番：像文学的风格，音乐的韵调，绘画的笔路，雕刻的刀法，建筑的神工，舞蹈的妙步，连同摄影的选景及选光，鼓书的运气及运腔，都可察见其天地何指，为各该项艺术表达的依据。推而如球类，如弈类，如博类，各种竞赛依然在其天地间，本于规律条法所示，运用心思智巧，以争胜负，以赌输赢，也是同样道理。然而上述所有艺术或他种竞赛虽各自有其天地，神妙无比，都不能与另具景象的第四艺术戏剧社会同视齐观。诚然：第八艺术的电影，甚或得称为第九艺术的电视，都比舞台上演出的戏剧更为复杂，何以不能同为模拟社会的特称？仅以戏剧社会为限？这是因为电影电视显映于银幕或荧光幕的范围极其广泛无限，除了电影的故事片，电视的电视剧（连续剧及单元剧)外,还有风景片、音乐片、纪录片、电视新闻、电视广告、电视录音等等,牵涉各种艺术各项竞赛,固不能认为各自无其天地,也不能一律视其为模拟社会。即以电影故事的影剧及电视剧部分而论,仍是万变不离其宗,以第四艺术的戏剧为其蓝本,这就是戏剧社会模拟命名的由来。

戏剧指在舞台上,由演员担任脚色扮演或操纵剧中人登场,用动作并或佐以唱白(例外上,或以语言声音代替动作如广播剧是),为旧故事的重写,或新故事的创作,依照脚本而反复演出,以取得观众听众同情的一种甚为复杂的第四艺术,准此,可知戏剧社会构成的基本要件,第一,要有舞台的背景,至少要有想象的舞台观念在观众、听众接受中,所以不在舞台上的演出,像花车游行的装扮戏剧故事亮相,或扮作戏剧故事的"高跷"招摇过市,都不能算为戏剧,而产生其社会意识。不错!像广播剧虽无现实的舞台可指,但既有整个的故事,连续逐次播出,且在其开播以前首为其剧名的报幕,并为担任剧中人演员姓名的介绍,显然有一个想象的舞台观念在听众接受中。若言电影剧或电视剧,其电影的银幕及电视的荧光幕,又何尝不可进一步而拟为变相的舞台呢?至于票友们的"清唱"场面,虽然不一定在舞台上为之,这只是一种集体的排演或自导性质,倘真要戏剧上演,那就得从彩排(西安称为挂衣)着手,自非借助于舞台不可了。又,戏剧社会构成的基本要件,第二,要有演员的演出,至少要藏身幕后,对舞台上出现剧中人替身的动作,并或唱白有其操纵,而成为这个戏剧社会的主使者。所以不始终连贯以剧中人的身分在舞台上串演或操纵之,像北方的鼓书、南方的弹簧、河南的坠子,以及各地方的说书(如说三国,说水浒,说七侠五义，说济公活佛等），每为第三人称的口吻出现。纵像偶尔有用"第一人称"的，仍然是说而不作，就令唱白兼备，皆非在舞台上演戏作剧的性质，虽各自有其天地，终难模拟其为戏剧社会。说来，那些主其事者诚不失为演员地位，却与扮演或操纵故事里的剧中人两无关系。这就是说，在如此场面下的说书人，诚然离不开说或唱的做作，至多只有书中人的身分，却不能具剧中人的性格，纵其说或唱的本身，另有其天地，终非模拟的戏剧社会可比。然而演员按着脚色分类，扮作剧中人几乎与其化而为一，在舞台上串演故事，取得观众同情，致令以假为真，以幻为实，固系正宗的戏剧社会出现。但在另有替身，在舞台上为故事的演出，演员处于幕后，对舞台上剧中人替身的动作，并或唱白有其操纵，本于李代桃僵的方式而演奏之，如傀儡戏、提线戏、布袋戏、扁担戏、皮影戏，仍不能不以所在的天地，视作广义的模拟戏剧社会。再，戏剧社会构成的基本要件，第三，要有连贯的新旧故事不断反复而继续出现，至少要有单元或独幕的简要故事如此。所以故事缺乏连续性像滑稽或逗笑节目中，就社会上一点一滴的取笑材料，而为所谓"短剧"的演出，这只是大节目中一段"插曲"，自不可认其本身仍为构成模拟的戏剧社会。同样，在北平杂耍舞台上，由演出的相声、双簧或武术、魔术以及其他说、学、逗、唱的玩意儿，因无连贯性的新旧故事出现，纵各自有其天地，终因戏剧是以串演连贯性的新旧故事为主，终须有故事上演，方算升堂入室并走进了戏剧社会的园地，而无逊色。那么，像花子拾金、十八扯、纺棉花（发财回家）、戏迷传，人物或极简单，且系各种剧目零碎演出，但其自身仍然不失为故事的描述，又其所采各种唱做，也不仅三五回合的调门而已！

戏剧社会存在的原因，须备具三个基本要件，有如上述。倘就戏剧社会存在的内容而观，实非一般局外所易了解，即以接近职业演员身分的票友来说，也不过略知其情，而与内行相较，多少总有些距离，内行称其"带有羊毛气"认为"不如流"；真正能入流的票友，那必然走入"下海"的阶段，像汪笑侬、言菊朋、龚云甫便是。另如其他各种艺术或竞赛虽各有其天地，非局外第三人所熟悉，然与戏剧社会隔行隔山，依样不能对于第四艺术戏剧的规律条法比肩同论，殊难由此估定其戏剧社会的价值而致抬高或降低其形态与地位。这就是说，在戏剧社会存在的景象上，像行话、避忌、脚色等等，局外第三人每等闲视之，内行却奉若神明，不愿有违。在戏剧社会存在的景象上，像身段、觔斗、台步等等，局外第三人每忽略及之，内行仍各有其尺度，不能做错。在戏剧社会存在的景象上，像皮（西皮）黄（二黄）各自为调，板眼互有其属，戏白以外有京白，有苏白，甚至于又有晋北（大瓜园），地方剧当然随方言不同，唱腔咬字，白口吐音，也就大有分别，局外第三人对此漠然不知，只有内行独占春风。在戏剧社会存在的景象上，行头除所谓写实剧而用现代服装外，戏装分华夷两种：华装在原则上以明代服装为依据（见《昭代丛书》三才绘图），不分古今通用；夷装大体上以满洲服装为式样，不分族别皆然，无论华装或夷装虽不因古今或外夷而有其别，但仍按着剧中人的身分与地位有固定的穿着，不能乱例。局外第三人对此并不注意，内行却以"宁穿破，不穿错"为戒；纵然是簇新的行头，只要穿错，依样破坏了戏剧社会的精神，过去江湖上行头破旧的"可怜班"仍能存在而演出如故，就是这个原因。其他在戏剧社会存在的景象上再举几个例证来说，一时想到了时间、空间问题，显然与一般局外人所了解的绝对不同，由前述的行头式样，我们知道戏剧社会有其定规，华装是不受时间限制，古今皆然，夷装是不受空间限制，彼此如一。推而如台上刹那之间可以缩短最久时间，或用唱腔四句或用唢呐一吹即算了事；台上方寸之地，可以表现辽远的空间，或以绕场一周为两地往来，或在明场之内兼用暗场，而为缩地术的再见；继又想到台上两足步行的演员可以使其骑马奔驰，赖有马鞭，甚或另有马夫牵马以表现之；可以渡船过江，赖有桨篙，甚或另有舟子划船，以表示之；可以坐轿过市，赖有轿帘及轿夫，甚或由人役用揭起轿帘的手势以表示之。以外，在戏剧社会存在的景象上，对性情及年龄不同的脚色，另有各种脸谱、髯口，以示其别。脸谱为忠奸正邪与刚柔的象征，而代表滑稽类的三花脸却为丑行所占有；髯口为壮健苍老与衰耄的象征，而吊挞搭胡子，仍为丑行所分领。类此事例在戏剧社会存在的景象方面，一时也说不完。要之，戏剧社会的范畴与方式、规律、条法等等均属与世不同，由一般局外人看来，有些动作真是同于儿戏，但内行观之，却是牢不可破的金科玉律，这就是模拟下戏剧社会的特质所在。从而一般社会上有些特殊事情，非属常情所许可的，舆论界便以戏剧化的表演或戏剧性的过程为喻，无论得到好评的，像埃及总统访问世仇以色列，或得到指骂的，像劫机歹徒迅即失败投降都是。因为所表演者皆系出乎一般人意料之外而然。

二、戏剧学问的探寻

戏剧诚然是一种极为复杂的综合艺术，得从其全部表现的景象上，摹拟出一个独自存在的戏剧社会，而与其他艺术所依据的天地率难为同。然而无论何种艺术甚至球类及各种奕博竞赛，倘欲整体观察深入研究而精求之，不仅只重视艺术圈儿内的一个"术"字，并须具有相当学问贯彻其间，这就是说，除在"术"字上下工夫，勤练苦习，熟能生巧外，还得运用脑力、智力、思力以求其通，以达其妙。世人都知"社会是一个大学校"，名教育家杜威博士有话"教育即生活"，于公右任生前也道"莫要忽略请客吃饭是小事，实在含有不少学问在内"；把这些观念引用在极为复杂的综合艺术——戏剧——方面，更须探寻与其有关的学问，乃系研究戏剧艺术者同有的希望。

不过，要探寻戏剧学问何在，首先应知这种学问必须与戏剧艺术有其直接关系，才可启齿访问下去。休说一般单纯以戏剧其名其目为娱乐性或消遣性的清客雅士借题试其才华，即难认其为戏剧学问的表达者。像与友朋或自己一人在茶余酒后，以剧目名称猜谜面或谜底，或以之而对句或做诗钟，或就戏院或舞台而写出极可称许的联语或诗词都是。另有其他艺术界朋友，将所有剧目的命名连接一起，作为夫妻争吵或朋友斗嘴的对口相声演出，这是为了赚钱吃饭，更不见得是探寻到戏剧学问的藏身窝。进而想到老同学徐彬彬兄，号称凌霄汉阁的"老汉"，曾在《上海时报》用台词语句写游戏文章，虽因此而知其富有戏剧知识，但不得凭此一类文章，即认为与戏剧本身方面有何直接关系。除了上述的种种事端外，就令在文学上有深厚的造诣，倘其所写的剧本，不适于舞台上演出或必须赖有经验的戏剧专家大加修改剪裁，乃可勉强一试，依样不是我们理想上探寻戏剧学问的所在地方。说句笑话，总然拜神心切,只是把庙门找错了!我们知道,在欧美各国大学里,戏剧一科早已成为文学院重要部门之一,且可使修习者享受戏剧方面博士、硕士学位的荣誉。本人既未出国留学,且无机会修习文学方面戏剧学问,对此自然不敢妄有所议。但据常理推测,在欧美戏剧方面,无论其所研究的对象为歌剧(Opera)或话剧(Spoken Drama),既然属于文学部门,论其重点所在,当然放在"文艺"的园地,而非放在"剧艺"的田亩。那么,只要合于文艺上的范畴、方式、规律、条法,便具有戏剧文学方面的学者身分,至于在"剧艺"上是否适格,是否中式乃可,却是另外一回事儿。所以由这种纯粹文学研究出的所谓戏剧标准或所编写的剧本,无非偏于"文艺"性的标准,而非恰能适合"剧艺"性方面"术"的标准,其剧本只是"读的剧本"或"朗诵的剧本",而非"演的剧本"或"唱做的剧本"。这种戏剧文学上的学问,纵可珍贵,却非我们离开"文艺"园地,要从"剧艺"田亩的"术"上,所想探寻的戏剧学问。

说到我国,"优孟衣冠"固曾早见于古,惟在戏剧学问上实不如"小说家"的走运,久已列入流派之内,而致戏剧方面的学问,有待于宋元的杂剧院本出现及北曲南曲的流行开始,才露头角。诚然!有些部分不免是属于纯粹文学性质,其所编写的剧本不易实际上演,然而大部分倒系戏剧学问与戏剧实务打成一片,而有其演变与成就;据本人说来,这不是由文学观点而影射实际上的戏剧演出,乃由实际戏剧演出而升高到戏剧文学的表达。那么,就和欧美各国经过的戏剧学问,彼此相似而又不同。读过了王国维的《宋元戏剧史》及日人青木正儿的《中国近代戏剧史》,当可知其概略。大体谈来,由于北宋太宗时候所玩的滑稽表演,一变而为故事演出的杂剧，遂为金元改变为院本的蓝本。最初的杂剧发生及其剧本，是否出自依赖剧班为生的潦倒穷士创造改变而然，未知其详，但金元院本当系有才华甚或又系富有的文人为所谓行院方面所编的。其剧本除在风月场所的行院诵阅甚或演出取乐外，而能普遍上演于舞台的，确即与"剧艺"结缘，彼此呼应，自非单纯的"文艺"作品可比，所以院本就成了北曲的正宗。在北曲中另有两个别支：一为发源于高阳的高腔，词句既甚雅致，曲牌工尺的精整，不亚于南曲的昆山腔，非有高深文学修养的文人手笔不能出此。一为盛行于西北一带的秦腔（当指西安梆子），或称其系箫管改为弦索的开始，声调高亢商音最深故用梆子以节制之。其唱词虽通俗，却每有惊句发现，如斩雄信（平剧锁乌龙）单雄信骂瓦岗降将唱"你投唐为的是穿衣吃饭，难道说李世民送你江山"；杨家将杨延昭唱"我杨家投宋来不用人保，桃花马梨花枪自挣功劳"皆是；当然也由于饱学而实的文人所编乃然。南曲是南宋光宗时永嘉文人所创，或者前后与所称"永嘉学派"有其因缘关系，并以永嘉杂剧、温州杂剧为名。嗣因琵琶记出于南曲，复因明与元亡，北曲衰，南曲遂取代之。其间，由于流行的地方关系，又有弋阳腔、余姚腔、海盐腔、昆山腔各部分，但结果却由昆山腔的昆曲，横扫了明清两代之间大江南北。清中叶，江淮盐商富裕奢侈，称雄一时，把戏剧分为雅俗两部，俗部系将汉徽皮黄、秦腔等等罗列于内，称为"乱弹"，雅部独指昆曲，从前剧界曾说谭鑫培或杨小楼"文武昆，乱不挡"，"昆乱"即指昆曲与乱弹对立而言，足见其盛。然文人雅士因时代变化及地方习性而致好恶不同，穷则思变，见则思迁，各代甚有其人；一方面秦腔伸展其影响而有汉调，汉调又引申其影响而有徽调，清乾嘉间，四大徽班（其一为三庆班其一或为四喜班)陆续入北京,多赖达官贵人学人骚客的维持与指点,平剧遂即发祥于燕京,当日称为"京戏"。尤其清末,西太后嗜好此曲,不时在万寿山行宫"传戏",伶工曾当其值者,社会上都刮目相待,誉称为"供奉",其中,为本人说戏的李宝琴者(习称胖宝琴),即其一人。于是皮黄遂被誉为"雅俗共赏",京戏,近多年来,除改称平剧,且被加冕而称其为"国剧",不仅昆曲由此而衰,以致清人钱沛思所选明清传奇剧本而有十二集(每集四卷)的《缀白裘》一书,难为社会熟悉其书名,就连北曲中的高腔也随同而衰落了。一方面秦腔的西安梆子,除采于川剧者外(川剧分三大部分演出,秦腔、高腔、弦索),初由该西路梆子(即西安梆子)变为东路梆子(旧辖同州府一带),继分两路演变,一路变为河南梆子、为山东梆子,一路变为山西梆子,变为河北老梆子,最后变为京梆子。其所以使秦腔梆子独自成一体系,一变再变三变……历久而不衰者以及我国所有戏剧的变化复杂者,探其原因,纵不是富有戏剧天才的典雅文人,为从戏剧方面夸显其才华,便集中思力如此为之,就是生活无着的潦倒穷生混在戏班里谋求温饱,不能不就戏剧实务运用心力改进而忠诚为之。所以在我国所探寻的最高一层戏剧学问,得认为与戏剧艺术有其直接关系的(至于秦腔所以开乱弹的先声,为弦索戏路的前锋者,据本人猜想,秦腔所用胡琴以二胡为主,三胡——习称胡胡——次之,都是西北胡人的产物,陕西原有区域甚广,包括今日甘、宁、青三省在内,与胡人接近,遂能开弦索之始)。

我国文化悠久,戏剧为其现象之一,数百千年来文人名士于有意无意中,从戏剧本身上使其戏剧种类、曲牌、腔调、身段等等不断有其千变万化,遂将戏剧升高与文学、美学、音乐学、音学接近,而为高深一层戏剧学问的表现,这无非出于"可遇而不可求"的形态而已。想当日在经过那么长久的时间里,一般实际从事于舞台上演出的演员,还不是处于"民可使由之,不可使知之"的情况中,登台而演,下台而练的"剧艺"之"术"科里度过吗?我们今后不特要演剧人员有"术"并且有"学",这固然是一座正当的里程碑,惟在实际运用上想要探寻前述高深一层的戏剧学问,距离尚远,将来望有独立的戏剧学校设置后,或现在以演员资格考入文学院戏剧学系就读,才有问津的机会,并或能进而享受博士、硕士学位的荣衔,到了那时,通俗一层的戏剧学问又算什么呢?如今,特再就数百千年来,从事舞台演出的演员在逐渐吸收普通戏剧学问上是有如何经临?据本人妄断最初祇是"术"的方面训练,唐玄宗及后唐庄宗的梨园子弟,后世升平署的太监多人,都是在"剧艺"的"术"上,教导其为登台后恰能摹仿剧中人物的行止或惯性。至于说到民间不外有两个训练途径:一个是科班出身,北平叶姓所组织的富连成班(最初为喜连成班),人才辈出(谭富英、马连良、哈元章皆出于此),继有俞姓所设立的斌庆社,而南方的厉家班(秦慧芬出此),也是有名的科班。记得民前吾乡三原由杨姓所主持的德胜班就是科班性质,俗称"娃娃班",名满西北的正旦陈玉农就是出身于此,习称其为"德儿"或"德娃"。该班后起的青衣"志娃"、武生"砚阵"均于辛亥组织民军,各为连长,抵抗清兵阵亡,不仅于公右任咏徽班名旦"战死沙场有小红"之句独美于前。辛亥革命后,江湖班解散,但另有文人如近代水利学家李实之的父亲李桐声及名儒高培支、孙仁玉、胡文卿等组织易俗学社,人才辈出,除排演旧日剧本外,颇多新编剧本出演,以达移风易俗为目的,学生均以"中华民国易俗"六字轮流排名,也曾到过北平、汉口演出。继而起者有蓁苓社、三意社及鸣盛社;抗战中同学封至模又组织平剧科班夏声社(为大鹏教戏的名旦赵原出于此)。所有各地科班,当然把戏剧学问放在"剧艺"方面的"术"上,一般最初情形,为念剧本或为方便而教其识字,民国后,名剧社渐次始有小学程度,乃能望见戏剧学问的门墙,准备而入。政府迁台后,除戏剧专门学校设置外,空、陆、海、勤各军在康乐团队内各有大鹏、陆光、海光、明驼等剧社剧团的组织,演员的通俗一层戏剧学问更见提高。其已演出成名而愿深造的艺人,如郭小庄、黄双双,都考入文化学院戏剧学系肄业,那么使这种高深一层的戏剧学问,不仅"可遇"而且"可求"了。除了由科班训练戏剧的登台角色外的另一个途径,那就是个人间的师徒关系,拜祖师爷及拜师傅后,通常是经过"学三年,帮三年"才能出师,自创局面。"学"在剧艺中"术"的过程,通常是吊嗓子、背戏词、教唱白、练板眼、上胡琴、学身段,因为有帮三年的远望,对于"剧艺"的"术"上传授,不必全由徒弟"偷师学艺"才能得其妙诀,师傅总是愿把"剧艺"上大部分的真实本领,传给徒弟的。"帮"是在最初三年学成后,师傅仍随徒弟到场上台试演,行头等等全由师傅供给,所得包银或戏份尽由师傅收去,徒弟至多分得几成罢了。像程砚秋在名士罗瘿公等筹款为其中途出师以前,系以花旦路三宝为师,试演于燕京崇文门外广兴园便是。另外还有从科班结业以后,或已出师在演出中,为仰慕有名的伶工前辈,便以红帖拜门而发生师生关系,像王瑶卿、梅兰芳门下即有许多这样学生便是。不过在演员由于自己陶冶而为增长戏剧方面学问,除系票友下海,原已具有戏剧学问的基础如汪笑侬、言菊朋之外，一般成名演员不甘自封其域，为求进益，每喜与文人名士往来，有所求教。譬如说梅兰芳的戏剧学问，不只得益于死在台湾空军介寿堂亡年八十四岁的老人齐如山，且有本人北大同学张鹦子（名厚载）其人，成为门下清客。又如为苟慧生贯输剧学及编写剧本的鄂人陈墨香（据闻其父为清代总督，昆仲二人皆好戏剧），也使慧生领受戏剧学问不少。另如余叔岩对戏剧更喜研究，与许多文人名士有其往来，北政府平政院第三庭评事杨某即因与其研究戏剧学问，骤死其家。说到这里还有一件故事要说出来，那就是关中长安、三原、泾阳一带所行的"本地二黄"一种戏剧成立的原由，先伯父际唐先生清廪生为于右任公的前辈，现冥诞百二十五岁嗜此甚深。因陕西秦岭以南，旧辖兴安府地区与湖北接壤，汉调传入演唱，既非名班，而又有山野气习，关中各邑秀才以上的文人名士嫌其粗野，带有"山气"，一方面自己与其同好组织自乐班，为改良演唱的模范，一方面便把改良的唱白腔调身段剧情分别传授与实际登台的演员，遂与真正汉调有了区分；后来鸣盛社的科班就是此派。

　　据上所谈的几段话看来，我国戏剧艺术在学问方面的发展，有属于高深一层的，有属于通俗一层的。这两层学问虽然各有风格或能在实际上分占春色，那"阳春白雪"与"下里巴人"原系不必并合起来而存在的。然彼此间毕竟有密切联系的关系，要有"术"并贵有"学"，要有"学"更贵有"术"，纵在个人造诣上有知识上与工夫上程度的学问差别，但在整体戏剧艺术的学问上，不应使其公然各立门户，而破坏了彼此间统一的精神。戏剧的高深一层学问是由"术"的实用方面逐渐透露出来，升华于"学"的境界；戏剧的通俗一层学问是由"学"的方面不断鼓吹诱导精益求精,坚强其"术"的阵营。从而戏剧学问有"学"有"术",值得称其学问享受"学术"的美名,这与医学法学相比是差不多,所不同者,它们都是先"学"而后"术"罢了。修习医学要有七年光景,像生理学、心理学、生物学、卫生学、细菌学等等都是基本课程,其次再分别而有各科的病理学学问,最后乃趋向医"术"方面,而有临床分科的实习与训练。法科在学校修业,以法"学"为主,理论课程居多,实验课程最少,所以英美的法学修业往往采取三年制,我国也有学校为兼读英美法的缘故,将普通四年制延长为五年制,但对于"法术"的"术"的深造,同样有其相当距离。于是在法科毕业后,经高等或法官特种考试及格者,必须录入司法官训练所受训,使其专心于"法术"的"术"的训练,且于结业后,分别派充实习司法官有年,乃能正式充任司法官。像民事方面的和解或调解,刑事方面为刑法第五十七条等的适用,都属于"术"的部分绝不能囿于"书生"之见而败其事,甚为顾然。知乎医学法学在其学问上之"学"与"术"地位不可分,戏剧艺术方面的学问,更如前述而同其然。惟如以"学"与"术"两相比较,为求实际效用,"有术而无学"与"有学而无术"均各有其所遭遇的命运,不可一概而论。

先就"有术而无学"的实况谈:诚然没有高深一层的戏剧学问,或者不免被不明事理的狂妄者以过去所谓"戏子"身分等闲视之,受有莫大的歧视与侮辱,乃其缺陷所在。但既在"剧艺"的"术"上有其一技专长在身,为社会教育服务,自应受人重视,而享有职业平等地位。慢说对待成名的演员久已如此,就像北平天桥戏棚下演出的脚色,为一般贩夫走卒所欣赏,在台下发出大叫其"好呀"的欢声，一样有其职业上的地位与荣誉。甚至于往日北平有人组织跑龙套跑宫女或武行集团，为各大剧班临时雇用应差，他们虽无高深一层的戏剧学问，却必须熟悉各个剧情乃可。有其"术"的方面本领乃可，藉以谋求衣食为戏班帮忙，为观众效劳，至少不致失业增加社会救济的负担，像外国专以领取救济金为业者是。次就"有学而无术"的实况谈：论其优点，它是戏剧学问高深一层所在，不只接近文学、美学及音乐学的边际并可触类旁通到社会学、教育学、伦理学等等方面。然必须同时有"术"的方面陶冶，像莎士比亚能演能写的情形才行。否则便会贬入其他各种学问的疆域以内，不得以"剧学"大师为称了。本人想在这里举出前面曾提到的几个实例，以为佐证：一个例证是为荀慧生编戏说戏的陈墨香，自己也屡次上台串戏，初习青衣，后改花旦，继改刀马，无非是本于"教学相长"之道，而自己同时在"术"的方面下了实际工夫。另一例证是辛亥后，关中文人学者组织易俗学社，历年新编剧本甚多，除特在社内随时请教于教练陈玉侬、李云亭（老生俗称麻子红），刘立杰（老生俗称木匠红）等人，在"剧艺"的"术"上求其指导而且各在宿舍内按其所编新剧本，走台步，试身段，研究其是否深入"剧艺"的田亩。先是，有李适山者渭南人为皮影戏编有"十大本"故事，其中"蝴蝶杯"一本为易俗学社排为秦腔上演，据闻大鹏社除排演秦腔的"玉虎坠""周仁回府"以外，也有"蝴蝶杯"的排演。再一例证是关中"本地二黄"自乐班，过去都是秀才以上的文人名士，方能加入，贩夫走卒都是望门兴叹，他们除帮助并教导实际上演的演员以外，自己定期清唱，文武场均不假手他人，且不时有彩排的"挂衣会"为"剧艺"的"术"上一种实验，于是一般实际演出的演员，也就"云从龙,凤从虎"而使"汉调"变成了"本地二黄"。

　　总而言之,在将来戏剧学问如能达到全面"高深一层"的时光,自可以"学"教"术",而使"戏学"支配"剧艺",这尚是一种理想,不知何日方能实现高深一层的远景。现今,戏剧毕竟是一种极为复杂的综合艺术,在戏剧学问上,如能远望戏学而在"通俗一层"的智能方面,使"剧艺"的"术"上基础扎定,似乎是我们今日第一步所要探寻的戏剧学问了。本人虽自幼嗜好戏剧,但放下这一艺术的研究已有数十年之久,真是"不学无术",老来戏瘾复发,大摆龙门阵,这不是舞台上"乱弹"而是纸面上"乱谈",诸希读者原谅是幸。

三、戏剧人生的尝试

　　记得五十余年前,在北大求学时代,梁启超于《北京晨报》登出"人何为而生,人生而何为"这个题目,征求解答。关于前一问题,当日约有三类答案。第一类:许多宗教家说,上帝创造人类,必有其一定目的,遂由各派教义,表达出"人何为而生"来。第二类:许多科学家说,人之生也由于进化,我国也有"天地之大德曰生"的说法;既有其生必求其活,必有其动,必见其作,必达其为,从而人生,生活,活动,动作,作为乃一连串的事端,这就是说"人何为而生"便是"为生而生"。第三类:系属管见;认为当今之世,一个人生下来,既为国家民族的一员,责无旁贷地即应为国家尽忠,为民族尽孝,而人之所以生,就是在其立国立人之共同目的上存在,彼此同然,这便是"人何为而生"的答案。关于后一问题,"人生而何为",在民主自由平等原则之下,尽可交由每个人的所愿而为决定。或求富,或求贵,或求名,或求利,或为士,或为农,或为工,或为商,甚至为僧,为道,为尼,各有所向,人异其志,不可勉强。那么,有人为戏剧的人生观而尝试之,也可说是其中的一种了。

说起戏剧的人生观,一般人总离不开一个"空"字,认为人生如"白驹过隙"稍纵即逝,我有一位老友刘侯武先生,在八十余岁时说,万象皆空,曾有诗歌,登载《建设杂志》,戏剧的人生观不无由此而出。谈到这里,忽然一阵心血来潮想起年轻时候一件故事:我的外家是在泾阳县一处农府——武寨府,有一座广阔而深入的大庙,各殿塑有庄严肃穆的神像,殿前远处设有戏台一座,雕梁画栋,气派十足。每年忙罢(麦子收割后)举行丰年祭,演戏酬神三天四夜。第一夜开始,称为"挂灯",虽不限于喜剧演出,但绝对忌演有杀伤故事的戏剧,例如最欢迎的演出,是《万寿图》《满床笏》《龙凤配》等,最忌讳的是《红梅阁》《八件衣》《乌龙院》等。其余三夜,并无任何忌讳,但同限于"本戏"(自始至终的一套故事),不演"折戏"(全本中的一出或一回),"折戏"仅作为"捎戏"(本戏后加演一回)而已!三天各演中午、下午两场,正日(第二天)尚有早场一次。除象征性的"神戏"(福、禄、寿三星)外,每以清官册(吊寇)应卯罢了!俗称其名为"早一本"讹为"早爷本"云。村中演戏以前,戏班搬运"戏箱"(行头等件)前来,并为伶工安置"下处"(地铺所在),而零食摊贩也预先汇聚村内,人迹往来不绝,已较往日热闹非凡。同时村内各家纷纷接来亲眷观戏,男女老幼聚集一堂,较之过年过节,更是欢天喜地,乐不可支了。在这三天四夜的戏剧开演期间,附近城镇村里的闲人散客,牧童村姑为凑热闹不断接踵而来,把一座平日只听得鸡鸣狗叫的宁静村落,突然走向人山人海的方向,遂使村中人都忘记其身为村民，不必再唱牧童歌或采茶歌了。哪知好景不长，瞬即消失，在曲终人散之后，戏完灯灭之际，武寨府仍然回复冷冷清清的景象，树枝落下有声，牛步走过有印，热闹不知何处去，村中空剩一戏台。最可慨叹的：庙内各殿所塑神像，好像也收敛了前几天展开的笑容，只是摆着旧面孔呆坐在莲座上修真养性；而东西两庑下停厝的灵柩守在那里，同样近乎监视不速之客黑夜入庙盗取祭品或香火钱似的。如此凄凉的衰落情况，全由忙罢酬神演戏的热闹局面所致，不免引起我在当时的深刻感触，迄今仍难忘怀。一般人尝试戏剧的人生观，或不能说与农村演戏前后过程中的感触无关。所以这种过程就是戏剧人生，尤其这种过程的短促，更是戏剧人生的特性所在。从而人生最得意的阶段确实是在"鼎盛春秋"的热闹时代：没到此时，只是"娃娃生"不成熟样子，当不予试用；过了此时，大部分都是"空城计"里看城门扫街道的老军，又不能中用了。

我在八十岁以前，将自己也是抱着戏剧的人生观。并且认为"假戏真做，择善固执；真戏假做，为而不恃"。因为"空"是释家的道理，我虽不念佛，并非居士，但自幼曾读过"大乘起信论"，并又深为钦仰同乡印光法师的法力，无形中不免受其影响。一度拟探问净土宗的门墙而未果。至于"择善固执"，那是儒家的道理，"为而不恃"，那是道家的道理。所以恭维我的人就说，我的戏剧人生观是糅合儒、释、道三家学说在内，这未免太恭维在下了。我固不否认"择善固执"与"为而不恃"是我所承认的，但一般人对佛家"空"的看法即非彼此皆同。本人年岁八十有三，行将返璞归真的时日并不过远，对"空"最为接近，然而我的人生观已变为"报恩的人生观",不再尝试"戏剧的人生观",又采何说？假若说我年事已老,且久不演戏自然要和戏剧的人生观疏远,请问,我现在既仍谈戏,又何能如此为说？那么,可见我往日所采戏剧的人生观,并不见得是以"空"字为出发点,徒以释家的道理为据的。

本人所以曾经尝试戏剧的人生观者,在直觉上诚然不能否认,家伯父是"本地二黄"名票,而且自己幼即好戏,并与友朋组织警钟学社,暗中宣传革命每随戏班赶往城市庙会,而为演说,与戏剧结了深厚友谊。其实这种戏剧的人生观的来源只是一种表面的说法。若从骨子里去追究,倒有消极与积极两个看法。在消极方面:我每看见有些人或因对家庭的不满,或因受友情的挫折,或因失恋而惹出许多风波,不免发生厌世的观感,往往说道"我生在世,别无作为,不过是一个冷眼旁观的看戏者,曲有误,周郎顾",仍嫌多事,只是看的厌倦了,便退出剧场找寻自己所望想的极乐世界去了。老实说来,人最好不生,有了生命,便有痛苦,每个婴儿初出娘胎,第一件事便会哭,不哭便是闷生,非打屁股使其哭出声来不可,这固然由于生理的自然现象所致也可说"人最好不生,一出生便走向错路上来了,于是首先有了哭声"。所以"人生就是痛苦,无痛苦不是人生",那么,就这样哭哭啼啼地生活下去吗？不是的！必须"能够化痛苦为快乐,努力奋斗不衰才行"。世人常道范文正公"先天下之忧而忧,后天下之乐而乐",范文正公一生正如颜渊在陋巷,人不堪其忧,颜渊不改其乐一样。先天下之忧而忧,实即范文正公终生的快乐所在,从而我对消极方面退出剧场的看戏人的态度绝不赞成,必应改在积极方面挺身而出,跳上舞台表演,才算尽人生的责任。那么,大家都要演戏,谁来看戏呢？除了暂时不上台的歇工脚色及不在这一戏班的脚色连同外宾等来看外,还有千秋万世的后世子孙们来看老祖宗上演的戏剧了。再说,更积极方面:本人曾以"活到老,学到老;活到老,干到老;活到老,青春到老"自勉,想要达到这一目的,绝非旁观的看戏人所能做到,必须自在台上演出不可。无管充任脚色是头牌,是当家,是里子,是零碎,是跑龙套,是跑宫女,轻重虽有不同,尽职却是一样。这就是戏剧的人生观焦点所在。

不过,真真假假,假假真真,每因观察人所持的角度或所具的心理不同而有差别,不必像宗教家对于自己主张的真理,认为绝对是真,不许怀疑,不许试验,不许反驳,否则便非真理。也不像魔术家所表演的戏法,除了使用药物为颜色变法以外,无论用何方法,都是假的表现,否则空箱锯人,那还得了,便非魔术。所以在客观现象上便是假不离真,真不离假,真中有假,假中有真;假而似真,真而似假,一真一假,一假一真。从而遇见视以为假的戏剧人生社会,却不应率直地以假为假,而要求出真的道路来,以达圆满风格的效果。这就是说,化腐为新,以虚为实,变无用而为有用了。遇见视以为真的戏剧人生社会,也不能纯粹地以真为真,而要存着假的设想来,以见其谦和态度的价值。这就是说,让而不骄,以实为虚,化有为为无为了。此与法学方面,多数与少数的评论,正相一致?少数须服从多数的决议,多数须尊重少数的意见。因为事过境迁,今日同一意见的多数,将来也许变为少数,今日相反的少数也就在将来变成多数,这是事实,不可一概而论。

说来,人生本就不是戏剧演出,无非将其经临比就戏剧过程罢了;既已如此比拟,就应如此演出,所以"假戏"便应"真做",不许有任何躲懒的行为发生。换句话说,戏剧的人生观,除了以戏剧为终身职业者，或能使其主观客观合而为一外，对于一般人原系一种假设，譬如本人数十年来在立法界、教育界立身，这是真的事实，说在议场发言，在讲台教书，同于舞台上戏剧上演，虽可以此比拟，而用"同是登台表演人"的话形容一下，我所做的毕竟是假的演出。那么，从假的演出中，寻出真的演做，那便使假的演出，享有真的效果，不能认为非属一大幸事？如今，既要假戏真做，自不能不以《论语》上"择善固执"为其本旨，否则为德不终，中途而废，还算得什么"真做"呢？姑以自己比作演员，加入社会剧团演出，对剧中各种脚色的担任，开始就应择善而固执之，像《炮烙柱》的梅伯，《廉锦枫》的蛮女，《双官诰》的春娥，《一捧雪》的家仆各为忠孝节义的代表人物，都是择善固执的对象。惟因社会尚距大同世界还远，必有恶人存在，大家都充任正派脚色，谁来充任反派脚色？本人诚然不敢引用我国"盗亦有道"的话及西洋"不法者内部法"的承认，希望串演类似反派脚色的狂徒，稍自约束，不要过于作恶多端，危害人群。但对于择业不慎，误入歧途的类似反派脚色，总想使其幡然知悔，改过自新，重演"浪子回头金不换"的故事，岂不美哉？像《状元谱》的陈大官不务正业，落在乞讨之中，而于"打侄""上坟"节目之后知所悔改，竟不负其叔父的苦心而中状元，兴家立业，得为达官，像《玉堂春》的王金龙，曾落到"王三公子回南京"（汉调及关中本地二黄演出）的潦倒模样，被鸨儿驱逐出院，仅带了一把茶壶回到南京，知所悔改，重修学业，终于官授八府巡按，得为苏三平反冤狱，遂致有情人终成眷属，彼此团圆。像"连环套"的窦尔敦为报在李家店与黄三太一镖的仇恨，竟盗梁九公行围射猎的御马，遗害黄家，终于由朱光祖设计，伪为黄天霸盗钩留刀，不即杀其人，致窦心有所感,遂即认罪归案,真算得是一条汉子。如此一类的戏剧故事,确系举不胜举,谁说"假戏真做",而不应"择善固执"吗?

然而,话又说回来:戏剧人生固系由于舞台上的戏剧演出比照而来,虽依前述而要"真做",但其本身依然是"假戏"的形态。如今,换一个角度来看,舞台上演出的戏剧故事,无论是旧故事的重演,或新故事的创演,都不是真实故事登台,便能依其剧目照旧连次由各班伶工各自演下去了,因为每一本或一出戏由演员在台上以逼真的景象,为假的表达,才能有此鱼目乱珠的结果。实则由舞台上演出的戏剧本事既然是假,不可否认,那么,从其比照而出的戏剧人生发出衷心的喜怒哀乐,演出现实的富贵贫贱,一腔一声,有板有眼地表达而出,倒是"真戏"无疑了。遇此"真戏"情况而要"真做"起来,未免拘于迹象,落于现实,实为人生的大忌,这就得"真戏假做",必须用老子的"为而不恃",为其化解的不二法门。英国数理哲学家罗素在北大讲学的时候,曾说每个人"应该发展创造欲,抑制占有欲",当系这一道理。自己为国家民族而效力而服务无非尽个人的责任,有益于社会即可,并不以此邀功求赏,含有"真戏真做"的目的,介之推随晋文公外游归国不与封赏之列,固然是晋文公的疏失,无可讳言,但介子推隐居绵山不出,致被焚死,论其风格,似逊于辞越封赏而与西子同游江湖的范蠡,及"报秦一锤,辞汉万户"的张良一筹。那么,谁说"真戏假做",而不应"为而不恃"吗?

戏剧的人生观既须"假戏真做,择善固执",当然要用一番力量,承担这一使命,年老体衰的演出者,就难从心所欲而为了。又须"真戏假做,为而不恃",虽不恃其功,依样要对"真戏"有其所"为",年高气竭的演出者,依然是力不从心了。所以本人满八十岁以后，便放弃了戏剧的人生观，改用报恩的人生观。这就是说，人赖父母而得出生，而受养育，没有父母，便没有自己，这种恩德是要报答的。人赖师友而有学问，而得职业，没有师友，便没有生存，这种恩德是要报答的，又因政府的选拔，使个人才华有所致用，并因社会的鼓励，使自己的学识有所发展，没有政府提携与社会互助，而显出团队精神的效果，一切都会完结，甚至于人生一旦返璞归真，仍要社会为死者料理丧事，这些恩德一时也说不尽，也报不完，可知报恩的人生观是继续戏剧的人生观，而为老年人对其确有相当价值的一种人生观无疑。换句话说：报恩的人生观依然属于戏剧的人生观一个分支；怎见得？我们知道，自欧美戏剧传入中国后，每场戏剧演罢，另有"谢幕"一局，答谢顾客赏光，话剧如此，国剧同然。人生戏剧在其过程中，显然存有应为报恩的谢幕观念，无如人死不能复生，当然不能有谢幕的局面出现，那么在满八十岁以后的余年中，提前改采报恩的人生观，实为最为适宜的措施（清末江湖班并无谢幕故事，只是官府方面人士临场观戏，照例为其"跳加官"以贺之，戏班领赏后，由伶人穿红褶子，戴武士巾，在台口称"谢某大人，某大老爷，某老爷，或某大爷赏"首叩而退）。

四、戏剧领域的概观

说起戏剧学问艺术所占有的领域，及其发展的地区，倘要整理出井然有序而且无所不包的图面来，非集合多少人的力量，经过多少天的时间不可；这以外还须准备广大的财力，并耐过坚决的毅力，为其后盾，才能有其效果。记得我在求学时代，课外活动便是研究戏剧,讲"文章学"的林公铎老师为我分发了《文学要略》讲义,受益颇深。我便大胆地仿其格式,拟就《鞠部要略》三十六门目录,打算写作下去。"鞠部"与"菊部"通用,正如"葩部与花部"互写一样。原来南宋高宗时,掖庭有菊夫人者,善歌舞,妙音律,为韶仙院的魁首,宫中称为"菊部头",见《齐东野语》。宋元诗人以菊字本字为鞠遂有"宣索当年鞠部头"之句。按票友下海的言菊朋,名字或系出此。我所草拟的《鞠部要略》三十六门目录,其中行头篇、脚色篇曾已写出,经郭蝶史老友介绍登于《新兴中日报》副刊。约略记得"行头篇"内:关于冠、帽、盔、巾、蟒、袍、披、褶一类者,大体上系以《昭代丛书》中三才绘图为依据(书中称为幞头,交角幞头……)且如所载"相传为二郎神杨戬所戴"的神冠也在图内。今日戏剧上所著各种官家服饰,实以明代为主,观于吴三桂反清称帝,借用戏班行头为用,即知其然。"脚色篇"系从汉调的"十项脚色"及各地方剧脚色,说到平剧"生、旦、净、丑"四大类并其分支。这各种脚色如何得名的种种说法,及担任各该脚色的艺人能手都有交代。因原稿遗失,事隔数十年间,又系退伍老兵,自难熟忆全稿内容甚歉!

　　为戏剧学问艺术绘一全图,既非个人力量所能做到,也有我的例证可据,已如前述。那么,只有宗承梁启超对各种专门史的研究方法而为了。梁氏认为没有好的专门史产生,固然由于没有好的通史而然,但是没有好的通史产生,还须要有好的专门史乃可。两者互有影响,相助相成。然各种专门史的编写谈何容易,不能不有以简驭繁的方法,于是他便在其所著《中国历史研究法》里拟出各种专门史的内容目录,分编分章,一览无余。我是读政治出身,且为国立复旦大学担任中国政治史课程,看了他拟的《中国政治史》

编章目录，居然两相扣合。我虽在治学方法上不如梁氏知识之广，观察之深，工力之厚，却仍又第二次大胆地拟出"中国戏剧全集目录"。终因力不从心，无由参与这一繁重工作，而为撰写或整理，仅存其目，以供通家参考，倘必有所论述，特在"晴园谈戏"稿内进言罢了！要之，本人知能有限，学艺不精，且为班门弄斧，全集所列子目当不尽符内行用词，从而所拟"中国戏剧全集目录"，自必有其遗误，更有待于通家指正是幸！兹再录其全文如次：

中国戏剧全集目录

陈顾远试拟初稿

一、子集（总）

法"则"每以"总"起，"论"文曾以"绪"兴，整网必提其纲，理衣必挈其领。此因事有先后，物有始终，若非探源索流，即难开宗明义。编"中国戏剧全集目录"——总集第一：

（一）戏剧社会之存在

（二）戏剧学问之探寻

（三）戏剧价值之表现

（四）戏剧人生之达观

（五）无动不是舞，有声皆为歌

（六）戏因人而走运，人因戏而成名

（七）戏剧与写实写意

（八）戏剧与劝善规过

（九）读的戏剧与演的戏剧

（十）听的戏剧与看的戏剧

（十一）戏剧人才之培育

（十二）戏剧评论之分析
（十三）国剧范围之商榷
（十四）国剧演变之将来

二、丑集（别）

　　碱砆或能乱玉，鱼目亦可混珠，倘使李戴张冠，每致滥竽充数。无如"当家"为本，"跨刀"非实，正因陪客在旁，益见主客为显。编"中国戏剧全集目录"——别集第二：
（一）国剧与西洋歌剧
（二）国剧与各种话剧
（三）国剧与银幕影剧
（四）国剧与荧幕短剧
（五）国剧与广播剧
（六）国剧与电视剧
（七）国剧与杂耍场的故事剧
（八）国剧与乐子馆的化妆剧
（九）国剧与草台上的对对戏
（十）国剧与街头上的花鼓戏
（十一）国剧与民族舞的歌唱戏
（十二）国剧与说书场的表演剧
（十三）国剧与楼阁宴席的应酬剧
（十四）国剧与乡镇赛会的清唱剧
（十五）国剧与山陕乐人的唢呐剧
（十六）国剧与口技吹戏
（十七）国剧与三弦拉戏
（十八）国剧与国术及特技表演
（十九）国剧与国乐及鼓号演奏

三、寅集（正）

　　名位以"正"为准，商标以"正"居优，机要中心所归，干部系统是在。如能把握重点，洞察主流，自可探知来龙，何惧不详去脉。编"中国戏剧全集目录"——正集第三：

（一）平剧……海派

（二）徽剧（徽班）

（三）汉剧（汉调）……关中本地二黄

（四）秦腔（西路梆子）

（五）昆曲

（六）高腔弋阳腔（高弋）

四、卯集（旁）

泰山不避土壤，黄河不择细流，主流中有支流，正角外有配角。远观花团锦簇，群芳争艳，足见大观园中，无人不具秀色。编"中国戏剧全集目录"——旁集第四：

（一）陕西东路梆子

（二）河南梆子

（三）山东梆子

（四）山西梆子

（五）河北老梆子

（六）京梆子（一般称为秦腔）

（七）评戏（蹦蹦）

（八）郿鄠戏（盛行西北一带）

（九）越剧（绍兴戏）

（十）江雁剧

（十一）川剧（分高腔、弦索、梆子三部分）

（十二）楚剧（黄梅调）

（十三）桂剧、湘剧

（十四）粤剧

（十五）歌仔戏

（十六）髦儿戏（完全女性上演）

（十七）傀儡戏（手托，提线，布袋）

（十八）皮影戏（即灯影戏）

五、辰集（隐）

事有准备则立，功求速成则荒，八阵决机在先，九更收效殿后。必须安排妥善，豫谋有方，自可传真传神，而能惟妙惟肖。编"中国戏剧全集目录"——隐集第五：

（一）园主　班主　箱主
（二）剧校（剧社　学社）
（三）江湖班　娃娃班
（四）写戏　跑板长
（五）票房　票友
（六）戏包袱（硬里子、内红）
（七）戏路　内行
（八）伶工对外的经理人　戏分　包银
（九）私房行头　跟包
（十）后台管事　祖师爷
（十一）管箱
（十二）演出戏码安排人员
（十三）催促演员准备上演人员
（十四）戏箱与各种戏剧及演出之同异
（十五）帽、冠、貂、盔、巾、额……
（十六）蟒、袍、氅、褶、袄、衫、披、靠、衣……
（十七）裙、裳、裤、带……
（十八）靴、鞋、跷
（十九）头发、头罩、片子
（二十）髯口
（二十一）面具（鬼脸）
（二十二）靶子及其他武器
（二十三）砌末（道具）
（二十四）行规
（二十五）行话
（二十六）避忌
（二十七）国丧　忌辰
（二十八）歇夏　封箱

六、巳集（显）

锣声一阵开响，戏文演出呈祥，台风表情入微，对白运腔合格。不问人生

戏剧,戏剧人生,既系教化高台,依旧现身说法。编"中国戏剧全集目录"——显集第六:

(一)戏院

(二)舞台　座位　包厢小池子

(三)堂会　本家

(四)检场(舞台监督)

(五)各种效果、烟火、灯光执事人员

(六)海报演出广告

(七)剧幕　出将入相门帘

(八)开场(打开场　开场生)

(九)前场　后场

(十)文场　武场

(十一)上场　下场

(十二)绕场　转场

(十三)明场　暗场

(十四)哑场　冷场

(十五)单场　复场

(十六)分场　赶场

(十七)各项脚色

(十八)名角　坤角

(十九)当家(头牌)正角

(二十)外红

(二十一)里子

(二十二)零碎　临时演员

(二十三)跑龙套　跑宫女

(二十四)武行

(二十五)脸谱

(二十六)戏码

(二十七)码前　码后

(二十八)赶戏　对戏

(二十九)曲终　谢幕

七、午集(内)

慢工可出"细活",铁尺得变绣针,锲而不舍为真,熟能生巧乃贵。勿忘苦修苦练,矢勇矢勤,当必一鸣惊人,平分梨园春色。编"中国戏剧全集目录"——内集第七:

(一)坐科 拜师

(二)说戏

(三)吊嗓

(四)试琴

(五)排练

(六)西皮 二黄

(七)曲牌

(八)板眼

(九)乾板 哭头 帽儿头(回龙腔)

(十)腔调(四平调 南梆子……)

(十一)吹腔

(十二)发音(平音、高音、低音、锐音、宽音、仄音、鼻音、舌音、齿音、喉音、丹田音)

(十三)咬字(尖团、切音)

(十四)白口(剧白、京白、苏白、晋白)

(十五)地方戏之乡音及外音

(十六)辙口

(十七)化妆台及化妆室

(十八)水彩化妆及油彩化妆

(十九)扮戏

(二十)勾脸

八、未集(外)

科班苦练有力,中国功夫出名,内行能武善文,票友能唱不打。虽然不是国术,亦非神拳,威哉文武全才,俨然煞有介事。编"中国戏剧全集目录"——外集第八:

(一)台风　红

(二)跳加官　跳财神

(三)做工　唱工

(四)起坝

(五)坐帐

(六)蹓马

(七)走边

(八)亮相

(九)上场引子及诗句

(十)五音联弹或对唱

(十一)双演、四演、六演、八演

(十二)反串　客串

(十三)左嗓　倒嗓

(十四)走板　荒腔

(十五)身段　身工(翻筋斗)

(十六)台步　俏步(旦)

(十七)脚工(矮步、跑步、跳步、箭步等)跷工

(十八)腿工　臂工　腕工

(十九)背工(衔杯)　腰工(卧云)

(二十)手势　眼神

(二十一)吹须　怒吼

(二十二)舞姿(水袖舞、彩带舞、剑舞)

(二十三)对打　出手　扎四门(?)

九、申集(曲)

艺术各有其据,戏剧尤重其源,演出虽为伶工,依据仍属曲本。从而戏剧本体,编写内涵,实为戏剧要端,自应一体重视。编"中国戏剧全集目录"——曲集第九:

(一)戏折　戏笏

(二)大戏　小戏

(三)新戏　老戏

(四)戏中戏　戏外戏

（五）本戏　折戏（出、回）
（六）赶台戏　天明戏
（七）开锣戏　中轴戏
（八）大轴戏　压轴戏
（九）垫戏　捎戏
（十）连台戏　独角戏
（十一）文戏　武戏
（十二）袍带戏　靠把戏
（十三）喜剧　悲剧
（十四）重头戏　歇工戏
（十五）泼辣戏　玩笑戏
（十六）义务戏　窝窝头戏
（十七）关公戏　猴子戏
（十八）布景戏　时装戏
（十九）神戏　鬼戏
（二十）风化戏　禁戏

十、酉集（伶）

　　路路都通罗马，行行能出状元，人固因戏而名，戏亦因人而显。请看艺海巨子，菊坛名人，显然代有专长，各自列名魁首。编"中国戏剧全集目录"——伶集第十：

（一）程（长庚）孙（菊仙）谭（鑫培）汪（桂芬）张（二奎）及其他
（二）余（小福）朱（素云）德（珺如）程（继仙）姜（妙香）及其他
（三）杨（小楼）俞（振庭）周（瑞安）沈（华轩）孙（玉堃）及其他
（四）陈（德霖）王（瑶卿）梅（兰芳）尚（小云）程（砚秋）荀（慧生）及其他
（五）龚（云甫）罗（福山）文（亮臣）李（多奎）卧云（票）及其他
（六）阎（岚秋）朱（桂芳）于（连泉）徐（碧云）及其他
（七）钱（宝成、金福）金（秀山、少山）黄（润卿）裘（桂仙）郝（寿臣）侯（喜瑞）及其他
（八）刘（赶三）王（长林）张（文斌）马（福禄）慈（瑞泉）曹（二庚）及其他
（九）文场武场之名师能手
（十）台湾各剧校剧社之著名艺人

(十一)台湾各票房之著名人士

(十二)平剧内之著名女艺人

(十三)各地方剧中之伶工艺人

十一、戊集(后)

"厚望"实即"后望","余音"每谐"鱼音",祝人吉庆有余,设宴全鱼殿后。无非前言疏忽,余论补充,遇遗珠而拾遗,因阙失以补阙。编"中国戏剧全集目录"——后集第十一:

(一)戏剧史乘

(二)戏剧纪录

(三)清宫传戏　供奉

(四)戏剧及艺人

(五)戏考

(六)戏剧唱片　电台录音、录影

(七)梨园组织(公会)

(八)梨园子弟

(九)梨园掌故

(十)梨园清客

(十一)剧本本事

(十二)剧本分类

(十三)剧本比较

(十四)剧本整理

(十五)剧本编写

(十六)剧本翻译

(十七)戏票捐客(全包、分包座位)

(十八)划票入座

(十九)卖票黄牛

(二十)叫好、喝彩、拍掌、挂红、满堂红

(二十一)捧角团体

(二十二)戏剧欣赏会

(二十三)看蹭戏(看白戏)

(二十四)小剧场运动与社会剧场运动

十二、亥集(附)

人不孤皆有戚,德不孤必有邻,近邻固宜往来,远亲亦应联络。如有假名戏剧,巧为文章,俨然一脉相承,亦应视为同道。编"中国戏剧全集目录"——附集第十二:

(一)戏剧中所引用之古人诗句

(二)戏剧由编者自己写作之文章(如平剧《法门寺》贾桂儿所读之状,川剧中《三祭江》之三篇祭文)

(三)以台词所写之各种文章(如凌霄汉阁徐彬彬在上海《时报》所写者是)

(四)以剧目所编之相声故事

(五)以剧目所为之对句、灯谜及诗钟

(六)为戏院舞台所撰对联及诗赋

(七)为戏剧所写之捧场文章

(八)为戏剧艺人而绘之图画,所摄之照片

(1975 年 7 月至 11 月)

银花火树元宵夜　故事乔装正月天

　　说起故乡三原一带在清末民初期间,陕西全省学政曾经驻此,理学正宗"正谊书院"当时设此,营业于长江流域的著名盐商,营业于四川的当商、盐商,皆系此一带城乡的富户所经营。而湖北土布运往西北,又均设站于此,甘肃的"大布统捐局"在此收税后,畅行无阻。同时茶市、烟市虽以地势不宜关系,迁往泾阳县内,而山西票号钱庄,进出潼关的药材庄,仍在三原的山西街及骑龙庙一带称盛。以故士风极优文人辈出,致有"沙漠绿洲"之称;其次商业甚繁,经济活动握"西安银根"之钥。于是农历年节备形讲究而又热闹,随新正过年而来的灯节由正月六日起至十六日止更甚,十七日灯节结束,称曰"黑十七"。一来,过去假日不多,年节灯节正好休息,尽情取乐;二来,夜市并不常见,灯节乃能金吾不禁;三来,当日煤油灯,洋蜡烛已属稀罕,照明电灯更无迹影。从而,白天的故事乔装,夜晚的银花火树,出乎其常,自然可观,若在现在大都市欣赏之,也就微不足道。然而这只是从整个的景象看来如此,若言当日用心之巧,设计之周,高兴之情,快乐之本,却也未可厚非。尤其在三原一带,连同泾阳在内,如东关胡家,北关李家,东里堡刘家,西孟轲孟家,社书乡姚家,安吴堡吴家(吴陀曼故乡),王桥头俞家,栈担村王家、毛家堡毛家……都会花钱大闹年节灯节一番,遂致无钱而有力的俏伙子也都成了当日年节灯节扮演出场的故事人物了。

如今,先从年节灯节白天的经过说起,要陈列出的货品,无非"故事乔装正月天"的这句话。关于农历正月元旦以前,像十二月初五日的"五豆节",初八日的"腊八节",廿三日的"祭灶节",祭灶以后,排出日程,大扫除,煮腊肉,作点心,做年菜,以及除夕夜守岁,对长辈辞岁等等一连串的节目,都因属于旧年年尾的时间关系,且不必说。关于新正元旦,除于黎明迎神祭祖外,只往宗亲长辈家中拜年,其他亲友必于初二日开始,初五日为止,当必衣冠整齐,且需备有红纸印制之名片,互相往来拜年。在京沪一带系于年前吃"年夜饭"亲友欢聚一堂,故乡各家却在新正初十以前,各有定日宴请亲友吃饭,如系新婚夫妇第一次年节回岳家必为初二日,后不拘此。其他如庙会烧香等情,都在这几天内,兹又以篇幅关系也不需说。那么,要先说的就是故乡三原正月初六日起各种花灯上市的概况,因为城内南大街各大商店都从是日以后,择吉出城迎回财神方能择吉开门营业,就将门口走廊柜台甚至厅堂租与花灯生意人临时陈列出售。最普通的花灯是大小火贯灯、莲花灯、石榴,最名贵的花灯是腿子灯,如飞禽、走兽各种形态的花灯,以及爬虫、昆虫等等皆是,最有趣的花灯是各种走马或凭着简单的火花或技巧而成为活动的花灯,虽没有现代电力支配下的栩栩如生,却也别具心裁,煞有介事了。花灯设市的目的是为出售送礼而然,农历新年,除宗亲相互间同以祭祖为贵,不必送礼外,其在妻亲或外亲相互间,女婿就于岳家或晚辈对于尊辈,年节必须送礼,至少应备四色,收其半,璧其半;岳家对于婿家或尊辈对于晚辈,灯节也须送礼,按孩童男女,每人一灯外,并有押灯礼物,全部领收。其未生男育女者则由女家暗自送莲花灯于男家厨下,以为催生之兆,这与无子的夫妇于正月间暗自神庙窃取"泥娃"的求子迷信为同。每家幼童在年满十二岁以前均有享受其外家或尊辈送灯的资格,正月十一日为"起灯"的首夜,至十六日止,将送来的花灯,于内心燃以蜡烛,每童各执一灯在家中或门口游耍,并或放爆竹、点香花、燃花筒、花盒助兴。倘一童而有数家送灯,除手执一灯外,乃将余灯同时燃起,挂于灯架而交换提之,孩童提灯乃是由灯节卖灯、买灯、送灯等情而起,便中说到元宵夜提灯的事端,其本身既非主题"故事乔装正月天"的内容,当与另一主题"银花火树元宵夜"的描写无关,合先交代明白。

杂货店老板幼年在故乡三原一带,每逢年节灯节,"耍故事"三字即熟知之,不仅白天"故事乔装正月天"的街头表演有此名号,就是夜间"银花火树元宵夜"的龙灯等等也是同样有这种称谓。就"故事乔装正月天"来说,无管城区乡堡都有各该表演,甚至于同一城镇之内,各街长巷富家,自出花样,争奇斗胜扮演故事,招摇过市,这些故事乔装的演出,必有锣鼓陪衬,并取佐以简单动作,从而就以"耍"为称了。今日最能惹人注意者为"花车游行",过去,并无汽车可言,骡车也不适用,有之,便是"亭子",系由幼童依戏文故事扮作戏中人,而有四壮汉抬出的"亭子"上亮相。亭子系特制的方台,共分两种:一为"桌亭子"类似方桌,有两个构机,或靴、或鞋、或跷,向着桌面扎稳,使幼童扮就脚色,登靴、穿鞋、或蹯跷,固立其上,像诸葛亮收姜维(天水关),正德帝与李凤姐(游龙戏凤)是。一为"高竿亭子"两个机构纵立而非横排,像凤仪亭,吕布足踹靴筒在桌面上,貂蝉足踹吕布手执的画戟而其间设有机构是;又,像关公月下斩貂蝉,关公持刀在下,貂蝉站立刀端,各有机构,(俗称心子)暗自扶护。无论为何种亭子,皆有一个"T"字形高杆裹以盈尺红色红绸条,俾说演者在休息时扶而为用。因之,所乔装而扮演的故事演出既属不易,而且费用浩大,不易组成,于是又有所谓马故事,背故事者出现:马故事系以骑马者扮作戏文中女性脚色,牵马者扮作男性脚色,像赵匡胤送京妹,崇公道起解苏三是。背故事被背者多为女孩扮演,背人者概为壮男扮演,像五典坡薛平贵与王宝钏,乌龙院宋江与阎婆惜。这些故事以外,便是世所熟知的高跷,故乡三原一带俗称为"柳木腿",因高跷假腿以用柳木制作者为尚而然。演者也是本于故事乔装而出,锣鼓为陪以外,并有简单动作,逗人一笑。虽说遇见矮墙尽可坐而休息仍有赖绸饰的高杆照应,俾能扶而着地,以防万一。过去故乡三原一带的年节灯节故事,另有外来客商藉新正机会,在街头上卖艺练武,说书卖唱,以及表演戏法等情,不一而足。至于舞龙舞狮种种故事那只是入晚以后的节目,不在白天演出的。

  现在,陈列出第二种货品,那就是"银花火树元宵夜"的一句话,除孩童提花灯放爆竹、诗人猜灯谜赠"元宵"(汤圆的另一种)以外,便是龙灯、青狮……夜间所耍的故事。无论何种故事,都有一个共同的排场,就是四人各自手执的牌灯或排灯;它是扁方形木框架子朝天,四面糊纸或纱,上写组织故事会社的名称,中燃蜡烛对外放光。全队游行时在音乐队前而开道,故事表演时,扎定东西南北阵脚,辟出空场,留待表演。在故事演出方面,场面最大,人数最多的是"龙灯":龙灯的外形,除龙头(至少二三十斤)、龙尾(系劈约五尺长的竹枝为条而集合之)为特制外,龙身乃以竹圈依次缀成而裹以画有蓝色龙鳞的白纱。每隔数尺,留有灯口,其下有特装而活动的烛座及烛罩,于其中燃之,全龙放光而不伤毁龙身,成为最安全的火龙,通常有七人或九人朝"拐子"以舞之。龙灯出场,会首衣冠楚楚,执帖先行,阅庙拜商而曰"故事到了",对其有所接洽。无论游行与表演,均陪以巨鼓(两人抬行)、重锣(声洪如钟)、大铙钹(约数斤重),真是蛟龙出海,雷声震耳。然其"耍龙灯"的过场甚繁,并不限于龙灯一身。首先登场者,似为黄香一把,烟火一闪,火弹子凌空回舞,火弹子系内燃蜡烛,外罩红纱的活动圆球,扎于长杆之上而作成者。然后由四童身着彩衣、头扎红巾(其余演者均头扎红巾,不着彩衣),左右两手各执纺锤形灯,外绘云朵舞跑,俗称"跑云朵"。跑后退出,另四人各执长约数尺的鲤鱼灯上场表演,继之又有比鲤鱼灯大约倍许的鳌灯加入表演之。最后鳌灯、鲤鱼灯一群奔向排成的纱制龙门乃退,这是俗称鲤鱼跳龙门故事的象征。于是火弹子升空一闪,龙即于烟火中破龙门而出,乃"耍龙灯"的最高峰所在。一面锣鼓响,一面烟火鸣,人似活龙,汹涌如潮,龙因人挤更为生动,其情况确属热烈非凡。然故乡三原在"耍龙灯"场面经过中更有紧张刺激者在,那就是东关首为龙灯会组织,西关欲夺其胜,各以龙灯比赛,在牌灯或在排灯上皆以"老龙会"为称,两条龙如在街头相遇锣鼓越敲越响,喊声越来越大,说时迟,那时快,一言不合彼此便打得头破血流、伤人不算,还要毁龙,于右任先生幼年所著的《半哭半笑楼诗集》,迄今尚有两句话"龙战白渠南,胆大带伤还"存留,就是为喙此事而作。打架或是西关威风在,结果总是东关占上风。其实这种爆炸性的龙灯气氛,并不限于故乡三原东西关的例证,据老板所知所见,还有甘肃固原,四川重庆一带的龙灯故事，这些地方的龙灯，诚也是火龙，于表演出场时，每在"耍龙灯"的场所附近，预设一个火灶，将制造爆竹的原料燃烧起来，向火龙喷射，龙因人而上下左右摆动，人因龙而四面八方转位，射出的火花不必皆集龙身人身，纵然波及，既非全龙尽毁，更非演者所惧。并因已在预料之中，寒冬赤膊，正赖火花取暖并且连声喊曰"烧！烧！烧！"不过要过数晚之后龙身固已千孔百疮，直到十七日夜里改由自己全龙焚化，等待来年玩耍时，另制新龙应景，这与故乡三原一带不同。故乡并无烧龙之俗，灯节以后，龙仍于正月廿三日晚间火神游街随着各种灯彩出现，然后解鼓归档静待来年使用。上面所说故乡龙灯表演只是街头正式表演如此，若是阂庙祭神，登堂祝福，仅以龙绕梁柱，或为戏珠（火弹子）为其能事而已；龙灯以外的第二个大故事，便是"耍狮子"，牌灯或排灯上称为"青狮会"，仍然锣鼓喧天，火弹作引，而有云朵灯陪衬，但无外地摇芭蕉扇子的和尚在场。何以称作"青狮"？除狮头狮尾（木棍在内，后手执而摇尾）外，狮身由头至尾以红布或绸作为脊椎，两旁层层麻丝垂地而为其皮，涂有蓝色色彩；演者前手后手的腿足皆用同样麻丝饰之。狮在平地场所表演的摇头摆尾、纵步跃身、卧地搔痒、仰首打呵，不算希奇，惟有演者前手后手两位同心协力，披着狮皮，由地面一跃登桌，神速而无破绽，最为新妙。非老于是道者皆莫能如此。其在桌上表演者为狮子吐八宝，更有八次不同状况而以一吐为快的表情，可说观止之甚。

　　大故事人多势盛，不免越出常轨，滋生事端，另有小故事产生出来，文文雅雅，精打细算，所陪的音响都是手锣小鼓，并或偕有短声喇叭为助，最著名者为走马灯，最普通者为童子会。走马灯系由童子扮作四人或六人或八人戏装,将假形马匹,分作两部分,一部分系在腰前,一部分系在腰后,如骑马状,马的下端无腿无蹄,仅用布围遮住,演者腿足自然也不露出,彼此在场内变换花样,往来奔驰,故以"走马"为称。惟演者腰部所系假马的前后两部分,有为暗马者,有为明马者,显分两种。暗马不加灯光,较易表演;明马则马内有烛照明,称有不慎,烧及其身。无论暗马明马,皆系先由演者随着锣鼓声及喇叭声而走场多回,较后,乃由一个扮作"老鞑子"者,头戴番帽,翻穿皮褂,骑假形骆驼出场,作滑稽动作,往来其间。最后,骆驼失足,卧地不起,乘众马者来救,直至从后面一抬而起,走出场外,故事便告终了。这种故事向为北关大族所倡导,北关在唐为卫国公李靖故里,在明为三原学派,王文瑞、王康僖两公诞生地,在清为关中理学正宗正谊书院所在地,故其灯节所需的故事也极文静而不粗野。童子会最易组成,小锣破鼓既不讲究,仅有十二、三人即可由执牌灯或排灯者四人领在前面游行演出,当然也有会首,向商家商洽报酬,一盒点心即可。俗称其故事为"大头和尚戏刘翠",实则为刘翠酒醉后开小和尚的玩笑,虽系灯节孩童逗趣,然在后半戏耍一部分确系不可为训。故事系由两个孩童扮男(僧衣)扮女(红袄)各戴纸制的男女假头,两眼留孔,俾使者真眼外观,以免"盲人骑瞎马,夜半临深池"的笑话实现,先由扮男性的童子作黎明起床状,歪歪(为"蹲"字的俗称)于地置盆洗面后,开门启窗,扫地抹桌,并因登高排画而现疲倦之状,遂即打盹呆坐,这时候,刘翠酒醉上场,摇摆一阵,唤醒小和尚而戏之,直至两人拥抱,各将假头卸去故事即为告终,再演一家去领点心了。这种小故事只是陋巷僻街玩童因陋就简而演出的"儿戏"玩意儿,故乡城内虽有著名的西寺，对此灯节时候的民间儿戏并不计较，然在民俗表演上才不能说没有问题。至于外地人士在三原经商的也有别出心裁的故事出场，例如河北一带的跑旱船，长江一带的蚌壳精，老板幼年时都在故乡灯节夜里见过，以非本地风光，如何表演就不用说了。

(1979年2月)